Zu diesem Buch

Als Johan Termeer, ein junger Kollege der freiwilligen Polizeieinheit in Amsterdam, einen Mord anzeigen will, fühlt sich der Commissaris nicht zuständig, denn die Tat geschah in New York. Die Leiche von Termeers Onkel Bert wurde halb aufgefressen im Central Park gefunden, und die New Yorker Polizei glaubt nur an einen Unfall. Aber die natürliche Neugier des Commissaris ist geweckt, und er nutzt die Reise zu einem internationalen Polizeikongreß, um einen Abstecher zum Tatort zu machen.

Doch plötzlich erscheinen die Indizien in völlig neuem Licht, denn der Tote hatte die falschen Kleider an und ist kurz vor seinem Ableben von einem Polizeipferd getreten worden. Der Commissaris wundert sich, wird krank und träumt immer wieder von einer langbeinigen Straßenbahnfahrerin mit leeren Augenhöhlen. Währenddessen leisten Adjudant Grijpstra und Brigadier de Gier auf der anderen Seite des Ozeans ihrem Chef Schützenhilfe. Als de Gier schließlich in New York eintrifft, hat der Commissaris bereits eine philosophische Spur gefunden. Aber seine Alpträume werden immer beunruhigender.

Welche tiefenpsychologische Bedeutung das unschlagbare Dreigespann von Janwillem van de Wetering hat, erklärte der Autor unlängst in einem Interview:

«Ein Harvard-Professor für Psychologie hatte dafür mal eine passende Erklärung, die mir sehr gefallen hat, und zwar aus dem Grund, weil ich nie Freud gelesen habe. Er behauptete nämlich, daß de Gier die Libido wäre, Grijpstra das Über-Ich, das weiß, wie weit man gehen kann, und der Commissaris ist der einzige, der zwischen den beiden vermitteln kann.»

«Van de Wetering gelingt es, seine metaphysischen Ideen unaufdringlich und oft humorvoll und spielerisch mit den Strukturen des Kriminalromans in Einklang zu bringen.» *Radio Bremen*

Janwillem van de Wetering

Straßenkrieger

Deutsch von Hildegard Höhr
und Theo Kierdorf

rororo

Rowohlt

rororo thriller
Herausgegeben von Bernd Jost

Deutsche Erstausgabe
Veröffentlicht im Rowohlt Taschenbuch Verlag GmbH,
Reinbek bei Hamburg, Mai 1996

Die Übersetzung folgt dem englischen Manuskript
«The Angel with Hollow Eyes» von Janwillem van de Wetering

Umschlagfoto Photonica/Erik Rank
Umschlaggestaltung Walter Hellmann
Redaktion Ronald Gutberlet
Satz Bembo (Linotronic 500)
Gesamtherstellung Clausen & Bosse, Leck
Printed in Germany
1290-ISBN 3-499-43184 x

«Kriminalschriftsteller sind Psychoanalytiker der menschlichen Schattenseite»

Janwillem van de Wetering, 1931 in Rotterdam geboren, reiste fünfzehn Jahre durch die Welt, bevor er zu schreiben begann. Er lebt heute in Maine, USA. – In der Reihe rororo thriller liegen vor: Outsider in Amsterdam (Nr. 2414), Eine Tote gibt Auskunft (Nr. 2442), Der Tote am Deich (Nr. 2451), Tod eines Straßenhändlers (Nr. 2464), Ticket nach Tokio (Nr. 2483), Der blonde Affe (Nr. 2495), Massaker in Maine (Nr. 2503), Ketchup, Karate und die Folgen (Nr. 2601), Der Schmetterlingsjäger (Nr. 2646), Der Commissaris fährt zur Kur (Nr. 2653), Die Katze von Brigadier de Gier (Nr. 2693), Rattenfang (Nr. 2744), Inspektor Saitos kleine Erleuchtung (Nr. 2766), Der Feind aus alten Tagen (Nr. 2797), So etwas passiert doch nicht! (Nr. 2915), Kuh fängt Hase (Nr. 3017) und De Gier im Zwielicht (Nr. 3082). Außerdem hat Janwillem van de Wetering 1991 das rororo thriller-Magazin Schwarze Beute Nr. 6 sowie die japanischen Krimi-Anthologien Drachen und tote Gesichter (Nr. 3036), Totenkopf und Kimono (Nr. 3062) und Blut in der Morgenröte (Nr. 3075) herausgegeben. «Erzählungen aus dem Reisetagebuch eines Schriftstellers» erschienen unter dem Titel Sonne, Sand und coole Killer (Nr. 3129) sowie ein Dreierband mit den Romanen Outsider in Amsterdam / Eine Tote gibt Auskunft / Der Tote am Deich (Nr. 3197).

1

«Ja», sagte der Mann, dessen Namen der Commissaris nicht genau verstanden hatte, «es geht um meinen Onkel. Der ist tot, ermordet. Und darum, daß ich bei der freiwilligen Polizei diene, schon seit Jahren, für die Königin, und auch für Sie. Und daß so etwas einfach so passieren kann in New York. Das ist doch schrecklich, finden Sie nicht auch, Herr Commissaris?»

Der Commissaris, Leiter der Amsterdamer Kriminalpolizei, seufzte. Da dieser Mann namens Johan Termeer (er hatte seinen Namen noch einmal gesagt) seine Aufzählung mit einem Fragezeichen beendet hatte, erwartete er offenbar eine Antwort von ihm. Der Commissaris hätte natürlich einfach zustimmen können, daß es in der Tat schrecklich sei und daß alles immer schlimmer würde. Der Onkel geht in aller Seelenruhe in einem Park spazieren, dazu auch noch im Central Park in New York, der reichsten Stadt des mächtigsten Landes der Welt, ... Gott stehe uns bei! – Sonntagmorgen – die Sonne scheint – Kinder spielen – Musik – Ballons – und dann *stirbt* der gute alte Mann zwischen den Azaleenbüschen, und keiner weiß warum. Das ist doch furchtbar! Niemand weiß genau, woran er gestorben ist. Kein Zeuge weit und breit. Und als man am nächsten Tag seine sterblichen Überreste findet, ist der ganze untere Teil des Torsos von Tieren oder Vögeln oder wer weiß von wem weggefressen worden. Die Leiche von Onkel Bert, dem einzigen Verwandten auf der Welt, in einem verdammten *Park*. Ohne Kleider, ausgeraubt, zerstückelt. Zwei abgetrennte Beine und nur der obere Teil vom restlichen Körper. Der geliebte Onkel röchelt ein letztes Mal, während in der Nähe auf der frischgemähten Wiese die «Park Stompers» spielen.

Johann Termeer pfiff – gar nicht mal so schlecht – *«When the Saints Go Marching In»*.

Der Commissaris runzelte die Stirn. «Und die Polizei?»

«Das New York Police Department?» fragte der Neffe. Nun, das NYPD ignorierte die Geschichte einfach. Sie legten die ganze Sache, den Mord oder Totschlag, mit dem Vermerk «Herzanfall» zu den Akten.

«Wenn man dann selbst bei der Polizei ist – na ja, nur in der Reserve, als unbezahlter Freiwilliger, aber immerhin, das ist ja schließlich auch ein Teil der Polizei – aber nützt einem das irgend etwas? Vor allem, wenn man so weit von zu Hause weg ist?»

Es hatte eine Weile gedauert, bis man ihn überhaupt darüber informiert hatte, daß Onkel Bert tot war. Er hatte es erst am nächsten Tag in aller Frühe erfahren. Wegen der sechsstündigen Zeitverschiebung und weil der Nachbar des Onkels, Charlie, nicht gleich darauf gekommen war, den einzigen noch lebenden Verwandten darüber zu informieren, daß Bert Termeer nicht mehr unter den Lebenden weilte. Okay, dieser Verwandte lebte auf der anderen Seite des Ozeans, aber du meine Güte, heutzutage, bei den modernen Telefonverbindungen, Satelliten und Anrufbeantwortern war es ja wohl keine große Sache mehr, mit jemandem in Übersee Kontakt aufzunehmen.

«Oder?»

Der Commissaris runzelte erneut die Stirn, um zu bestätigen, daß die Gedankenlosigkeit der Leute wirklich abscheulich sei.

Was machte man also in einem solchen Fall? Man vertraute seinen eleganten Haarpflegesalon in Amsterdams luxuriösem Vorort Buitenveldert seinem Partner Peter an. Dann flog man mit dem nächsten KLM-Flug selbst nach New York, suchte die Polizeiwache am Central Park auf und sprach dort mit dem diensthabenden Beamten – oder besser gesagt, man versuchte mit ihm zu sprechen; das Englisch ließ zu wünschen übrig.

Und geschah dann irgend etwas?

Nichts geschah!

Man bekam zu hören, es sei ein Unfall gewesen. Onkel Bert sei während eines Spaziergangs im Central Park von einem herabfallenden Ast oder sonstwas getroffen worden, von einem Ball, einem Felsbrocken, mitten auf die Brust. Daran sei er zwar noch nicht gestorben, dafür aber an dem darauf folgenden Herzanfall. Ein Schock oder so etwas Ähnliches. Das war jedenfalls die Meinung des Herrn Parkpolizisten gewesen.

Lieber Himmel!

Was blieb einem da anderes übrig, als wieder nach Hause zu fliegen. Und in der 707 machte man sich dann so seine Gedanken.

Man war doch schließlich selbst bei der Polizei, und Amerika und die Niederlande waren befreundete Länder. Die Polizei hatte doch internationale Verbindungen, wegen Drogenhandel, Wirtschaftsverbrechen und ähnlichem. Da mußte es doch wohl möglich sein, für Aufklärung zu sorgen.

Wenn man sich nun an den höchsten erreichbaren Vorgesetzten wenden würde – Erreichbarkeit war natürlich ein entscheidender Faktor – wenn man hinginge und mit diesem Halbgott einmal unter vier Augen reden würde?

Und das hatte Adjudant* Grijpstra schließlich ermöglicht, ein Profi, ein guter Mann, bei dem man ein Jahr lang in der Abendschule gesessen und für das Polizeidiplom gebüffelt hatte.

Durch Vermittlung von «Adjudant Stahlbürste» – so war Grijpstra in der Schule wegen seines silbergrauen, kurzgeschorenen Haars genannt worden – war es einem gelungen, in das große, antik eingerichtete Refugium des Chefs des Morddezernats vorzudringen. Und da saß nun der «Kleine alte Herr», wie er von den Kollegen liebevoll genannt wurde, und forderte einen auf, sein Anliegen vorzutragen.

Und das tat man dann.

«Ja», bemerkte der Commissaris. Er versuchte, das spärliche Sonnenlicht zu genießen, das den Perserteppich zwischen ihm

* Anmerkung: Die Dienstgrade der Amsterdamer Polizei sind: Agent, Hoofdagent, Brigadier, Adjudant, Inspecteur, Hoofdinspecteur, Commissaris, Hoofdcommissaris.

und Johan Termeer in ein geheimnisvolles Licht tauchte, vor allem an den Stellen, wo die orangefarbenen Muster den roten Rand fast berührten. Lieber hätte er sich hinter seinem mit Schnitzereien verzierten Schreibtisch verschanzt. Aber das ging nicht, da der Besucher selbst bei der Polizei und nicht einfach nur irgendein lästiger Bürger war.

Ein solches Treffen zwischen Kollegen, so mußte man es nennen – und dem stimmte er zu –, sollte in einer offenen Gesprächsatmosphäre stattfinden; deshalb saß er seinem Besucher unmittelbar gegenüber. Gastgeber und Gast saßen jeweils in einem dicken Ledersessel, nur durch ein aus Ebenholz geschnitztes antikes chinesisches Kaffeetischchen voneinander getrennt. Das gute Stück stammte noch aus der Kolonialzeit; es war eine Leihgabe des niederländischen Instituts für nationalen Kunstbesitz in Den Haag.

Der Commissaris bot seinem Gast Verkade-Plätzchen und Douwe-Egberts-Kaffee an – eine Behandlung der Sonderklasse. Hoffentlich wußte der Besucher das zu würdigen.

Man sollte für die Sorgen Untergebener stets ein offenes Ohr haben, das galt auch für die niedrigeren Ränge, versuchte er sich einzureden. Ein höherer Polizeibeamter sollte sich immer so verhalten, wie «es einem guten Familienvater anstünde».

Eigentlich, dachte er bei sich, hatte er keine Zeit für solchen Unsinn. Er mußte nach Hause, zum Koninginneweg, wo seine Frau Katrien mit dem Mittagessen auf ihn wartete. Sie würde es im Garten servieren: wahrscheinlich dünn mit Roastbeef belegte Schnittchen und eine Tasse Hühnersuppe. In seinem Alter war Hühnersuppe eine Wohltat, Balsam für seine schmerzenden Knochen. Früher war er nie zum Mittagessen nach Hause gegangen, aber jetzt, wo seine Pensionierung näher rückte, erlaubte er sich solche Verschnaufpausen. Nur noch ein paar Monate, dann war alles überstanden.

Commissaris der Amsterdamer Polizei, Leiter der Abteilung Schwerverbrechen, der vielgepriesene Chef des berühmten Morddezernats. Das klang gut, aber mehr auch nicht. Im

Grunde war er nichts weiter als ein schmächtiger alter Herr in einem aus der Mode gekommenen Anzug. Er hatte ihn vor fünfzehn Jahren für viel Geld in der Van Baerle Straat gekauft, in einem jener Läden, in denen sich das Personal noch vor dem Kunden verneigte, wenn es nicht gar katzbuckelte. – Ob heute überhaupt noch jemand wußte, was Katzbuckeln war?

Heute arbeitete in den Herrenbekleidungsgeschäften nur noch jene Art von Old Boys, die einem, wenn man nicht aufpaßte, jovial auf die Schulter klopften oder gar in den Po kniffen.

«Commissaris?»

Er schreckte aus seinen Gedanken hoch.

«Ja, mein Junge?»

«Dürfte ich Sie um Ihre Meinung zu dieser ganzen Angelegenheit bitten?»

«Am vergangenen Sonntag», sagte der Commissaris zusammenfassend, nachdem Reserve-Hoofdagent Termeer ihm zu verstehen gegeben hatte, er wolle mit «Jo» angesprochen werden, «fand man deinen Onkel Bert Termeer im Central Park tot auf. Der Nachbar deines Onkels, Charlie, rief dich an, um dir mitzuteilen, daß ‹etwas Schlimmes passiert sei›. Als du hörtest, dein Onkel sei im Park an einem Herzanfall gestorben, kam dir die Sache merkwürdig vor, und du nahmst das nächste Flugzeug zum Kennedy Airport...»

Der Commissaris nickte wohlwollend. Sein einladendes Lächeln entblößte lange gelbliche Mäusezähnchen. «Ist das richtig?»

«Genau so war es, Mijnheer.»

«Dein Englisch ist so gut, daß du Charlies Nachricht verstehen konntest?»

«Sömsing bet heppent, Önkel det», sagte Jo Termeer mit bestem Amsterdamer Akzent. «Ich sehe mir viele amerikanische Filme an. *Det* heißt ‹alles vorbei›.»

«Ja», sagte der Commissaris. «Nachbar Charlie hatte also deine Telefonnummer?»

«Er hatte sie in Onkel Berts Schreibtisch gefunden», sagte Jo Termeer, dem offenbar plötzlich wieder eingefallen war, daß er als Polizist möglichst genau zu berichten hatte. «Onkel Bert hat seinen Arbeitsraum und seine Wohnung von Charlie gemietet. Charlie war der Vermieter und Nachbar des Onkels. Er hatte einen Schlüssel von Onkel Berts Wohnung. Außer den beiden wohnte niemand in dem riesigen Gebäude. Sie waren aufeinander angewiesen. Onkel Bert hatte einen Buchversand, und Charlie half ihm manchmal dabei. Das Gebäude liegt in der Watts Street, Tribeca, New York City.»

«Sie wohnten nicht zusammen?»

Termeer schüttelte den Kopf. «Charlie wohnt in der obersten Etage. Mein Onkel hatte die restlichen Räume gemietet. Getrennte Haushalte.»

Der Commissaris änderte seine Taktik. Er wollte seinen Gesprächspartner genauer kennenlernen. «Du hast das nächste Flugzeug genommen. Teuer?»

Das Ticket war ziemlich billig gewesen, obwohl Jo so kurzfristig gebucht hatte. Man mußte nur die richtigen Freunde haben.

«Freunde?»

Termeer meinte Marilijn, das Mädchen vom Reisebüro. Wenn man sich mit Marilijn gut stand, war Reisen spottbillig. Er und Peter kannten sie.

«Eine Freundin?»

«Geschäftlich. Mein Partner Peter schneidet ihr immer gratis die Haare.»

Marilijn hatte ihm auch ein Hotelzimmer in New York besorgt; zwar eines mit Aussicht auf den Luftschacht, aber sechzig Dollar, was wollte man mehr?

«Einen Augenblick», sagte der Commissaris. Das rote Lämpchen an dem Aufnahmegerät, das zwischen Zuckerdose und Milchkännchen stand, leuchtete nicht mehr. Er wechselte die Batterien. «Weiter, mein Junge. Was hast du nach deiner Ankunft gemacht?»

«In New York bin ich gleich zu der Polizeiwache gegangen,

die den Fall bearbeitete. Zuerst habe ich den diensthabenden Polizisten befragt, dann einen Detective Sergeant, einen gewissen Hurrell. Hurrell wußte zwar von der Geschichte, wollte sich aber nicht näher dazu äußern.»

Jo knurrte. «Verdammtes Arschloch.»

Er erschrak über seine eigene Ausdrucksweise.

«Entschuldigen Sie, Mijnheer.»

Er errötete, während er am Commissaris vorbei in die Luft starrte.

Jos Züge waren makellos, dachte der Commissaris. Termeer hätte als Schauspieler in Werbespots mitwirken können. Ein Held. Der Typ von Autofahrer, der an der Kreuzung anhält, um eine alte Frau über die Straße gehen zu lassen. Der ehrliche Finder. Das Model in der Zeitung, das seine Zähne mit der neuesten Zahnpastamarke putzt.

Gerade Nase, energischer Mund, gleichmäßig gerundetes Kinn. Die großen wasserblauen Augen wären wahrscheinlich klarer gewesen, wenn nicht Kummer oder vielleicht auch Frustration sie getrübt hätten. Möglicherweise war er auch einfach nur schüchtern, weil er als Reservepolizist in die geheiligten Gefilde des Präsidiums vorgedrungen war. Oder ihm war ganz einfach sein vulgärer Ausrutscher peinlich.

«Wirst du von Onkel Bert erben?» erkundigte sich der Commissaris in beiläufig-freundlichem Ton.

Termeer zuckte mit den Schultern. «Ich bin der einzige Verwandte, aber ich brauche kein Geld. Peter und ich sind die Eigentümer unseres Geschäfts. Das wirft gutes Geld ab.»

«Steuerfrei meinst du?»

Termeer zwinkerte ihm zu. «Genau, Mijnheer. Früher haben Peter und ich die Partei der Arbeit gewählt, aber die verschenken doch nur die Steuergelder an diejenigen, die von Arbeit gar nichts wissen wollen!»

«Du meinst die Arbeitslosen?»

«Kennen Sie das große Schild an der Obdachlosensiedlung am Ostzubringer?» fragte Termeer. Er war offenbar besorgt, der Commissaris könnte ihn mißverstehen. «Haben Sie dieses Schild jemals auf dem Heimweg gelesen, Mijnheer? Nachdem Sie selbst den ganzen Tag gearbeitet hatten?»

Der Commissaris kannte das Schild nur zu gut. Die Bewohner der Obdachlosensiedlung hatten es aufgestellt.

«Hallo, ihr Trottel!» stand darauf. «Habt ihr heute schön gearbeitet?»

Sechzig Prozent der Amsterdamer Bevölkerung bezogen Arbeitslosenunterstützung.

«Sie sind doch wohl kein Sozialist, Mijnheer?» fragte Termeer.

Der Commissaris rief sich selbst zur Ordnung. Zur Sache. Es ging um diesen toten Onkel. Lag hier eine ernstzunehmende Beschwerde vor?

«Und welche Partei wählst du, Jo?»

«Ich wähle nicht, Mijnheer.»

«Die Hoffnung aufgegeben?»

«Seit dem Jahre null.» Termeer erklärte, was er damit meinte. In dem Jahr, in dem ihm klargeworden war, daß die ständig zunehmende Bevölkerung die Oberfläche des Planeten kahlschlagen würde, begann er seine Einstellung grundsätzlich zu revidieren. Ihm war plötzlich die Erkenntnis gekommen, daß «es niemals mehr besser werden würde», daß «Hoffnung nur zu Enttäuschung führe». Das hatte er von Peter. Peter war weiser als er. Das waren Naturmenschen immer. Als Peter einmal in seine Heimat, die frühere südamerikanische Kolonie Surinam, gereist war, hatte er mit eigenen Augen gesehen, wie dort der Regenwald abgeholzt wurde, um die Bedürfnisse einer ungehemmt wachsenden Bevölkerung zu befriedigen.

«Gib alle Hoffnung auf», sagte der weise Naturmensch Peter manchmal, «und genieße, was noch übrig ist. Übe dich im Abgeklärtsein.»

Der Commissaris lächelte.

Das schien Jo zu verletzen. «Sind Sie anderer Meinung?»

«Mein lieber Junge», setzte der Commissaris an, «wie steht es denn mit deinem Wunsch nach Gerechtigkeit? Ist das etwa Abgeklärtsein? Bist du nicht hierhergekommen, um den Mord an deinem Onkel zu rächen?»

Termeer schüttelte betrübt den Kopf.

Der frei schweifende Geist, der von eigennützigen Begierden heruntergezogen wird. Er versuchte, diese Einsicht in Worte zu fassen.

«Ist das auch eine von diesen Naturvölker-Weisheiten? Zitierst du deinen Partner Peter?»

Er meinte, wenn zwei Männer zusammenlebten, so springe der Funke der Intuition manchmal über. «Meinen Sie nicht auch, Mijnheer?»

Der Commissaris dachte über sein Zusammenleben mit Katrien und mit Schulze, der Schildkröte, nach. Er nickte. «Du und Peter, ihr lebt zusammen?»

«Über dem Geschäft. In Buitenveldert in einem großen Appartement. Die Hypothek ist bereits abbezahlt.»

«Homosexuell?»

«Ja, Mijnheer», sagte Termeer ohne Scheu.

«In Ordnung», sagte der Commissaris.

Homosexualität brauchte man heutzutage nicht mehr zu verbergen; nicht einmal seine eigene Generation, die nun das Pensionsalter erreichte, tat das. Aber die Polizei war nun einmal besonders konservativ. Überholte Einstellungen hielten sich bei ihr lange. Und in der freiwilligen Polizei saßen die reaktionärsten Typen. Die Kandidaten für die Polizeireserve mußten eine Überprüfung über sich ergehen lassen. Homosexuelle wurden, sofern sie ihre sexuelle Präferenz erwähnten, nicht zugelassen, nicht wegen ihrer Homosexualität, sondern aus anderen Gründen. Im Prüfungskomitee saßen alte pensionierte Polizeioffiziere, also der gleiche alte Schrott, zu dem er – der Commissaris blickte grimmig drein – bald selbst gehören würde... konservativ und senil...

«Zähe alte Böcke», murmelte er leise.

«Wie bitte?» fragte Termeer.

Nichts, er habe nur so vor sich hin sinniert. So eine Überprüfung von Anwärtern für die freiwillige Polizeireserve war im Grunde ziemlich harmlos. Kaffee, Zigaretten, ein paar Worte zur Begrüßung. Die Bewerber wurden einzeln vor die Kommission gebeten. Der Oberbock fragte, warum der Kandidat sich berufen fühle, in seiner Freizeit zu «dienen und zu beschützen», und das auch noch unbezahlt.

Ob er irgendwelche faschistischen Neigungen hätte?

Machtgelüste? Das Bedürfnis, Prostituierte zu verhaften und im Streifenwagen zu befummeln?

Nein?

Dann sei ja alles bestens.

«Verehrte Kommissionsmitglieder! Als Vorsitzender schlage ich vor, diesen Bewerber zur Polizeischule zuzulassen, zur Abendschule, denn er muß ja tagsüber seinem Beruf nachgehen.

Ich meine, bringt ihm bei, wie man mit einer Handfeuerwaffe umgeht, steckt ihn in eine Uniform, und laßt ihn alle Examen bestehen.

Wenn er alle Hürden nimmt, darf er sich eine Polizeinadel an die Brust stecken. Er darf bei den Fußballspielen im Olympiastadion aufpassen. Er darf dafür sorgen, daß niemand mit Bananen auf nichtweiße Spieler der gewinnenden gegnerischen Mannschaft wirft. Er hat das ‹Gashahn›-Zischen zu unterbinden, wenn Spieler der gegnerischen Mannschaft, die dem jüdischen Glauben angehören, Tore schießen. Er darf am Nikolaustag am Straßenrand stehen und darauf aufpassen, daß die kleinen Kinder nicht unter die Hufe der Pferde geraten, und außerdem darf er dafür sorgen, daß niemand mit Pfeffernüssen auf das Gemächte des heiligen Mannes zielt.

Haha. Ja, auf Wiedersehn, Sie dürfen gehen. Man hat Sie aufgenommen. Ein echter Patriot, mit besonders großem P für Pups. Wir danken Ihnen, daß Sie dem Staat dienen wollen. Sagen Sie bitte dem nächsten Idioten, er soll hereinkommen, sind Sie so nett?»

Der Commissaris glaubte nicht, daß die Reservisten-Zulassungskommission ausgesprochen feminin wirkende Typen akzeptieren würde, Männer mit Ohrringen und ausgefallener Kleidung, aber dieser Johan Termeer hatte nichts von alldem an sich.

Der Commissaris hatte persönlich nichts gegen Homosexuelle. Allerdings hatte er auch nichts für sie übrig. «So wie man Goldfische mag», hatte er einmal bei einem Gläschen gesagt, um ein paar hochgestellte Kollegen zu beeindrucken. Katrien war nicht beeindruckt gewesen. Sie hatte es für geschmacklos gehalten. Und zu Recht, dachte der Commissaris bei sich.

«Ja, also, Termeer. Dieser, ähhh, Peter, von dem du gerade gesprochen hast, ihr lebt zusammen? Schon länger, nehme ich an.»

«Seit zwölf Jahren.» Termeer richtete sich auf, als ob er allen Anlaß hätte, stolz darauf zu sein.

Der Commissaris stellte fest, daß der Beschwerdeführer nicht nur gut, sondern auch sehr gepflegt aussah: Hose aus gebleichtem Leinen, Sportjackett aus braunem Tweed, cremefarbenes Baumwollhemd, Seidenkrawatte mit Batikmuster. Er trug Stiefel aus Velourleder, das sorgfältig aufgebürstet war.

«Erwartest du ein nennenswertes Erbe?» fragte der Commissaris. «Onkel Bert war Besitzer eines Buchversands?»

Termeer zuckte mit den Schultern. «Geld, aber das brauche ich nicht. Ich komme gut zurecht.»

«Erzähl mir von diesem Versandhandel.»

«Er verkaufte Bücher», sagte Termeer. «Dazu stellte er einen Katalog zusammen. Spirituelle Literatur, antiquarisch. Er kaufte die Bücher in Antiquariaten in ganz Amerika, nahm sie in seinen Katalog auf und verschickte diesen an Interessenten.»

«Ein großes Unternehmen?» fragte der Commissaris.

Termeer neigte seinen Kopf leicht zur Seite. «Eine beachtliche Liste, und er bot die Bücher gewöhnlich zum Dreifachen seines Einkaufspreises an. Aber natürlich hatte er Kosten.» Termeers Kopf senkte sich. «Vielleicht auch Schulden. Ungedeckte Schecks.»

Der Commissaris dachte an seinen verstorbenen Bruder Therus. Therus hatte einen Versandhandel für Autozubehör gehabt. Ein profitables Unternehmen. Therus war mit sechzig in seinem nagelneuen silbergrauen Mercedes-Sportwagen gestorben, während er in der Nähe des schicken Vororts Laren hupend, fluchend und mit geballten Fäusten in einem Stau festsaß. Therus hatte sein Geld in Gesellschaft jugendlicher Begleiterinnen auf Schweizer Berggipfeln ausgegeben.

«War dein Onkel profitgierig?»

Das glaubte Jo nicht.

«War er kinderlos?»

«Er war nie verheiratet», sagte Termeer.

«Auch homosexuell?»

«Früher war er hier in Amsterdam mit seiner Zimmerwirtin befreundet, mit Carolien.»

«Und er hatte Räume in einem New Yorker Gebäude gemietet?»

«In der Watts Street. Ein dreistöckiges Haus mit einem geräumigen Kellergeschoß. Das Gebäude liegt in Tribeca, unten in Manhattan, in der Nähe des Hudson. In dem Gebäude wurde früher Kaviar abgefüllt. Charlie lebt im obersten Stock, mein Onkel hatte den Keller und die unteren beiden Stockwerke. Riesige Räume, wirklich riesig. Im Keller hatte er die Bücher gelagert.»

Charlie hatte ihm manchmal im Buchversand ausgeholfen, Daten in den Computer eingegeben und Bestellungen fertiggemacht. Das Gebäude in der Watts Street wirkte zwar von außen völlig heruntergekommen, und der Aufzug ähnelte einem Raubtierkäfig, aber die Wohn- und Arbeitsräume selbst waren in sehr gutem Zustand.

»Hast du deinen Onkel hin und wieder besucht?»

«Einmal», sagte Termeer. «Vor langer Zeit bin ich einmal mit einer Reisegruppe nach New York geflogen, mit Stadtführung, so wie die Japaner es hier in Amsterdam machen, mit einem Führer an der Spitze und einem Führer am Ende, und alle schwenken bunte Plastiktulpen. Man muß sich schon sehr große Mühe geben, dabei verlorenzugehen. Wir haben Brücken und Museen besichtigt. Wir hatten einen freien Nachmittag, da habe ich Onkel Bertus besucht. Und jetzt war ich wieder da, wegen des Todesfalls.» Termeer nickte und seufzte. Er wiederholte das Wort in seinem speziellen Englisch: *«Det.»*

Der Commissaris öffnete die Dose mit den Verkade-Plätzchen. Grijpstra und sein Assistent, de Gier, waren bereits darüber hergefallen. Die Plätzchen mit der Mokkaglasur und die Löffelbiskuits, seine Lieblingsplätzchen, fehlten.

Er hielt seinem Gast die Dose hin. «Vielleicht ein *Sans-pareil*?»

Termeer dankte und nahm das angebotene Plätzchen.

«Grijpstra hat dieses Gespräch arrangiert», sagte der Commissaris. «Kennst du Grijpstra gut?»

«Den kennt wohl jeder bei der Reserve», antwortete Termeer. «Meister Stahlbürste war auf der Polizeischule mein Lehrer. Er hat uns beigebracht, wie man Protokolle schreibt, wann man einen Bürger festnehmen darf und wann nicht. Wir haben viel Spaß zusammen gehabt, aber trotzdem ließ er uns nichts durchgehen. Außerdem ist er ein Idealist.» Termeer wurde plötzlich sehr ernst. Offenbar war er innerlich bewegt. «Er hat uns beigebracht, die Bürger zu achten und diesen Trotteln zu dienen.»

«Zitierst du Grijpstra?»

«Diese Trottel von Bürgern bringen sich ständig selbst in Schwierigkeiten.» Termeer imitierte überzeugend Grijpstras brummige Stimme. «Und sie stellen uns ein, damit wir sie wieder aus der Scheiße holen können.»

Ja, dachte der Commissaris, und wie steht es mit Grijpstra? Vater von zu vielen Kindern, die jetzt größtenteils von der Wohlfahrt lebten. Von seiner Ehefrau entfremdet. Im Augenblick mit einer ehemaligen Prostituierten verlobt, die ehrgeizige Pläne hatte. Der Commissaris hustete. Zur Sache. Dieser Termeer schien ein anständiger Kerl zu sein, verantwortungsbewußt und nicht ohne Humor.

Aber Äußerlichkeiten können täuschen.

Es wurde Zeit, sich näher mit den Hintergründen der Angelegenheit zu befassen. Dabei war ein etwas vertraulicherer Ton von Nutzen. «Mein Junge, nun erzähle mir doch mal...»

Termeer erzählte, er sei in Heerhugowaard, einem Dorf in Nordholland, als Sohn eines Kleinbauern geboren. Doch sein Vater war früh gestorben. Seine Mutter war mit einem Kerl davongelaufen, der mit einer Zweizylinder-BMW gekommen war, einem Motorrad von der ganz teuren Sorte. Offenbar ein Deutscher, den sie noch aus der Besatzungszeit gekannt hatte. Jo schien seiner Mutter drei Verbrechen vorzuwerfen: zunächst einmal Ehebruch, denn Jos Eltern hatten während des Krieges geheiratet. Da der Deutsche der Feind war, kam Landesverrat hinzu. Jo war gegen Kriegsende geboren worden, konnte also nicht das Kind des Deutschen sein. Doch die Mutter hatte ihr eigenes Kind im Stich gelassen.

Die Mutter, die herumgehurt und ihr Vaterland verraten hatte, ließ ihr Kind in der Obhut ihres völlig überarbeiteten Ehemanns zurück. Jos Vater machte Bankrott und erhängte sich in der Scheune über den Köpfen seiner tuberkulösen Kühe.

Eine ländliche Tragödie, die schließlich doch noch eine einigermaßen glückliche Wendung nahm, denn das blonde Waisenkind...

(«Wie alt warst du da, Jo?»)

(«Acht Jahre, Herr Commissaris.»)

...wurde von Onkel Bert in Amsterdam adoptiert. Onkel Bert war damals Straßenhändler auf dem Büchermarkt am Oudemanhuispoort, am Rande des Rotlichtviertels, wo es noch anständig zuging und keine Prostituierten in Schaufenstern saßen. Der Onkel sorgte gut für den Jungen, der seinen Schulabschluß machte und dann Friseur wurde. Nachdem Jo sich eine eigene Existenz aufgebaut hatte, emigrierte der Onkel in die USA.

«Aus einem bestimmten Grund?»

Jo zuckte die Achseln. Der Onkel war ein Abenteurer gewesen. Holland war ein kleines Land. Er hatte sich auf englischsprachige spirituelle Literatur spezialisiert. Der amerikanische

Buchversand-Markt war riesengroß. Er war wohl schon immer von Amerika begeistert gewesen. An den Wänden seiner Amsterdamer Wohnung hatten Landkarten von Amerika gehangen. Er war in den Staaten herumgereist und hatte in Bangor, Maine und Boston gewohnt. Am liebsten war er jedoch in New York gewesen, wo er insgesamt etwa fünf Jahre gelebt haben mußte.

«Ein ganz schöner Sprung vom Oudemanhuispoort», sagte der Commissaris.

«Ja, mein Onkel war sehr unternehmungslustig.»

«Hat Tante Carolien ihn begleitet?»

«Sie wollte nicht», sagte Termeer. «Sie war zehn Jahre älter als er. Tante Carolien sah für ihr Alter jung aus und Onkel Bert alt, aber der Unterschied zwischen beiden wurde doch immer größer. Und sie war krank geworden.»

«Lebt sie noch?»

Termeer schüttelte den Kopf. «Multiple Sklerose. Gelähmt. Sie sah auch nicht mehr gut. Ich habe sie ab und zu in einem Heim an der Leidsegracht besucht.»

«Schlimm?»

«Nein, überhaupt nicht.» Termeer schien sich nun zu entspannen; er redete ohne Scheu. Als Jo noch ein kleiner Junge gewesen war, hatte Tante Carolien Onkel Bert oft zu sich geholt. Sie hatte dann nur mit durchsichtiger Unterwäsche und Stiefeln bekleidet auf der Treppe gestanden und seinen Onkel geneckt. Manchmal hatte sie auch noch einen Hut mit Paradiesvogelfedern getragen. Eine sehr außergewöhnliche Frau.

«Sie war keine... ähhh...»

«Für Geld?» fragte Termeer. Das glaubte er nicht. Er hatte Tante Carolien zwar einmal mit einem Milchmann gesehen und einmal unter einem kräftig zustoßenden Postboten, aber das waren eher Zufallskontakte gewesen, rein zu ihrem Vergnügen. Sie war Eigentümerin eines großen Giebelhauses gewesen und hatte von der Zimmervermietung gelebt. Außerdem hatte sie ein paar Wertpapiere gehabt.

«Hat dein Onkel für das Heim bezahlt, in dem sie starb?»

«Nein, das war nicht nötig. Carolien ist immer eine selbständige Frau gewesen, und sie ist auch selbständig in den Tod gegangen, ohne Zustimmungserklärung ihres Arztes: bequem in ihrem Bad, mit einem Plastikbeutel über dem Kopf, nachdem sie zuvor ein paar Gläser geleert hatte.»

Jo Termeer lächelte.

Der Commissaris wartete.

«Tante Carolien», fuhr Termeer fort, «ich mochte sie sehr gerne.»

Er erzählte dem Commissaris, der Onkel habe zusammen mit seiner Hauswirtin gelegentlich kleine Reisen unternommen, und manchmal habe Jo sie begleiten dürfen. Einmal waren sie zu dritt in Paris auf dem Markt gewesen, um alte Bücher zu suchen. Onkel Bert hatte einen antiken Rollstuhl entdeckt, aber der Händler war ziemlich arrogant gewesen. So waren sie manchmal in Frankreich: zu fein, um sich mit Ausländern abzugeben, die ihre Muttersprache verunstalteten. Später waren sie noch einmal an dem Stand mit dem Rollstuhl vorbeigekommen. Carolien hatte gesagt: «Den werde ich bald brauchen.» – Eine Vorahnung. – Als der Händler einen Augenblick nicht aufpaßte, hatte sich Tante Carolien in den Rollstuhl gesetzt, mit verzogenem Gesicht, sabbernd und mit spastisch zitternden Wangen. Onkel Bert hatte kräftig geschoben, und weg waren sie gewesen.

«Und du?»

Termeer grinste. «Ich habe den Händler abgelenkt, so getan, als hätte ich etwas klauen wollen, und ich ließ mich schnappen. Der Mann durchsuchte mich, konnte aber nichts finden.»

Der Commissaris nickte, als er sich die Szene vorstellte.

Termeer lachte. «Das werde ich nie vergessen.»

Der Commissaris drehte das Band im Recorder um und gab seinem Besucher mit erhobener Hand ein Zeichen, solange zu schweigen.

«So. Und wie alt bist du jetzt?»

Jo Termeer war gerade vierzig geworden.

Ein vierzigjähriger kleiner Junge, dachte der Commissaris. Kurz geschoren, gut angezogen, athletisch, höflich und beredt.

«Wie lange hat dein Onkel in Amerika gelebt?»

Onkel Bertus hatte über zwanzig Jahre in Amerika gelebt, und Tante Carolien war seit vier Jahren tot.

Der Commissaris schaltete das Aufnahmegerät aus. Er versprach, über Interpol und mit Hilfe anderer direkterer Beziehungen Erkundigungen einzuziehen.

«Sie werden sich das nicht zufällig selbst einmal anschauen?» fragte Termeer.

Der Commissaris entschuldigte sich. Er bedauere, aber New York, das müsse Kollege der Reserve Jo doch wohl verstehen, liege außerhalb der Zuständigkeit eines Polizeibeamten der Stadt Amsterdam. Außerdem stehe er kurz vor seiner Pensionierung.

«Aber...»

Nein, der Commissaris werde ganz sicher nicht nach Amerika reisen. Es sei nicht so, daß er einem, äh, Kollegen einen Gefallen abschlagen wollte. Er würde sehen, was er für den freiwilligen Hoofdagenten Johan Termeer tun könne, aber Jo solle sich davon bitte nicht allzuviel versprechen.

Der Commissaris war der Meinung, er habe nun genug getan, und wollte sich mit gestrengem Blick hinter seinen Schreibtisch setzen. Er machte Anstalten aufzustehen. Termeer erhob sich gleichzeitig mit ihm und wuchs immer weiter in die Höhe. Im Stehen war er fast dreißig Zentimeter größer als der Commissaris und schaute in dieser Haltung auf den Vorgesetzten herab.

Ein beachtlicher Gegner, dachte der Commissaris, während er zu ihm hochspähte und seinen Blick verstohlen zur Seite streifen ließ, denn Termeer hatte auffällig breite Schultern. Merkwürdig, daß ihm vorher nicht aufgefallen war, wie groß sein Besucher war.

Eine Frage der Einstellung? Der Vorgesetzte und der Untergebene hatten sich einfach so gegenübergestanden, Zwerg und

Riese, nachdem Adjudant Grijpstra Termeer hereingebracht hatte, aber da war der Commissaris von sich selbst überzeugt gewesen: der leitende Polizeibeamte in seinem eindrucksvoll möblierten Büro. Woher kam plötzlich dieses Gefühl von Kleinheit? Empfand man Unterschiede in der Körpergröße stärker, wenn man von Schuldgefühlen geplagt wurde?

Termeer sprach immer noch, mit tieferer Stimme als vorher und gar nicht mehr untertänig. «Es tut mir leid, daß ich Sie belästigt habe, Commissaris. Aber ich dachte, weil ich all die Jahre bei der Polizei gedient habe, unbezahlt...»

Auch der Commissaris entschuldigte sich, ohne es wirklich zu meinen.

Termeer beugte sich zu ihm hinab. «Sie fahren doch hin und wieder nach Amerika? Adjudant Grijpstra hat gesagt, eine Schwester von Ihnen hätte früher dort gewohnt und Sie hätten dort Freunde.»

Antoinette, die Sekretärin des Commissaris, trat ein, um das Kaffeegeschirr abzuräumen. Sie «nahm sich die Freiheit» (wie sie selbst sagte, nachdem sich herausgestellt hatte, daß sie Termeer kannte), «sich einzumischen».

«Sie haben doch sicher nichts dagegen, Mijnheer?»

Der Commissaris ließ seinen Blick im Zimmer umherschweifen, in der Hoffnung, daß dies alles nicht mehr lange dauern würde, bewunderte erneut den im Sonnenlicht leuchtenden Teppich, die niedrig hängenden Porträts von Polizeichefs längst vergangener Zeiten und die leuchtenden Geranienblüten auf der Fensterbank.

Ihr Mann Karel, erklärte Antoinette, habe kürzlich bei der Einrichtung von Jos und Peters neuem Haarpflegesalon mitgeholfen.

Was für ein Zufall!

«Und du arbeitest bei uns bei der Reserve?» fragte Antoinette Jo Termeer. Sie schaute den Commissaris an. «Wieder so ein Teilzeitpolizist, der unentgeltlich der Gemeinschaft dient.» Dann wandte sie sich Termeer wieder mit jener Vertraulichkeit zu, die sich entwickelt, wenn man Freunden dabei hilft, in ihrem eleganten Geschäft einen neuen Teppichboden zu verlegen.

«Warst du nicht damals dabei, als dieser Jugoslawe festgenommen wurde?» fragte Antoinette Termeer. «Dieser Gangster, der einen Berufspolizisten aus der Warmoesstraat niedergeschossen hat?»

«Wie klein die Welt doch ist», sagte der Commissaris.

«Dieser Polizist hat sich nie mehr ganz davon erholt», erläuterte Antoinette. «Sein rechter Arm hängt immer noch schlaff herunter. Aber ohne Jo Termeer wäre er heute tot.»

Jo erzählte Antoinette, daß sein Onkel im Central Park in New York ermordet worden sei. So weit weg. Da könne man kaum etwas unternehmen, vor allem, wenn man nur wenig Englisch spreche.

«Ist er ausgeraubt worden?» fragte Antoinette.

Jo faßte noch einmal kurz alles zusammen.

«Der arme alte Mann», sagte Antoinette. «Und Sie nehmen sich dieser Sache an, Herr Commissaris?»

Das hatte der Commissaris ganz und gar nicht vor.

«Mit der Post ist eine Einladung gekommen», sagte Antoinette und hielt einen geöffneten braunen Umschlag in die Höhe. «Für einen Polizeikongreß in New York.» Antoinette schnippte Staub vom Ärmel des Commissaris. «Es ist schön dort. Karel und ich sind letztes Jahr hingeflogen. Wir haben alle Warhols gesehen und den Flugzeugträger, der auf dem Fluß liegt. Karel sagt, er sei eine Art Kunstwerk. Grauen und Gewalt sind seiner Meinung nach auch Kunst.» Antoinette faltete ein Blatt auseinander, das sie aus dem Umschlag gezogen hatte. «Ihr Kongreß beschäftigt sich auch mit diesem Thema, mit Gewalt heute. Schauen Sie sich nur das Foto auf der Vorderseite der Einladung an. Ein totes Mädchen, das Reste von Erbrochenem in den Mundwinkeln hat. Igitt.»

Antoinette schloß angeekelt die Augen. Dann schaute sie Termeer wieder an.

«Ist er nicht ein Glückspilz? Umsonst eine Woche New York!

Und wir dürfen dafür Steuern bezahlen. Aber so ist es nun einmal mit den Hohen und Mächtigen dieser Welt.»

Der Commissaris wirkte erstaunt.

Antoinette strahlte. Jetzt, wo der Commissaris kurz vor seiner Pensionierung stand – er würde ihr sehr fehlen –, war ihr Umgang miteinander viel vertraulicher geworden. Sie drückte sich ein wenig gegen ihn und schaute auf seinen kahl werdenden Kopf hinunter. «New York, was für eine Stadt! Mit den Raubüberfällen scheint es gar nicht so schlimm zu sein, wenn man nur ein bißchen aufpaßt. Und für uns ist dort jetzt alles so billig. Es gibt Restaurants aus aller Welt. Jeden Tag kann man etwas anderes probieren. *Alles* ist dort anders. Und all die verschiedenen Nationalitäten!» Antoinettes Augen weiteten sich. «Und diese *Gebäude*, all das Glas!»

Für kurze Zeit herrschte Schweigen.

«Wenn Sie doch sowieso hinfliegen…», setzte Termeer erneut an.

Der Commissaris runzelte die Stirn. «Ich fliege aber nicht.»

2

«Und er fliegt doch», sagte Brigadier de Gier zwei Tage später. Adjudant Grijpstra war bei de Gier in dessen Apartment zum Tee, weil Grijpstra an jenem Abend vorzeitig von seiner Freundin weggegangen war.

«O ja, o ja, o jaaa?» hatte Grijpstra gesagt, während er die Treppe von Nellies Wohnung hinabgestapft war.

Nellie führte ein Hotel am Rechtboomsloot. An diesem Tag war ein Wasserrohr geplatzt und das Essen angebrannt. Wegen der beiderseitigen Gereiztheit verlief ihr sexuelles Beisammensein an jenem Abend nicht besonders befriedigend.

«Aber es *war* befriedigend!» hatte Grijpstra gesagt.

«Für dich vielleicht», erwiderte Nellie und versuchte, ihm zu erklären, was *sie* unter «zusammen» verstand. Aber in Grijpstras Ohren war das nur Kritik.

Er war müde gewesen, nachdem er an jenem Tag mehrere Stunden lang einen drogensüchtigen Einbrecher verhört hatte. Der Junkie war immer wieder eingeschlafen und hatte völlig vergessen, wo er eingebrochen hatte, was er dort hatte mitgehen lassen und wo die Beute geblieben war.

«Oder auch nicht», hatte er jeder Aussage hinzugefügt, nicht, um die Ermittlungen zu behindern, sondern um auf den relativen und chaotischen Charakter aller Dinge hinzuweisen.

«Aber was weißt *du* schon darüber? Häh? Du tote Hose? Du mußt es selbst mal probieren, Mann. Dann sitzt du bei Gott auf der Treppe und kapierst auch endlich mal was. Dann brauchst du freie Seelen wie mich nicht mehr vollzulabern.»

Grijpstra zog Kroketten aus dem Automaten in der Leidsestraat. Er hätte nach Hause gehen können, in seine hübsche Maisonette an der Lijnbaansgracht, die seine Familie vor ein paar Jahren verlassen hatte. Um jede Erinnerung an seine Frau zu vermeiden, hatte er sie gedrängt, das gesamte Mobiliar mitzunehmen. Und bisher hatte er die großen Räume noch nicht neu möbliert. Damals war die Maxime «Ein intelligenter Mann braucht nicht viel» sein Leitsatz gewesen. Mittlerweile hatte er eher das Gefühl, daß die leeren Räume Grijpstra nicht mehr brauchten. «Reine Leere, vom Leuchten des Nichts durchstrahlt», hatte der Poet Grijpstra jubiliert, als «Sie» und «die Krachmacher» endlich ausgezogen waren. An jenem Tag hatte die Sonne geschienen.

Erscheinungen veränderten sich. Er sah das leere Apartment nun als getreues Abbild von Hollands ständig wolkenverhangener Atmosphäre. «Zugige Abwesenheit von Notwendigkeiten, teilweise beleuchtet von einer baumelnden Glühbirne», dichtete Grijpstra vor sich hin.

Ein Türke hörte ihm zu. Er war früher einmal von den Holländern willkommen geheißen worden, um unangenehme harte Arbeit zu verrichten. Doch die Rationalisierung hatte ihn überflüssig gemacht. Er bekam nun Arbeitslosengeld, weil er eine unbefristete Aufenthaltsgenehmigung hatte. Der Türke war ein dünner Mann in einem fadenscheinigen Mantel, der wie Grijpstra auf die Straßenbahn wartete.

«Hast du was gesagt, Freund?»

«Die leeren Räume, die ich mein Zuhause nenne, haben mich zu einem Gedicht inspiriert», antwortete Grijpstra.

Er wiederholte die Zeile: «Zugige Abwesenheit...»

Der Türke lächelte. «Du zarte Seele.»

Grijpstra nahm das Kompliment mit einem Niesen zur Kenntnis.

Der Türke wünschte ihm Gesundheit.

Es regnete nun stärker. Grijpstra drängte sich rückwärts unter das Dach des Wartehäuschens. Der Türke machte es ihm nach. Regentropfen platschten auf den Asphalt und sprangen von dort wieder hoch, gegen die Hosenbeine der beiden.

«Zuhause», sagte Grijpstra. «Leer, still.»

Der Türke kannte diese Worte zwar, konnte aber keine Bedeutung mehr damit verbinden.

«Zwei Frauen, zwei Fernseher», entgegnete er. «Fünf Kinder, die zwischen den beiden Flimmerkisten hin und her laufen. Und die Nachbarn über mir streiten sich auf dem blanken Holzfußboden.»

«Sie sprechen aber gut Holländisch», sagte Grijpstra.

«Das ist nicht so schwer», antwortete der Türke gereizt. «Nicht so viele Wörter und auch nicht allzuviel Grammatik.»

Grijpstra gefiel das. Er reichte dem Türken eine Krokette aus seiner Tüte.

«Schwein?» fragte der Türke mißtrauisch.

«Kalb», beruhigte ihn Grijpstra jovial.

Der Türke sagte, er habe schon öfters Schwein gegessen, und zwar nicht aus Versehen. Er sei gegen religiöse Vorschriften. Er esse, Allah sei gepriesen, was ihm schmecke. Aber wenn er Schwein esse, wolle er wenigstens wissen, daß er sündige. Sein Auge fiel auf die Bremslichter eines Autos. Der Türke schluckte den Bissen, den er gerade im Mund hatte, hinunter, lächelte, reckte sich und deklamierte: «An der Straßenbahnhaltestelle in der Fremde in vernichtender Dunkelheit glüht meine Seele plötzlich rot auf, von Sünde beschienen.»

Grijpstra applaudierte seinem Dichter-Kollegen.

Der Türke sagte, auf türkisch falle es ihm leichter, zu dichten, aber er habe gelernt, sich im Rahmen seiner sprachlichen Beschränktheit verständlich zu machen. Bisher seien seine holländischen Gedichte noch nicht so gut gelungen. Dann hob er einen Finger.

Der türkische Hund sagt: «Wie dankbar ich bin»,
und legt seinem Herrchen ein Würstchen hin.

«Das reimt sich sogar.» Der Türke stieß Grijpstra vertraulich an. «Gefällt dir?»

Grijpstra stieß den Türken ebenfalls an. «Gefällt mir.»

Der Kalbskroketten kauende Türke stieg in die Straßenbahn. «Sei gegrüßt, mein Freund.»

Grijpstra winkte ihm nach. «Sei gegrüßt.»

Der Adjudant nahm den Bus nach Buitenveldert. Er hätte sich

vorher telefonisch anmelden können. Tatsächlich hatte er sogar die Münze für das Telefon schon in der Hand gehabt, sie aber wieder in die Tasche gesteckt. Angenommen, de Gier war nicht zu Hause – dann hätte Grijpstra sich die ganze Busreise sparen können. Aber ihm gefiel es, in überfüllten Bussen zu sitzen und vor sich hin zu starren. «Sinnlose Stille mit völlig Fremden teilen.»

De Gier war zu Hause, öffnete aber nicht, weil er gerade eine CD mit Musik aus Papua-Neuguinea hörte.

Grijpstra schlug wie wild gegen die Tür und ließ den Finger auf dem Klingelknopf.

«Täbris», sagte de Gier zu seiner Katze, «sie sind wieder da. Hast du was dagegen, wenn ich durch die Tür schieße?»

«Gestapo!» rief Grijpstra, weil de Gier jüdische Vorfahren hatte und oft über seine Rachegelüste sprach. «Nur ein einziges Mal, Henk», sagte de Gier jedesmal. «Ich würde mich danach wesentlich besser fühlen. Ich hoffe, es macht dir nichts aus?» De Giers jüdische Großmutter war in Rio de Janeiro von einem Bus überfahren worden, nachdem es ihr gelungen war, aus Holland zu fliehen, noch bevor die Deutschen das Land besetzt hatten. De Giers Rachegefühle waren eher prinzipieller Natur – Gut gegen Böse. Der Gute tötet den Bösen – nachdem er ihn vielleicht vorher verprügelt hat.

Während de Gier auf diese Gelegenheit wartete, hielt er sich zurück und half deutschen Touristen. Er war auch bekannt dafür, daß er besonders rücksichtsvoll mit deutschen Verdächtigen umging.

Zu Grijpstra hatte er einmal gesagt, vielleicht sei die Phantasie das einzige, was zähle.

«Gestapo, mein Lieber.» Grijpstra lehnte sich gegen die knarrende Haustür.

De Gier öffnete ganz plötzlich die Tür in der Hoffnung, daß sein Opfer vornüberfallen würde. Doch Grijpstra war rechtzeitig zurückgetreten.

«Ich würde den heutigen Abend lieber allein verbringen»,

sagte de Gier und trat zur Seite, so daß Grijpstra eintreten konnte. «Ich bin mir sicher, daß du Verständnis dafür hast.»

Grijpstra war froh, jemanden zu kennen, der Wasser für ihn aufsetzte und Brot in den Toaster schob. De Gier, zehn Jahre jünger als der Adjudant, sein unmittelbarer Vorgesetzter, sah aus wie ein Filmstar – das meinte Grijpstra zumindest. Das kurze gelockte Haar war frisch gewaschen und geföhnt, und seinen großen Schnurrbart hatte er offensichtlich gerade gebürstet. Er schlenderte lässig in seinem gestreiften Baumwollkimono umher. ‹Mister B-Movie›, dachte Grijpstra freundlich. ‹Unser Actionheld, im Augenblick gerade in einer Pause zwischen Kämpfen und Vögeln.›

«Wie geht es Wie-heißt-sie-doch-gleich?» fragte Grijpstra, als de Gier Tee, Anchovistoasts und Servietten, geschmackvoll auf einem verbeulten Silbertablett arrangiert, über den Tisch schob.

«Ich verstehe Wie-heißt-sie-doch-gleich nicht», sagte de Gier.

«Ich verstehe Nellie schon», sagte Grijpstra, der de Giers Katze, Täbris, mit Fisch fütterte. «Nellie möchte, daß ich zu ihr ziehe, aber ihr Hotel ist mir einfach zu laut.» Er strich sich die Krümel von seinem Nadelstreifenanzug. «Ich ziehe es immer noch vor, getrennt zusammenzuleben.»

«Ich ziehe überhaupt nichts vor», sagte de Gier.

Heute hatte schon einmal jemand Grijpstra Inaktivität als Lösung vorgeschlagen, vor nur wenigen Stunden. Allerdings hatte der Junkie Ausnahmen zugelassen. «Man kann auch über die Muschi eine direkte Verbindung zum Göttlichen bekommen», hatte er ehrerbietig erklärt.

«Und du wagst es, deine Suche nach sexueller Erfüllung einfach einzustellen?» fragte Grijpstra.

«Ein Mann wird ja wohl noch träumen dürfen», entgegnete de Gier.

«Von Freiheit?»

«Ja, mit Hilfe von Nichtstun. Glaubst du etwa nicht an die totale Negation?»

«Ich glaube», antwortete Grijpstra. «Und wer glaubt, ist sich nicht sicher und deshalb dazu verdammt, es weiter zu versuchen.»

Die beiden Detektive kamen im weiteren Verlauf ihres Gesprächs zu dem Schluß, daß der Commissaris ihre höchste Autorität sei. Der Commissaris versuchte, sich dem Mysterium mittels Aktivität, mittels nützlicher Arbeit zu nähern.

Dem Gemeinwohl dienen.

Warum sonst wollte der Commissaris jetzt unbedingt nach Amerika?

Grijpstra sang: *«When the Saints Go Marching In.»*

De Gier griff nach seiner Trompete und spielte die Melodie. Dann legte er das Instrument wieder an seinen Platz zurück.

Grijpstra berichtete ihm, was er bis jetzt über den Fall wußte.

«Hat Jo Termeer dieses Lied erwähnt?» De Gier streckte seinen Fuß zu der Katze hin, die sich erwartungsvoll auf den Rükken rollte und eine Massage erwartete. «Woher weiß Jo, daß die Heiligen marschiert sind, während Onkel Bert im Sterben lag? Jo war schließlich nicht dort. Er war hier und hat in diesem Vorort, in Buitenveldert, Haare geschnitten.»

Täbris schnurrte genüßlich und geräuschvoll, während die Zehen ihres Herrchens ihren Bauch kneteten. De Gier kniete sich neben die Katze. Er umgriff mit Daumen und Zeigefinger ihr Maul und spannte und lockerte seinen Griff rhythmisch. Das Schnurren der Katze verwandelte sich in ein musikalisch interessantes «Wah-wah-wah».

«Ich habe den größten Teil des Nachmittags damit verbracht, Jo Termeer zu verhören», sagte de Gier. «Wenn ich an diesem Fall mitarbeiten soll, möchte ich über die vorliegenden Fakten informiert werden. Niemand hat mir etwas von den Heiligen erzählt. Ich hätte Termeer in einen Widerspruch verwickeln können.»

Er schaute Grijpstra mit gerunzelter Stirn an.

«Termeers Information basiert auf zweifachem Hörensagen», wandte Grijpstra ein. «Onkel Berts Nachbar, sein Vermieter und Teilzeitmitarbeiter, hat Jo erzählt, als man Bert zum letzten Mal gesehen habe, wären die ‹Saints› gespielt worden. Charlie hatte das von Passanten erfahren. Er selbst war auch nicht dabeigewesen.»

«Hat Nachbar Charlie mit potentiellen Zeugen gesprochen, die bei Onkel Berts Tod anwesend waren?» fragte de Gier.

«Vermutlich marschierten musikalische Heilige», sagte Grijpstra. «Und nicht nur das, man hat ein älteres Ehepaar gesehen, Ausländer, Touristen, die einen berittenen Polizisten auf eine angebliche Leiche hinwiesen.» Grijpstra schüttelte den Kopf. «Eine Polizist*in*, genauer gesagt.»

«Aha, aha», sagte de Gier. «Das sind eine Menge Neuigkeiten für mich, mein Freund. Du hast mir die Information also vorenthalten, um von mir zu hören, was Jo sagen würde, wenn ich ihn befrage.»

«Hat Jo Termeer kein älteres Touristenpaar erwähnt? Mittelklasse? Ausländer?»

«Nein», antwortete de Gier. «Der junge Termeer berichtete, er habe sich an die Polizeiwache des Central Park gewandt und mit dem wachhabenden Sergeant gesprochen. Der Cop habe nur etwas von einem toten Penner gehört, der unter einer schmutzigen Decke lag, einem Obdachlosen in Lumpen, und er hat Termeer gesagt, die Untersuchungen seien eingeleitet worden.»

«Eine peinliche Häufung von Todesfällen?» fragte Grijpstra. «Gewalttätiges Amerika? Tote in Hülle und Fülle?»

«Es war der gleiche Tote», erklärte de Gier. «Charlie hat die Leiche als seinen toten Nachbarn identifiziert. Termeer hat auf dem Central-Park-Precinct auch einen Sergeant Hurrell kennengelernt. Auch da gab es wieder Verständigungsprobleme. Hurrell hat möglicherweise gesagt, er würde Termeer auf dem laufenden halten.»

«Macht keinen Sinn», sagte Grijpstra traurig. «Macht überhaupt keinen Sinn. Und es wird auch keinen machen, wenn wir nicht versuchen, Sinn hineinzubringen. Zeig mir, was du dir zurechtgereimt hast, wie die Fakten, die wir haben, zusammenpassen könnten.»

«So etwas mache ich nicht in meiner freien Zeit», entgegnete de Gier. «Und es sollte auch *deine* freie Zeit sein. Warum belästigst du *mich*? Geh doch Nellie auf den Keks. Male tote Enten in deinem leeren Apartment. Geh nach Hause und spiel Schlagzeug.»

Um de Gier versöhnlicher zu stimmen, rezitierte Grijpstra sein eben kreiertes, verbessertes und teilweise gestohlenes Gedicht.

Reine Leere, durchstrahlt vom göttlichen Leuchten des Nichts,
oder ist es kalte Abwesenheit von Notwendigkeiten,
sinnlos beleuchtet
von einer trüben Glühbirne,
die von einer abblätternden Decke herabhängt?
Ich fliehe beide Möglichkeiten und warte
in nasser, vernichtender Dunkelheit
an einer fremden Bushaltestelle,
wo meine Seele rot in sündigen Blitzen aufleuchtet.

De Gier ließ Täbris weiter «wah-wah-wah» machen. Anschließend applaudierte er.

«Ich bin nicht zu den Huren gegangen», sagte Grijpstra.

«Du bist zu mir gegangen», entgegnete de Gier. «Um zu versuchen, deine Leere mit sinnloser Arbeit zu füllen.» Er lächelte nachsichtig. «Okay. Ich werde dich aufmuntern.»

De Gier gab Grijpstra seinen Bericht im Singsang des Rotterdamer Dialekts, der Grijpstra regelmäßig in hysterische Lachanfälle versetzte. «Bitte», flehte Grijpstra ihn schluchzend an. «Hör auf damit. Kannst du denn nicht wie ein normaler Mensch reden?»

Täbris bekam einen Schluckauf und mußte deshalb hochgehoben, umgedreht und sanft geschüttelt werden.

Dann wurden sie wieder ernst.

De Gier berichtete, nun in korrektem Amsterdamer Dialekt, der Reserve-Hoofdagent erster Klasse, Jo Termeer, habe bei der vom Commissaris angeordneten gründlichen Befragung einen guten Eindruck hinterlassen.

Grijpstra bat de Gier, «gut» zu definieren.

Termeer wirke bescheiden, höflich, zuverlässig, exakt in der Art, wie er seine Beschwerde vorgebracht habe. Keinesfalls ein Dummkopf. Vielleicht ein wenig ungebildet.

«So wie du also», warf de Gier ein. «Talentiert, fleißig, aber nicht die Art von Mensch, die die Wirklichkeit in Frage stellt.»

Grijpstra kannte diesen Typ. «Kein Suchender. Er verwendet seine Energie darauf, künstlerischen Hobbys nachzugehen. Ist Termeer Sonntagsmaler? Vielleicht macht er ja auch noch ein bißchen Musik.»

De Gier suchte sein Notizbuch und schaute darin nach. «Kritisches Anschauen von Filmen.»

«Ah, was für Filme denn?»

«Actionfilme und verrückte Filme.»

«Was für eine Art von Action?»

«Kampffilme.»

«Was für eine Art von verrückt?»

«Was weiß *ich* denn!» entgegnete de Gier.

«Du hast da nicht nachgehakt?»

De Gier schüttelte den Kopf. «Jo mag Filme, die in Australien spielen.»

«Verrückte australische Filme?»

De Gier nickte. «Und futuristische.»

«Verrückte australische futuristische Actionfilme», faßte Grijpstra zusammen.

«Genau das», bestätigte de Gier.

«Welche sexuelle Orientierung?»

«Die Filme?»

«Termeer», sagte Grijpstra.

«Ach so, homosexuell. Er lebt mit einem Kollegen namens Peter zusammen.»

«Hast du mit Peter gesprochen?»

Nachdem de Gier Jo Termeer im Polizeihauptquartier befragt hatte, war er nach Buitenveldert gefahren, hatte Jos Partner Peter im Haarpflegesalon abgeholt und mit ihm in einem Café in der Nähe ein Gespräch geführt.

«Worüber?» fragte Grijpstra.

«Direkt zur Sache», antwortete de Gier. «Ich habe Peter erzählt, daß wir uns mit einer Beschwerde befassen und etwas über den Hintergrund herauszufinden versuchen.»

«Hast du deine Hundemarke gezeigt?»

«Klar. Natürlich.»

«Beschreib den Befragten.»

De Gier beschrieb Peter als einen schlanken, aktiven, intelligenten vierzigjährigen Schwarzen, der modisch gekleidet war.

«Übertrieben modisch?»

«Nein.»

«Manieriertes Verhalten?»

«Du meinst affektiert feminin?» fragte de Gier zurück. «Nein.»

«Wie schwarz?»

«Pechschwarz.»

«Hat einen guten Eindruck auf dich gemacht, nicht wahr?» fuhr Grijpstra fort. «Du magst Peter.»

«Ja», antwortete de Gier. «Sicher.»

«Vertrauenswürdig?»

«Bestimmt.»

«Du hast mit Peter über deine Bewunderung für schwarze Jazzmusiker gesprochen?»

«Nein, habe ich nicht.»

«Und Freund Peter glaubt, daß es richtig von Termeer war, wegen des vermuteten Mordes an seinem Onkel an das Amsterdamer Morddezernat heranzutreten?»

«Ja», antwortete de Gier. «Dieser Peter hat mir wirklich gut gefallen.»

«Vorurteile», fuhr Grijpstra fort. «Du hast Vorurteile, Rinus.

Du magst pechschwarze Männer, weil sie dich an Miles Davis erinnern, der so Trompete spielt, wie du es immer wolltest, aber nie können wirst.»

De Gier zuckte mit den Schultern.

Grijpstra schaute ihn kritisch an. «Inakzeptable Assoziationen. Umgekehrte Vorurteile. Peter könnte trotzdem unzuverlässig sein. Das mußt du doch zugeben, oder?»

«Ach hör doch auf!» fuhr de Gier ihn an. «Das Gegenteil stimmt auch nicht. Obwohl ich die meisten rosahäutigen Menschen, die nicht so Trompete spielen, wie ich es gern möchte, nicht mag, weiß ich trotzdem deine Zuverlässigkeit zu schätzen.»

Grijpstra blinzelte.

«War der Satz zu kompliziert?» fragte de Gier.

«Okay», sagte Grijpstra. «Termeers Partner Peter ist in Ordnung. Termeer auch.» Grijpstra machte eine Pause. «Kannst du etwas über seine Arbeit sagen?»

«Als Friseur meinst du?»

«Also bitte, als Polizist natürlich.»

De Gier las die Notizen vor, die er sich am Nachmittag in der Wache an der Warmoesstraat im Rotlichtviertel von Amsterdam gemacht hatte. Termeer diente dort seit einigen Jahren als freiwilliger Hilfspolizist, abends und an Wochenenden. Zwei Brigadiers von dort hatten unabhängig voneinander ausgesagt, Termeer würde zwei- bis dreimal in der Woche vorbeikommen. Solch ein Diensteifer war für Freiwillige ungewöhnlich; man erwartete von ihnen nicht, daß sie so viel Freizeit für ihren Dienst opferten.

«Hast du etwas darüber gehört, daß er an der Festnahme eines jugoslawischen Gangsters beteiligt war?» fragte Grijpstra.

De Gier fand die Notiz, die er sich darüber gemacht hatte. Es war zu einer Schießerei gekommen. Termeer war auf den Kerl gesprungen, nachdem ein Berufspolizist angeschossen und zu Boden gestürzt war. Doch der Täter hatte sich befreien können. Termeer hatte den Kerl nach einer langen Verfolgungsjagd über Straßen und Kanalufer schließlich gestellt. Durch diese spektakuläre Festnahme hatte sich Reserve-Hoofdagent Termeer eine Auszeichnung für besondere Tapferkeit verdient.

«Mutiger und besser als Berufspolizisten, ja?» fragte Grijpstra.

«Ja», bestätigte de Gier.

«Kein Wunder», sagte Grijpstra. «Schließlich ist er ein Schüler von mir, Rinus. Ich habe diesen Mann ein Jahr lang ausgebildet. Durch *meine* Anleitung, *meine* Erfahrung, *mein* Vorbild...»

De Gier las weiter. Bei einer anderen Gelegenheit hatte Termeer einen bewaffneten und gewalttätigen Hurenbock festgenommen.

«Einzelheiten?»

Ein siebzigjähriger Deutscher stand im Verdacht, Prostituierte zu mißhandeln. Der Verdächtige zog einen Revolver und widersetzte sich der Festnahme, wurde jedoch von Termeer durch einen Judogriff entwaffnet.

«Gestapo-Untergruppenführer auf Wochenendurlaub vom Bundesgefängnis in Bonn versucht in einer nostalgischen Anwandlung, Nazi-Greueltaten wiederaufleben zu lassen», bemerkte Grijpstra. «Und du warst gerade zu Hause und hast dir ein Video über Kannibalen aus Neuguinea angeschaut. Da hat der Herr Müller aber Glück gehabt! *Du* hättest ihm die Zehennägel einzeln ausgezogen.»

«Jaaah», sagte de Gier. «Einen alten Mann mit einem psychischen Defekt quälen!» Er kraulte Täbris hinter den Ohren. «Wie war Termeer in der Polizeischule?»

«Gut», antwortete Grijpstra. «Hat das Abschlußexamen mit Auszeichnung bestanden.»

«Ein Arschkriecher? Einer, der alles tut, um sich beim Lehrer beliebt zu machen?»

Grijpstra nickte. «Ein bißchen, ja.»

«Macho-Allüren? Hat sich auf eigene Kosten Nazi-Stiefel und einen Ledermantel im Polizeiladen gekauft? Hatte besonderes Interesse daran, Matrosenjungen festzunehmen, die auf Fahrrädern ohne Rücklicht fahren?»

Grijpstra schüttelte verneinend den Kopf.

«Anderweitige negative Eindrücke?»

Grijpstra erinnerte sich an einen gut angezogenen, leise sprechenden Schüler, der im Unterricht aufpaßte, sich Notizen machte, keine dummen Fragen stellte, rechtzeitig zum Unterricht kam, nie fehlte und einen sauberen VW Golf ohne Beulen fuhr.

«Kein Verrückter?» fragte de Gier.

«Nein.»

De Giers Kopf näherte sich Grijpstra. «Warum», fragte de Gier, «soll, bitte schön, ein Nichtverrückter das Bedürfnis verspüren, sich freiwillig und unentgeltlich der Amsterdamer Polizeireserve anzuschließen?» De Gier senkte seine Stimme dramatisch. «Hör zu, Henk. Ist das etwa kein verdächtiges Verhalten? Womit wir, die Polizei, uns beschäftigen, das ist menschlicher Dreck, Elend, von dem sich jeder halbwegs vernünftige Mensch fernhalten würde. Und dieser Bursche geht da *freiwillig* hin?»

Grijpstra grinste. «Du meinst, daß schon allein der Wunsch, Polizist zu sein, im Grunde verabscheuenswürdig ist?»

«Bist du etwa anderer Meinung?» fragte de Gier.

«Frag den Kläger», sagte Grijpstra. «Schließlich geht es bei dieser Untersuchung ja nicht um mich, okay?»

«Ich *habe* den Kläger gefragt.»

«Hast du eine klare Antwort bekommen?»

«Termeer hat gesagt, unsere Arbeit gefalle ihm.»

Die Detektive tranken noch mehr Tee. Täbris wurde wieder auf den Rücken gedreht und gekrault, diesmal von Grijpstra. Die Katze schnurrte pflichtschuldig.

«Warum bist *du* denn eigentlich zur Polizei gegangen?» fragte de Gier.

Grijpstra führte Dummheit, Nichtkenntnis von Alternativen, den masochistischen Wunsch, der herrschenden Klasse zu dienen, und eine gewisse sadistische Tendenz an. Außerdem waren die Uniform, Abzeichen, das Recht, Waffen zu tragen, die Möglichkeit, sich Machtgelüsten hinzugeben, zusätzliche Gründe gewesen.

Er starrte de Gier in die Augen. «Und du, mein Freund?»

De Gier sagte, er habe der Königin dienen wollen, und man könne die Königin oder ihr Symbol, die Krone, als eine Art Öffnung ansehen, einen Tunnel, durch welchen der aufmerksame und eifrige Schüler sich dem Göttlichen nähern könne, schon hier auf Erden.

«Ach, das ist aber nett», sagte Grijpstra.

De Gier goß kochendes Wasser in seine Teekanne. «Was wissen wir sonst noch?» fragte er. «Der Commissaris hat erwähnt, nach Antoinettes Aussage sei Termeer ein ‹großer Junge um die Vierzig›.»

«Eine spezielle Art von Junge», warf Grijpstra ein. «Zwei Meter groß, sportlich, körperlich so ähnlich wie du, aber geistig unverdorbener. Nicht so zynisch, meine ich.»

De Gier hatte auch diesen Eindruck. Man konnte Termeer als kindlich bezeichnen, als einen «netten Kerl».

«Hast du das dem Commissaris erzählt?» fragte Grijpstra.

De Gier nickte. Aber trotz der möglicherweise ehrlich gemeinten Beschwerde Termeers – nun zusätzlich durch die Charakterbeschreibung eines erfahrenen Ermittlungsbeamten gestützt ...

(«Meinst du dich damit?»

«Dich vielleicht auch ein bißchen», antwortete de Gier.)

... sei es trotzdem keine Art, daß Grijpstra durch die aufdringliche Vorstellung seines Musterschülers den Commissaris mehr oder weniger dazu gezwungen hätte, solch einen Scheißjob zu übernehmen. Dazu auch noch in einer so gefährlichen Stadt wie New York, kurz bevor der ohnehin unter Rheuma leidende alte Herr sich zur Ruhe setze.

Grijpstra schämte sich.

3

«Grijpstra sollte sich schämen», sagte Katrien.

Der Commissaris saß beim Frühstück – einem sonntäglichen Ritual mit drei verschiedenen Käsesorten, Fruchtsäften in antiken Bechergläsern und starkem Kaffee, der ihn für den Tag fit machte.

Seit Katrien nicht mehr rauchte, ließ sie das Frühstück aus. Daß sie plötzlich zugenommen hatte, machte ihr sehr zu schaffen, obwohl der Commissaris ihr immer wieder versicherte, «Damenfiguren» gefielen ihm.

«Du möchtest nichts lieber als in Amerika den Helden spielen», sagte Katrien. «Wieder einmal so eine Aktion, von der du dir erhoffst, dein Andenken für alle Zeiten zu sichern.»

Der Commissaris zerdrückte ein frisches Brötchen und verstreute dabei Krümel.

«Oder ist an diesem Fall irgend etwas Besonderes?» fragte Katrien. «Eine schrecklich verwickelte Angelegenheit, die nur ein Genie wie du lösen kannst?»

Der Commissaris hackte auf ein Stück Gruyère ein.

«Was ist schon Besonderes an einem Amsterdamer Buchhändler, der tot im Central Park in New York gefunden wird?»

Der Commissaris stand auf, ging zu seinem Schreibtisch und kam mit einem Fax zurück, das er seiner Frau überreichte.

Katrien las, daß Hugo O'Neill (ein hochrangiger Detektiv der New Yorker Polizei, wie der Commissaris erklärte) persönlich die Untersuchung im Fall Bert Termeer leite, der am vierten Juni dieses Jahres tot im Central Park aufgefunden worden war. Die Leiche war, als man sie fand, in Lumpen gekleidet, unter einer schmutzigen Wolldecke. Bei der Autopsie wurde ein tödlicher Herzanfall festgestellt und unabhängig davon eine Verletzung an Termeers Brustkorb. In der Nähe des Toten hatte man einen herabgefallenen Ast gefunden. Man stand kurz davor, Termeers Tod als eine Folge natürlicher oder zufälliger Vorgänge zu definieren und eine vorsätzliche Tat (in böser Absicht) völlig auszuschließen. Ein Sportunfall wurde auch noch in Betracht gezogen.

«Wurde der Buchhändler von einem Gegenstand getroffen, den eventuell ein Unbekannter geschleudert oder geworfen haben könnte?» fragte Katrien. Sie war schon einmal in New York gewesen und versuchte, sich an einen Besuch im Central Park in Manhattan zu erinnern. «Spielen die Leute dort nicht Ball?»

«Dieser Fall steht kurz vor dem Abschluß», sagte der Commissaris. Er nippte an seinem Cidre. «Eine Kleinigkeit, Katrien. Reine Routine. Ich beschäftige mich damit, um einem Neffen des Verstorbenen einen Gefallen zu tun, einem Polizisten, der mit Grijpstra bekannt ist.»

«Laufen Buchhändler in New York in Lumpen herum?» fragte Katrien. «Schlafen sie unter schmutzigen Decken im Park?»

Der Commissaris sagte, er habe vor, sich mit diesen Unstimmigkeiten zu befassen.

«Vielleicht Golf», meinte Katrien. «Oder Baseball oder so etwas. Das Opfer wurde von einem Ball getroffen, brach zusammen, kroch in die Büsche?»

Der Commissaris nickte.

Katrien dachte immer noch nach. «Nein. Wäre es nicht wahrscheinlicher, daß er im offenen Gelände geblieben wäre, wo ihm irgendwann jemand hätte zur Hilfe kommen können?»

Der Commissaris holte Nachschub an frischen Brötchen aus der Küche.

«Ein stark frequentierter Park in der Metropole», sagte Katrien. «Ein Mann hat einen Herzanfall. Würden die Passanten das nicht bemerken?»

Der Commissaris war auch dieser Meinung.

«Wie alt war der tote Onkel deines Schützlings?» fragte Katrien.

«Siebzig, Katrien.»

«War er abgesehen von seinen Herzproblemen gesund?»

Der Commissaris sagte, er würde sich danach erkundigen.

«Kein Trunkenbold? Kein Süchtiger? Warum hat er dann Lumpen getragen?»

Der Commissaris wollte es herausfinden.

Katrien, frustriert, aß nun doch etwas – hauchdünn abgehobelte Scheibchen Käse – und trank Kaffee, ohne Sahne und Zukker.

Der Commissaris spielte mit den Brötchen herum und gab sie dann weiter.

«Sieht so aus, als ob alles getan wäre», sagte Katrien. «Was willst du da erreichen, Jan? Alte Leute reagieren sehr stark auf Schocks. Manchmal fallen sie dann einfach um. Erinnerst du dich noch, wie es bei meinem Vater war?»

«Onkel Bert war nicht verheiratet», entgegnete der Commissaris.

Katrien hörte auf zu essen. «Und was soll das heißen, Liebling?»

Der Commissaris meinte, als Katriens Vater gestorben sei, sei er nicht einfach tot umgefallen. Durch die Wechselfälle seines siebzigjährigen Lebens habe er seine Kräfte allmählich verbraucht. Vor den Lastwagen sei er letztlich deshalb gelaufen, weil er nicht aufgepaßt habe.

Katrien starrte ihren Mann an.

«Damit will ich nicht sagen, daß *du* an meinen Kräften zehrst», sagte der Commissaris. «Mach dir keine Sorgen, Katrien. Ich bin mir sicher, daß es im Grunde ein einfacher Fall ist, auch wenn er von hier aus betrachtet kompliziert wirkt. Ich werde die Details überprüfen, ein bißchen herumfragen, mir den Tatort anschauen, mich ein wenig mit Onkel Berts Leben beschäftigen. Ich bin mir sicher, daß mein Abschlußbericht den Neffen beruhigen wird.»

«Man wird dich ausrauben», sagte Katrien. «Du bist in letzter Zeit nicht so auf der Höhe. Du schläfst ja kaum. Nicht einmal dein Nickerchen machst du mittags. Und dann nimmst du auch noch ständig Schmerztabletten. *Ich* kann unmöglich mitkommen, wegen unseren kleinen Enkelkindern. Und allein lasse ich dich nicht losziehen.»

Der Commissaris entgegnete, er werde bald pensioniert sein und dann alle Ruhe haben, die ein Mensch sich nur wünschen könne. Er werde dann in Nichtstun schwelgen.

«Dann fahre ich mit», entschied Katrien.

«Du hast versprochen, hier zu sein, wenn die Enkelchen ankommen.»

Jans jüngste Tochter sollte in Kürze Zwillinge bekommen. Da man damit rechnete, daß es bei der Geburt Komplikationen geben würde, hatte Katrien den jungen Eltern ihre Unterstützung zugesagt.

«Es wird schon alles gutgehen», versuchte der Commissaris sie zu beschwichtigen.

Katrien wollte etwas tun. Die Teilnehmer des Polizeikongresses wurden gewöhnlich in einem Holiday-Inn-Hotel untergebracht – nicht gerade komfortabel. Doch Katrien hatte einen kleinen Juwelenschatz von einer steuerflüchtigen Tante geerbt, der in einem Safe in einer Schweizer Bank deponiert worden war. Da Katrien nie «Klunker» trug, wie sie es nannte, hatte sie die Rubine verkauft.

«Ich werde dir ein nettes Hotelzimmer am Park besorgen. Das wird dir gefallen. So wie da, wo wir beim letzten Mal gewohnt haben. Direkt neben dem riesigen Museum. War es das Cavendish? Ich werde dir eine Suite reservieren lassen. Da kannst du dich richtig ausruhen und dir vom Zimmerservice bringen lassen, was du willst.»

Der Commissaris hörte ihr gar nicht zu.

«Du denkst über etwas nach», bemerkte Katrien.

Er reagierte nicht.

«Hör auf, deinen Kaffee umzurühren, Schatz.» Sie nahm ihm den Löffel weg.

Er schaute sie über den Rand seiner Tasse hinweg an.

«Hast du etwa eine Vorahnung?» fragte Katrien. «Ich selbst

habe eine. Oder was war das mit dem Traum, von dem du mir heute morgen erzählen wolltest? Über den Fahrer der Straßenbahnlinie zwei. Du hast mir irgend etwas erzählt, aber ich bin immer wieder eingenickt.»

«Der Todesengel», sagte der Commissaris. «Der Fahrer war ein Engel. Die Botschaft hatte etwas mit dem Tod zu tun, aber nicht mit meinem, glaube ich.»

«Gut», sagte Katrien. Ihre Eifersucht war nur gespielt. Hauptsächlich machte sie sich Sorgen wegen seiner schwachen Gesundheit, wegen der anstrengenden Reise, die vor ihm lag, und wegen seiner bevorstehenden Pensionierung.

Er half seiner Frau beim Abwasch.

«Hast du Lust, mir jetzt von diesem Traum zu erzählen?»

Der Commissaris war eifrig bemüht, einen Stapel Teller im Schrank zu verstauen.

«Jetzt mach nicht wieder dieses komische Gesicht», sagte Katrien. «Ich kenne das schon. Der Straßenbahnfahrer war eine Frau, nicht wahr? Ich glaube, ich weiß, welche du meinst.»

«Welche denn?» fragte er.

«Die Blondine? Lange Beine in der gläsernen Fahrerkabine, verglast bis hinunter zur Straße. Sie fährt einen von diesen neuen Straßenbahnwagen. Du hast vergessen, daß wir zusammen unterwegs waren, als dir diese Fahrerin auffiel. Dir sind ja fast die Augen aus dem Kopf gefallen! Und danach hast du auffallend wenig gesagt.»

Der Commissaris gab zu, daß die Fahrerin einen gewissen Eindruck auf ihn gemacht und ihn zu erotischen Phantasien verleitet hatte. Die Front der neuen Amsterdamer Straßenbahnwagen war vollständig verglast, damit die Fahrer wirklich alles sehen konnten, andererseits aber auch selbst von oben bis unten sichtbar waren. Und die langbeinige Fahrerin der Linie zwei war zweifellos eine beeindruckende Erscheinung. Die Frau wußte ihren Körper gut zur Geltung zu bringen. Sie trug einen Minirock und hatte eine wundervolle Frisur. Sie saß wie eine Prostituierte in einem Schaufenster, sichtlich stolz auf ihre Vorzüge, wobei sie so tat, als merke sie gar nicht, wie sie von den Männern angestarrt wurde. Als Straßenbahnfahrerin in Uniform war sie natürlich sicher – jede Straßenbahn hatte Funkkontakt zu allen Polizeifahrzeugen. Und diese Unnahbarkeit beflügelte die Phantasie natürlich noch zusätzlich. «Aber der Traum war nicht so sexy, wie du vielleicht glaubst, Katrien. Ich meine, es ist nichts darin passiert.»

Katrien lächelte nachsichtig. «Genieße deine unartigen Träume nur, Jan.»

«Es war eher wie ein mystischer Traum», beharrte er. «Mit einer besonderen Bedeutung. Etwas Göttliches war dabei im Spiel.» Er blickte auf. «Man hat doch keinen Sex mit Engeln.»

«Sicher nicht», bestätigte sie höflich.

Er ordnete das Silberbesteck – Gabeln zu Gabeln, Messer zu Messern – säuberlich in die einzelnen Fächer der Schublade ein.

«Jan», sagte Katrien nun streng. «Benutzt du etwa deshalb in letzter Zeit die öffentlichen Verkehrsmittel? Möchtest du immer wieder in der Nähe der blonden Fahrerin sein, von ihr dorthin gebracht werden, wo sie dich hinbringen will?» Sie tätschelte ihm die Wange. «Und du hast doch so ein hübsches Auto.»

Ich benutze den Citroën nicht, weil man in der Stadt keine Parkplätze mehr findet, Katrien.» Er seufzte. «Jedenfalls nicht, wenn man keine Lust hat, diese völlig überzogenen Parkgebühren zu bezahlen. Als ich das letzte Mal mit dem Auto in der Stadt war, habe ich die Parkzeit überschritten, und als ich zum Auto zurückkam, hatte ich schon so eine Kralle am Rad. Dann der Umstand, den Wagen wieder frei zu bekommen, und dazu auch noch die Geldstrafe. Außerdem konnten alle genüßlich zuschauen, wie ausgerechnet von *meinem* Auto die Kralle abgenommen wurde.»

«Ist ja schon gut», sagte sie beschwichtigend. «Wann hast du die Engel-Fahrerin das letzte Mal gesehen? In Wirklichkeit, meine ich.»

Es war an dem Tag gewesen, an dem er den Hilfspolizisten empfangen hatte.

«Straßenbahnfahrerinnen bekommen ja wohl kaum Miniröcke als Dienstkleidung gestellt, oder?» bemerkte Katrien. «Diese Schöne, die wir beide gesehen haben, muß ihren Rock selbst gekürzt haben.»

«Ja, Katrien.»

«Bah!» Sie starrte ihn an. «Ich habe auch einmal schöne Beine gehabt, aber du hast nie darauf geachtet.»

«Doch, das habe ich sehr wohl, Katrien.» Er lächelte. «Und sie sind immer noch sehr schön.»

«Du wirst doch hoffentlich kein schmutziger alter Kerl werden, mein Lieber?»

Der Commissaris glaubte das nicht.

Sie lachte. «Du siehst so bekümmert aus.»

Er meinte, er sehe wahrscheinlich eher erschrocken als bekümmert aus. Ihm war gerade wieder eingefallen, daß die Fahrerin keine Augen gehabt hatte.

«Ein leeres Starren, Katrien.»

Katrien liebte es, Träume zu deuten. Sie versuchte, die Träume ihres Mannes zu verstehen. Ob er sich durch den verführerischen Engel ermutigt fühle? Ob die Frau ihn dränge, den Atlantik zu überqueren? Ob es irgendeine Verbindung zwischen der mystischen Erscheinung und seiner bevorstehenden Pensionierung gebe? Sehr oft wurden hohe Beamte nicht damit fertig, pensioniert zu werden. Sie hatten das Gefühl, nicht mehr wichtig zu sein, nicht mehr respektiert zu werden, und das wirkte sich negativ auf ihre Selbstachtung aus. Sie würden regelrecht verkümmern, Unfällen zum Opfer fallen oder ehrenhalber riskante Aufgaben übernehmen, solange sie dies noch konnten. Gerade so wie der Commissaris, der am Ende seiner Karriere ausgerechnet in einer Situation aktiv werden wolle, in der er völlig ungeschützt wäre.

Er wußte nicht, was er dazu sagen sollte.

«Du willst wirklich mit diesem Unsinn weitermachen, nicht wahr?» fragte Katrien.

Der Commissaris nickte.

Sie schüttelte den Kopf. «Du wirst Prügel beziehen. Parks in großen Städten sind nun mal nicht besonders sicher. Du wirst auch noch als Leiche in den Azaleen enden.»

Später am gleichen Tag fuchtelte sie mit einem Reiseführer herum, den sie sich von einer Nachbarin ausgeliehen hatte. «Hier steht ausdrücklich: Den Central Park sollte man bei Nacht meiden. Selbst am Tag ist es nicht empfehlenswert, auf abgelegeneren Wegen spazierenzugehen.» Sie knallte das Buch auf den Tisch. «Ist das nicht schrecklich? Reiseführer sollen doch Appetit aufs Reisen machen, und hier wird man nur gewarnt.»

Er meinte, es würde schon alles gutgehen.

Dann zeigte sie ihm einen Werbeprospekt vom Cavendish Hotel. «Nouvelle cuisine, Jan, das wird dir wohl gefallen. Hier, schau dir doch nur diese Speisenauswahl an.» Er bewunderte die Bilder von den Miniportionen auf Maxitellern. Die Teller standen zwischen Schalen mit leuchtenden Früchten, Gläsern mit glänzenden kandierten Leckereien, Karaffen mit funkelnden Weinen und Säften. Außerdem waren kunstvoll gesteckte Blumenarrangements zu sehen. Er betrachtete auch ein Foto von einer Suite des Cavendish: ein vollständiges Apartment, mit Klimaanlage und jedem nur erdenklichen Luxus. «Du kannst dir ein paar schöne Filme anschauen.»

Australische Filme, dachte der Commissaris unwillkürlich. Er hatte de Giers Bericht über Jo Termeers besondere Vorlieben gelesen. Der Commissaris selbst machte sich nicht viel aus Actionfilmen. Er zog simple Dramen vor. Er konnte sich noch an ein Aussie-Drama über eine Gruppe betrunkener Partygäste erinnern. Jeder Gast mußte ein pornographisches Objekt mitbringen. Einer hatte eine attraktive Frau mitgebracht, die sich umgehend daranmachte, den Gastgeber zu verführen. Die Party nahm kein gutes Ende. Es kam zu Streitigkeiten. Schließlich wurde gezeigt, wie ein paar Gäste das Auto des Gastgebers gegen einen Baum fuhren.

Katrien wies Jan auf die Möblierung der Suite hin: ein Himmelbett, Chippendale-Sofas. Ja, darauf würde er sich ausruhen.

«Und dann der Blick auf den Central Park. Du wirst auf alle deine Verdächtigen herabschauen können.»

Er warf einen Blick auf die Preise. «Aber das ist doch viel zu teuer, Katrien.»

«Tante Kobas Geschenk.»

Ach ja, das Erbe, dachte er.

«Und du wirst doch nicht lange dort bleiben, nicht wahr?»

Bei diesen Preisen ganz sicher nicht.

«Küß mich», sagte sie.

Sie umarmten einander.

Später an jenem Sonntag ging der Commissaris im Garten hinter seinem Haus am Koninginneweg durch das meterhohe Unkraut. Schulze wartete auf Salatblätter und vollführte schwankende Bewegungen auf seinem Privatfelsen.

«Selbst wenn es Totschlag wäre, Schulze», sagte der Commissaris, «brauchten wir dort ein ganzes Team für die Festnahme. Katrien hat wahrscheinlich recht. Der Central Park ist ziemlich riskant. Blutrünstige Hooligans, die in Banden organisiert sind. Es sieht nicht so aus, als wäre Sergeant Hurrell besonders begeistert über diesen Fall. Ich müßte wahrscheinlich auf eigene Faust arbeiten.»

Schulze kaute weiter auf den Salatblättern.

«Egal?» fragte der Commissaris. «Jo Termeer beharrt darauf, daß Gott gut ist und Gerechtigkeit herrschen muß, und wer bin ich, etwas gegen so hochfliegende Gedanken einzuwenden?»

Schulze schloß kunstvoll ein Auge.

«Weil ich älter und kränker werde?» fragte der Commissaris. «Weil das meine letzte Chance sein könnte?»

Schulze setzte zu einem seiner bedächtigen Tänze an.

«Oder hat Katrien recht?» fragte der Commissaris. «Mache ich mir selbst nur vor, ich sei wichtig? Weil ich gerne unverzichtbar wäre?»

Schulze fraß weiter Salat.

«Zähne habe ich auch keine mehr», sagte der Commissaris

und entblößte seine langen Zahnprothesen, Kopien der schon fast vergessenen Originale, die eine sehr bleiche gelbe Färbung aufwiesen. «Reiner Kunststoff, mein Freund.»

Schulze schluckte und blickte erwartungsvoll empor.

«Oder ist dies eine jener Situationen, die Abgeklärtsein erfordert?» Der Commissaris zwinkerte. «Tun wir dies wegen nichts? Gehen wir den Weg, der nicht Weg genannt werden kann? Nein, Schulze, wir ergeben uns.» Der Commissaris lächelte das Reptil an. «Wir sind nur bewußt, wir meditieren, wir erlangen höchste Einsicht.»

Schulze beschleunigte den Rhythmus, in dem er mit seinen Füßen tänzelte und seinen Panzer schüttelte.

«Vielleicht ist das alles zu Zen-artig für mich», sagte der Commissaris. «Selbst jetzt noch, wo ich bald pensioniert werde. Wen will ich zum Narren halten? Mein Beruf ist mir wichtig. Ich möchte diesen Fall unbedingt lösen, um zu siegen. Ich möchte unbedingt bewundert werden.» Er beugte sich zu dem tänzelnden Reptil hinab. «Wir sind Holländer, mein Lieber. Holländer sind im Grunde ihres Herzens Händler. Nichts ist umsonst. Und es muß immer ein gewisser Profit dabei herausspringen.»

Die Schildkröte rutschte von ihrem Felsblock herab und watschelte unter einen Dornbusch.

«Nicht, daß es mir etwas ausmachen würde, von alldem frei zu sein», erzählte der Commissaris dem Dornbusch, der sich bewegte.

«Und was hat das Orakel dir heute geraten?» fragte Katrien, als der Commissaris in die Küche zurückhinkte.

Der Commissaris grinste. «Ich glaube, es hofft, noch mehr Salat zu bekommen.»

4

Nach einem First-Class-Flug auf dem geräumigen Oberdeck eines großen Flugzeugs bereitete New York dem Commissaris einen denkbar angenehmen Empfang. Er hatte vorzüglich gespeist, war dann eingenickt und hatte von dem Straßenbahn-Engel mit den leeren Augenhöhlen geträumt. Den Traum hatte wahrscheinlich die Stewardeß, die ihn bediente, ausgelöst, eine große Frau mit blondem Haar. Es gab jetzt viele solche Frauen in Holland, eine Art neuer Archetypus.

Die Beamten von der Einwanderungsbehörde und vom Zoll winkten ihn durch. Er brauchte sich auch nicht in die lange Schlange für die Taxis einzureihen. Ein großer, kräftiger Mann mit roter Weste geleitete den Commissaris zu einem nagelneuen Mini-Van. Natürlich war das illegal. Am Kennedy Airport war es ausdrücklich verboten, ohne offizielle Lizenz Taxidienste anzubieten. Er hatte Plakate in den Warteräumen des Flughafens gesehen, die die Passagiere vor solchen Leuten warnten.

«Ist das nicht illegal?» fragte der Commissaris den Mann, der ihn durchs Gedränge führte.

«Ich mache das schon seit Jahren», sagte der Fahrer leise. «Ich hoffe, Sie sind mir nicht böse, wenn ich noch ein paar andere Fahrgäste auftreibe. Wollen Sie solange Musik hören? Sie bekommen den Ehrenplatz.»

Der Fahrer schaltete das Radio ein, wählte einen Klassiksender aus und versuchte mit einem Blick auf den kleinen alten Gentleman, der sich ruhig auf dem hohen Beifahrersitz niedergelassen hatte, abzuschätzen, ob er die richtige Wahl getroffen hatte. Eine wohlklingende männliche Stimme kündigte ein Klavierkonzert von Albéniz an, nachdem er den Zuhörern die Dienste eines Investment-Brokers empfohlen hatte. Der Commissaris hatte den Namen des Sponsors nicht verstanden. Nach dem ersten Satz des Konzerts meldete sich der Sprecher wieder zu Wort. «Übrigens,

Gillette ist heute ein günstiger Tip. Eine Gratisinformation von Ihrer Lieblingsstation. Gil-lette. Eine Firma ohne Schulden, die in Kürze ein wichtiges neues Produkt auf den Markt bringen wird. Wenn das Produkt sich gut verkauft, steigen die Aktien der Firma im Preis.» Die Musik setzte wieder ein. Sie ertönte erstaunlich klar aus den vier Lautsprechern, die in den vier Ecken des Mini-Van angebracht waren. Dann wurde sie sanft ausgeblendet.

Der Sprecher verkündete mit einschmeichelnder Stimme: «Denken Sie daran, verwetten Sie niemals Ihr Geld!»

Der Commissaris dachte, er würde jetzt nur zu gern sein Geld verwetten. Aufs Ganze gehen. Alles oder nichts. Da es nur wenig oder nichts gab, das er jetzt auf alles setzen könnte, würde ein Sieg ohnehin auf nichts hinauslaufen. Er würde den Fall lösen, sich anschließend zur Ruhe setzen und dann vergessen werden. Alles = null. Er dachte an das Reptilienorakel in seinem Garten am Koninginneweg in Amsterdam. Schulze würde derart radikalen Gedanken sicherlich zustimmen. Der Commissaris, der das Gefühl hatte, kurz vor einer echten Einsicht zu stehen, lächelte glücklich. Euphorische Gefühle trieben auf der wundervollen Komposition von Albéniz dahin. Aber vielleicht war er auch einfach nur krank. Ein Grippevirus ging um, und im geschlossenen Luftkreislauf eines Flugzeugs verbreiteten sich solche Erreger besonders gut. Wahrscheinlich hatte er sich infiziert. Fieber konnte manchmal die Wahrnehmung verändern.

Der Commissaris blätterte leicht zittrig die Broschüre vom Polizeikongreß durch, während er seine Pläne durchging. Er würde den Rest des heutigen Tages in seiner Suite im Cavendish verbringen und zu seiner Erbauung und Unterhaltung auf die prächtigen Bäume des Central Park niederschauen. Morgen würde er an einem Vortrag über «Todesarten» von Dr. Steve Russo teilnehmen, dem Pathologen und stellvertretenden Chef des Kriminallabors der NYPD, und er würde ein Treffen mit Detective Sergeant Hurrell von der Wache am Central Park vereinbaren. Im Augenblick brauchte er jedoch nichts weiter zu tun, als sich zurückzulehnen und der Musik zuzuhören.

Schließlich kam der Fahrer mit zwei Geschäftsfrauen um die Dreißig in Kostümen und Spitzenblusen zurück. Während er seinen Fang in die City fuhr, ließ er sich über Golf aus. Der Commissaris betrachtete die Skyline von Manhattan, die sich vor dem strahlenden Blau des Himmels abhob, das nur von einigen wenigen weißen Wolken unterbrochen wurde. Mittlerweile erklang im Radio das Italienische Konzert von Bach. Der Sprecher erwähnte wieder Gillette. «Schnür dein Bündel und spiele für den Rest deines Lebens in Florida Golf», sagte der Fahrer. Er hatte das ein paar Jahre lang getan: lange Fairway-Schüsse zwischen ungewöhnlichen Hindernissen; Lagunen, in denen sich Alligatoren tummelten; Key West. Das waren noch Zeiten gewesen... Aber der Trick war, nicht auf diese Witzbolde zu hören, die zwischen der klassischen Musik ihre angeblich todsicheren Investmenttips gratis verrieten. Wenn man auf einen falschen Tip hereinfiel – der Fahrer nickte verächtlich in Richtung des Lautsprechers an seiner Tür. Der Sprecher hatte gerade wieder seinen Investitionsvorschlag gemacht. «Was weiß der schon? Dieser verdammte Klugscheißer...

Ach herrje, es sind ja Damen anwesend. Entschuldigen Sie vielmals.»

Die beiden Damen sprachen miteinander. Vielleicht hatten sie gar nicht gehört, was er gesagt hatte.

«Kein Golf mehr, was?» schaltete sich der Commissaris ein.

Der Fahrer bestätigte das. Eine schlechte Investition, alle Ersparnisse weg, also wieder einen Van leasen, und zurück ins Rattenrennen: Fahrgäste jagen, um zahlungsfähig zu bleiben. *I-owe-I-owe-off-to-the-airport-I-go.* Kennedy–Manhattan–Kennedy bis in alle Ewigkeit.

Dem Commissaris fiel ein, daß Katrien von einem Golfball gesprochen hatte. Er selbst kannte sich mit Sport nicht aus. Von allen Bällen, von denen er je gehört hatte, konnte man wahrscheinlich nur den Golfball als Waffe einsetzen.

«Sind Sie ein guter Golfspieler?»

Der Fahrer sagte, er sei zumindest nicht schlecht. Er vermisse es, im Clubhaus Geld und Drinks zu gewinnen. Natürlich gab es auch in der Umgebung von New York Golfplätze, aber auf denen zu spielen war längst nicht so entspannend, wie in Key West zu spielen, und außerdem war es auch wesentlich teurer.

«Und in öffentlichen Parks?»

Der Fahrer, sichtlich schlecht gelaunt, nachdem er über seine Gier und Dummheit reflektiert hatte, entwickelte einen Anflug von Gehässigkeit. Er lächelte seinen Fahrgast an. «Sicher, Sir. In einigen Parks kann man das.»

«Nehmen wir an, ich wäre in einem Park, würde nicht aufpassen, und ein Golfball würde mich treffen, ein guter langer Fairway-Schuß, wie Sie eben sagten. Wäre da ziemlich viel Kraft dahinter? Wenn er beispielsweise gegen meine Brust schlüge?»

«Sie würden tot umfallen», antwortete er.

Als der Commissaris im Hotel in seine Suite gebracht wurde, fühlte er sich gar nicht wohl. Er bestellte beim Zimmerservice eine Kanne Tee und Kekse. Dann stellte er seine Medizin bereit: Aspirin und kodeinhaltige Schmerztabletten. Sein Thermometer zeigte an, daß er Fieber hatte, wenn auch kein sehr hohes. Sein Rheuma machte ihm zu schaffen: Es war, als würden glühendheiße Würmer in seinen Hüftknochen umherkriechen. Nach einer Dusche entspannte sich sein Körper ein wenig, aber danach war ihm schwindelig. Er hatte Halsschmerzen. Er hatte das Gefühl, in seiner Lunge sei zerbrochenes Glas, das sich bei jedem Atemzug bewegte.

Er nahm eine Handvoll Pillen. Während er in einem von Katrien sorgsam gebügelten Baumwoll-Bademantel in seinem geräumigen Wohnzimmer umherwandelte, tat das Kodein seine Wirkung. Das Acetaminophen würde das Fieber senken und die Schmerzen lindern. Außerdem lutschte er eine antiseptisch wirkende Halspastille, um das verdächtige Kratzen im Hals zu bannen. Derweil schaute er auf die Wipfel der Eschen-, Ahorn- und Kastanienbäume hinab und bestaunte ihre vollen Blätterkronen. Er verfolgte den Flug der Vögel und beugte sich zur Seite, um einen Blick auf das Dach des Metropolitan-Museums werfen zu können. Diesem berühmten Gebäude wollte er in jedem Fall einen Besuch abstatten. De Gier hatte ihm vom Rockefeller-Flügel des Museums und den aus Neuguinea importierten Papua-Kunstwerken vorgeschwärmt. Der Commissaris selbst interessierte sich auch für Neuguinea, aber in erster Linie deshalb, weil es der am weitesten entfernte Ort auf der Erde war, eine riesige, kaum besiedelte Insel, von exotischen Archipelen umgeben.

Papua-Neuguinea ist eine Insel, deren Größe nur von der Grönlands übertroffen wird. Sie ist immer noch so gut wie unbekannt. De Gier wollte eine Reise dorthin machen, «um zu urtümlichen Einsichten zu gelangen». Der Commissaris hätte große Lust gehabt, sich dem Brigadier auf seiner Suche anzuschließen. Auch er phantasierte unentwegt darüber, man müsse etwas über die andere Seite der Dinge in Erfahrung bringen, selbst an einer Kopfjäger-Expedition oder an rituellem Kannibalismus teilnehmen. Doch da er jetzt zu alt und zu schwach war, sollte de Gier diese Pläne für ihn stellvertretend ausleben. Der gute Junge sollte ihm regelmäßig von seinen Abenteuern berichten, ihn aus seinem mystischen Sommercamp auf dem laufenden halten und so dem kränkelnden Zuhausegebliebenen Ersatzunterhaltung liefern.

Das Telefon klingelte. «Hatten Sie einen guten Flug, Sir?»

«Ja», antwortete der Commissaris, «wer ist denn da?»

«Hugh O'Neill. Wir sind unten in der Eingangshalle. Können wir zu Ihnen heraufkommen? Ich habe Sergeant Hurrell bei mir. Es geht um den Central-Park-Fall. Ist das okay?»

Der Commissaris sagte, er sei nicht mehr angekleidet, aber wenn das seinen Kollegen nichts ausmache...

Es mache ihnen nichts aus, beruhigte ihn die kräftige amerikanische Stimme. Aber wenn der Commissaris sich vorher noch ein wenig ausruhen wolle, könnten sie auch später wiederkommen.

«Nein, bitte kommen Sie nur.»

Die New Yorker Polizisten waren sichtlich beeindruckt von

dem luxuriösen Quartier des Commissaris. Er versuchte ihnen die Hintergründe zu erklären. Seine Frau bezahle dies alles. Er sei gesundheitlich nicht ganz auf der Höhe. Es sei ein Geschenk.

«Aber bezahlt denn der Kongreß nicht die Hotelkosten für alle Gäste?» fragte Hurrell.

«Das hier würden sie sicher nicht bezahlen», gab O'Neill zu bedenken, während sein Blick über Kristallüster, Seidengardinen, einen orientalischen Teppich auf dem Boden, einen riesigen Fernsehbildschirm und Videorecorder in beiden Räumen streifte. «Ein hübsches Geschenk. Ihre Frau muß Sie wirklich lieben.» Er räusperte sich. «Wie sollen wir Sie nennen? Mit Ihrem Dienstgrad? Oder Mister?» Er lächelte. «Ich fürchte, ich werde Ihren Familiennamen nicht richtig aussprechen können.»

«Versuchen Sie es mit meinem Vornamen», sagte der Commissaris. «J-a-n.»

«Er wird wie ‹Yan› ausgesprochen?»

«So wie Sie wollen. Kann ich Sie ‹Hugh› nennen?»

«Aber bitte», antwortete O'Neill. «Vornamen sind leicht auszusprechen. Hurrell hier heißt...» Er wirkte etwas konsterniert. «Wie war das doch gleich?»

«Irl», half Hurrell ihm. «Ein merkwürdiger Name. Ich benutze ihn kaum.»

«Hurrell hat seine Berichte mitgebracht», fuhr O'Neill fort.

Hurrell war eine ziemlich graue Gestalt ohne besondere Charakteristika, abgesehen von den Flecken auf seinen Wangen und der stark von Adern durchzogenen Nase. Der Zustand der Haut ließ auf Alkoholismus schließen, dachte der Commissaris. O'Neill war ein jovialer, gutaussehender Typ mit kurzgeschnittenem, vollem rotbraunem Kraushaar. Der Chef wirkte athletisch. Wie ein American-Football-Spieler, dachte der Commissaris: Man gab ihm wahrscheinlich besser den Ball, wenn er ihn haben wollte, bevor er einen in Stücke zerriß.

Beide Besucher waren in den Vierzigern. Hurrell wirkte still, launisch, unglücklich. Eine Rasur hätte ihm nicht geschadet. Er trug eine khakifarbene Windjacke über seiner ausgebeulten

Hose und unter der Jacke ein ausgebleichtes rotes T-Shirt. O'Neill trug einen Anzug von guter Qualität. Das Jackett stand offen. Während der Chef sich bewegte, kam die gehalfterte Pistole unter seiner Armbeuge zum Vorschein. O'Neill wirkte effizient und im Vollbesitz seiner Kraft, völlig selbstsicher und bereit, alles in seiner Umgebung seiner Kontrolle zu unterwerfen.

«Wir bleiben nicht lange, Yan», sagte O'Neill. «Sie brauchen sicher ein wenig Ruhe, aber morgen beginnt der Kongreß, und vielleicht sind Sie froh, wenn Sie Ihr Problem gleich jetzt aus der Welt schaffen können. Ich glaube, der Tote ist der Onkel eines Ihrer Leute?» Er schaute zu seinem Sergeant hinüber und streckte eine Hand aus. Hurrell reichte ihm eine große Aktenmappe. O'Neill brach das Siegel auf.

Der Inhalt der Mappe wurde über den großen Tisch verstreut. Es waren Fotos darunter, die O'Neill rasch sortierte. Eine Landkarte und Berichte waren in einer Klarsichthülle zusammengeheftet.

Der Commissaris lud die Gäste ein, sich zu setzen. Die Wirkung des Kodeins schien schon nachzulassen. Er fühlte sich wieder benommen, und O'Neills Worte wogten wie Wellen um ihn.

«Unser Toter, Termeer, Bert... war als eine Art Exhibitionist bekannt. Möglicherweise litt er an einer Zwangsneurose. Tourette-Syndrom vielleicht? Aber er hat sich nie wirklich entblößt oder etwas Ähnliches getan.

Hier ist ein Foto von der Leiche. Sieht nicht gut aus, was? Über den mittleren Teil haben sich unserer Meinung nach Waschbären hergemacht. Ja wirklich, es gibt ein paar davon mitten in Manhattan, im Central Park. Und gottverdammte Ratten, die so groß sind wie Katzen. Im Autopsiebericht steht, die Augen seien von Vögeln ausgepickt worden. Habichtartige Raubvögel tun so etwas, und davon gibt es im Park mindestens drei Spezies. Rotschwanzbussarde, Eckschwanzsperber und Rundschwanzsperber.

Man scheint auch Schäden gefunden zu haben, die von Möwen herrühren... aber die Waschbären haben den größten Teil der Arbeit geleistet. Sie haben Brust und Bauch weitgehend herausgerissen, den Körper in zwei Stücke zerteilt...

Nur eine Nacht lag er draußen. Unsere tierischen Brüder zeigen wenig Respekt...

Was uns verwirrte, Yan, war die Kleidung. Als wir Termeers Leiche fanden, war sie in Lumpen gekleidet. Die Leiche war ausgeraubt worden, und irgend jemand muß die Kleider ausgewechselt haben. Darauf sind wir erst später gekommen. Zuerst hatten wir geglaubt, es sei nur einmal wieder einer von diesen Obdachlosen...

Die Leiche muß von einem Penner ausgeraubt worden sein. Dieser Gauner muß bei einer so reichen Beute einen richtigen Freudentanz aufgeführt haben: Geldbörse, Geld, Uhr usw....

Man wird den oder die unbekannten Täter wohl kaum finden...

Wir haben Termeers Zahnprothese gefunden. War eine ganze Menge Gold darin. Eigentlich komisch, daß die Penner sie nicht mitgenommen haben... Vielleicht haben sie sie gar nicht bemerkt. Azaleenbüsche, wissen Sie, die Prothese lag unter einem Blätterhaufen...

Abgesehen von dem Raub scheint kein Verbrechen verübt worden zu sein, und das war nach...»

Offenbar hatte der Commissaris etwas gefragt, obwohl er selbst sich nicht hatte sprechen hören.

«Ja, Yan», sagte O'Neill. «Sicherlich, in dieser Hinsicht haben wir uns zuerst geirrt. Die Leiche wurde am nächsten Morgen gefunden, von Kindern – du meine Güte! Ihr Vater war bei ihnen, ein Arzt. Die Leiche war völlig zerrissen, von Tieren angenagt und angepickt... Das macht sich natürlich auf einem öffentlichen Spielplatz wie unserem phantastischen Central Park nicht gerade gut.» O'Neill warf Hurrell, der aus dem Fenster schaute, einen finsteren Blick zu. «Was sagst du dazu, heh, Irk?»

«Richtig», sagte Hurrell. «Richtig, Chef. Tom und Jerry haben die Untersuchungen durchgeführt. Ich hatte gerade meinen freien Tag. Sie hätten die sauberen Fingernägel der Leiche bemerken müssen, den guten Haarschnitt, den gepflegten Bart und so weiter. Haben sie aber nicht. Tom und Jerry ließen den Toten einfach in einen Sack verpacken. Sie haben aber ein paar Fotos gemacht.»

«Tom und Jerry» – die Namen kamen dem Commissaris irgendwie bekannt vor. Fröhliche New-Age-Gesichter auf Eiscremepackungen? Cartoonfiguren? Er lächelte.

O'Neill lachte. «Das sind Hurrells Assistenten. Sie heißen tatsächlich so. Ein gutes Team, aber in diesem Fall waren sie leider etwas nachlässig.» Sein Blick verfinsterte sich wieder.

Hurrell, der sich wohl ein wenig schuldig fühlte, sprach jetzt. «Richtig. Äh... Yan. Tom und Jerry haben den Fehler gemacht, sich von der Decke, unter der Termeer geschlafen zu haben schien, irreführen zu lassen.» Er zeigte ihm ein Foto. «Ziemlich verdreckt, sehen Sie? Viele Penner schlafen im Park. Sie sind nicht gesund. Sie sterben. Aber das ist kein Grund, das Gelände nicht gut abzusuchen. Tom und Jerry hätten die Prothese mit dem Gold finden müssen, aber das haben sie nicht, jedenfalls nicht sofort. Vielleicht weil sie die Leiche für irgend so ein Stück Müll hielten.»

Trotz seines schlechten Gesundheitszustandes fiel dem Commissaris auf, daß im Raum plötzlich eine Stille eingetreten war, in der Detective Hurrells schwerfälliges Atmen unnatürlich laut und gequält wirkte.

«Okay?» fragte O'Neill. «Irl, Irk, wie heißt du denn nun zum Teufel. Alles in Ordnung?»

«Müll...» fuhr Hurrell fort. «Zum Wegwerfen. Tom und Jerry denken nun einmal so. Die machen sich nicht viel aus ihren Mitmenschen.»

Da war wieder das schwere Atmen.

«Also dann», sagte O'Neill gut gelaunt und unterbrach die Stille. «Okay. Die NYPD hat die Sache vermasselt. Passiert bei Ihnen auch gelegentlich, da bin ich mir sicher. Aber nachdem

Charlie auftauchte, haben wir die Wahrheit schließlich doch herausgefunden. Dieser Charlie war Termeers Nachbar. Das steht alles im Bericht. Wenn Sie Lust haben, können Sie ihn ja anrufen. Der niederländische Neffe des Verstorbenen war bereits aufgetaucht, um auf der Polizeiwache am Central Park Erkundigungen einzuziehen. Und dann war da noch dieses empörte ausländische Ehepaar, Touristen, die sich beklagten – das ist auch nicht besonders gut gelaufen.» O'Neill strich sich mit einer Faust über sein Haar. «Insgesamt etwas happig. Aber schließlich haben wir die Lösung des Rätsels doch gefunden. Der Autopsiebericht war völlig eindeutig. Allerdings auch ziemlich grotesk. Sergeant?»

«Jaa», sagte Hurrell. «Der Tote war Niederländer. Und das Ehepaar, das sich beschwert hat, auch. Aber zwischen ihnen bestand keinerlei Verbindung. Im Augenblick müssen ziemlich viele Niederländer in der Stadt sein.»

Der Commissaris kämpfte dagegen an, seinen Körper in die Couch zurücksinken zu lassen. Er befürchtete, er könne in Ohnmacht fallen. Wenn er zu erkennen geben würde, wie er sich fühlte, würden die Besucher wahrscheinlich einen Arzt oder, was noch schlimmer wäre, einen Krankenwagen holen lassen. Er zwang sich deshalb, weiterhin interessiert zu wirken. «Niederländer? Niederländische Touristen?»

«Aber Termeer muß noch gelebt haben, als das Paar ihn sah. Er hatte irgendwelche körperlichen Probleme», sagte O'Neill. «Ihm war vermutlich einfach unwohl, was sich übrigens mit den Ergebnissen der Autopsie deckt. Zu jenem Zeitpunkt trug der Verstorbene natürlich noch seine eigenen Kleider. Tweedanzug, Krawatte, Hut. Der Mann hatte zuerst stillgestanden, dann gestikuliert, war herumgehüpft und schließlich zusammengebrochen. Ein älterer Mann, der schon einmal am offenen Herzen operiert worden war...»

Der Commissaris schnappte hier und da ein paar Worte auf, die näher kamen, weggeweht wurden, zurückkehrten, ihn umschwebten. Er war sich nicht ganz sicher, was «herumhüpfen» in diesem Fall bedeutete.

O'Neill machte es vor. Er hielt seine Arme empor, so daß die Finger zur Decke wiesen, und lief in der Suite umher.

Der Commissaris versuchte zu lächeln. «Und Termeer hatte Probleme mit dem Herzen, haben Sie gesagt? Eine Herzoperation? Natürlich, das kann man ja bei einer Autopsie eindeutig feststellen.»

O'Neills Stimme klang jetzt richtig wütend. «Jesus F... Christ, was haben wir da für einen Mist gebaut! Ein Stadtstreicher, der vor kurzem eine Herzoperation gehabt hat? Und die teure Zahnprothese im Gebüsch? Offensichtliche Widersprüche. Um nichts anderes geht es bei der ganzen Polizeiarbeit: Dinge zu finden, die nicht zusammenpassen. Die Unstimmigkeiten sind es, die uns zur Wahrheit führen, nicht wahr, Sergeant?» Er starrte wütend vor sich hin. «Wir wüßten immer noch nichts, wenn dieser Nachbar nicht aufgetaucht wäre...»

Hurrell sprach jetzt, ein wenig defensiv. «Charlie kam, und er identifizierte die Leiche als Bert Termeer, seinen Mieter, einen Buchhändler.»

«Zum Glück hatten wir ihn noch da», sagte O'Neill. «Zum Glück. Die Leichen von Pennern werden nie lange aufbewahrt, weil wir zuwenig Platz im Leichenschauhaus haben. Man stopft sie einfach zusammen mit anderen in ein Massengrab.»

«Und das niederländische Ehepaar», sagte der Commissaris, wobei er jedes Wort mit offensichtlicher Anstrengung hervorbrachte. «Die Touristen meine ich.»

Hurrell fand zwischen den Fotos auf dem Tisch eine Visitenkarte. Er las laut vor: «Dr. (Chemie) Johan Lakmaker...» Er las die Adresse: «Nieuwegein. Ist das die Stadt? ‹Nju-wiedschein?›»

«Aber der Mann war noch nicht tot, als die beiden ihn sahen», warf O'Neill ein. «Wir müssen das sehr genau auseinanderhalten. Und als er starb, viel später wahrscheinlich, starb er an einem Schock. Der Grund könnte ein dicker Ast gewesen sein, der herunterfiel. Oder ein harter Gegenstand, der ihn auf der Brust traf, ein Ball, ein Stein oder irgend etwas anderes. Ein

Frisbee. Der Stoß war nicht so kräftig. Die Prellung, die noch im Brustbereich zu sehen war, war nicht besonders schwer.»

Der Commissaris versuchte, seine Augen weit offenzuhalten. «Schock?»

«Der einen Herzanfall auslöste», bestätigte O'Neill. «Es spielt keine Rolle, was den Schock verursacht hat, denn der Mann ist nicht ermordet worden.»

«Brutal ausgeraubt, ja», ergänzte Hurrell, «aber erst nach seinem Tode. Von einem fallenden Ast getroffen. Oder von einem verirrten Ball. Es gibt nichts, was auf eine kriminelle Absicht hindeutet. Irgendwelche Unglücksumstände, Yan, die sich in Verbindung mit der Herzschwäche fatal ausgewirkt haben.»

«Siebzig Jahre alt», sagte O'Neill jetzt. «Nicht gerade ein junger Spund. Dieses Herumhüpfen im Park, und dann das stundenlange Stillstehen, als wolle er eine Statue nachmachen. Der Mann hat Probleme doch geradezu herausgefordert.»

«Unglücksumstände», wiederholte der Commissaris. Der Ausdruck gefiel ihm.

«Sie sehen ziemlich erschöpft aus», sagte O'Neill freundlich. «Wir lassen Ihnen unsere Unterlagen hier. Ich glaube, dazu braucht man nicht mehr viel zu sagen. Schauen Sie sie irgendwann einmal in Ruhe durch. Es hat keine Eile. Hier haben Sie meine Karte. Rufen Sie mich jederzeit an, wenn Sie Fragen haben. Aber gönnen Sie sich erst einmal etwas Schlaf. Ich werde Sie zum Vortrag morgen abholen lassen. Mein Kollege Russo hat morgen seinen Auftritt. Über ‹Todesarten› oder so etwas Ähnliches. Russo wird sich wahrscheinlich mal wieder an Madenmädchen hochziehen. Es wird Ihnen sicher gefallen.»

«Madenmädchen?»

O'Neill hob scherzend einen Finger. «Das soll eine Überraschung werden, Yan. Morgen werden Sie erfahren, was es damit auf sich hat.»

Hurrell atmete wieder schwer.

«Ball», sagte der Commissaris. «In diesem Park spielen Menschen Ballspiele. Was spielen sie? Golf?»

«Baseball, Softball, Volleyball vielleicht, Fußball. Lacrosse», sagte O'Neill. «Das hab ich auch mal gespielt. Ursprünglich war es ein Spiel der Indianer. Ziemlich hart. Wird im Park immer noch Lacrosse gespielt, Hurrell?»

«Manchmal», antwortete dieser. «Wir dulden das zwar gewöhnlich nicht, aber sie tun's halt. Mit Bällen darf nur auf ein paar klar gekennzeichneten Plätzen gespielt werden. Die Parkwächter sind angewiesen, Besucher, die sich nicht daran halten, zu verwarnen. Aber es gibt natürlich immer ein paar Arschlöcher.»

Der Commissaris hatte sich nicht konzentrieren können. Zu allem Überfluß wurde ihm jetzt auch noch übel. Lacrosse war also eine Art indianisches Golf? Und im Park wurde verbotenerweise Ball gespielt? Er fühlte sich zu elend, um nach Details fragen zu können.

Zu seiner eigenen Überraschung fand sich der Commissaris plötzlich auf seinen Füßen wieder, im Begriff, seine Gäste zur Tür zu geleiten. Er schüttelte ihnen die Hand und dankte ihnen für ihren Besuch. Und zu guter Letzt entschuldigte er sich noch einmal dafür, daß er sie in Pyjama und Bademantel empfangen hatte.

Doch dieser Energieanfall hielt nicht lange an. Er schleppte sich nur mit Mühe zu seinem Himmelbett, wo er niedersank, stöhnte und sich eine Weile herumwälzte, bevor er sich wieder aufrappelte, um im Bad der Suite umherzustolpern und nach seinen Medikamenten zu suchen.

5

«Mir gefällt dieses kleine Städtchen Nieuwegein», sagte Adjudant Grijpstra, nachdem er den Motor abgestellt hatte. «Manchmal tut es doch richtig gut, einmal aus Amsterdam herauszukommen. Hier gibt es sogar Parkplätze, Rinus. Keine Umweltverschmutzung. Schau dir diese riesigen Bäume an. Wenn die Elstern nicht so schrecklich kreischen würden, wäre hier doch eine herrliche Ruhe.»

Das Zivilfahrzeug stand auf einem Privatparkplatz, der zu einer Reihe neuer schicker Stadthäuser mit Aussicht auf den Rhein gehörte. Die Häuser wandten den Detektiven ihre unfreundliche Rückseite zu und verbargen sich hinter einer Reihe gemauerter Pflanzenbehälter, in denen kleine Koniferen heranwuchsen, die den generell abweisenden Eindruck später noch verstärken würden.

Grijpstra las die Notiz, die Sergeant de Gier ihm reichte.

«Lakmaker, Joop und Sara. Sind das die Zeugen aus dem Central Park, die wir suchen?»

De Gier hatte es aufgegeben, die Straßenkarte richtig zusammenfalten zu wollen. Er drückte sie nun einfach mit der Faust platt.

Trotz der langen Fahrt war er immer noch bei guter Laune. Er hatte Grijpstras Rat beherzigt und verstopfte Autobahnen gemieden. Auf ihrer Reise von Amsterdam hierher waren sie über kleine Landstraßen gefahren, an von Bäumen gesäumten Kanälen und Deichen entlang. De Gier hatte Grijpstra auf Fischer in Ruderbooten aufmerksam gemacht, die ruhig hinter ihren Angelruten saßen, auf Störche, auf Reiher und auf Windmühlen, die sich drehten.

«Wie schön», hatte Grijpstra jedesmal gesagt. «Was für ein schönes Land. Und was für ein schöner Frühling.»

«So was mach ich gar nicht gerne», sagte Grijpstra jetzt. «Abgestandene Zeugen vernehmen. Wie klang Lakmaker am Telefon, als du den Termin mit ihm vereinbart hast?»

«Ein Mitglied der arroganten Seniorenklasse», antwortete de Gier. «Alter Trottel mit akademischem Hintergrund. Bekommt sicher eine ansehnliche Pension. Hat mich ständig ‹Herr Polizist› genannt.»

Grijpstra grinste. «Vielleicht bekommen wir beide eine Zigarre geschenkt, die wir uns unter die Mütze schieben können.»

«Du darfst das Gespräch führen», sagte de Gier. «Ich bin allergisch gegen diese Sorte von Menschen.»

Grijpstra bewegte sich nicht von der Stelle. Sie waren etwas zu früh. De Gier schaute sich die unfreundliche Rückseite der schicken Häuser an. «Zweihunderttausend?»

Grijpstra schätzte drei. Hunderttausend zusätzlich für die Aussicht auf den Rhein.

De Gier starrte weiter in die Gegend und grübelte, wie dieses alte Ehepaar wohl lebte, mit Aussicht auf Hollands größten und schönsten Fluß. Was mochten sie wohl sonst noch tun? Den alten schmerzenden Körper ignorieren, während sie den Schiffen zuschauten, die durch ihre Bilderfenster tuckerten?

Ein geregelter Tagesablauf? Eine Stunde aus dem Fenster gucken, dann zehn Minuten das Fernsehprogramm studieren und Naturprogramme für später heraussuchen? Ein Nickerchen? Abendessen?

De Gier fragte Grijpstra nach seiner Meinung.

«NACHRICHTEN!» brüllte Grijpstra.

«WAS?»

Grijpstra erklärte de Gier, er brauche nicht zurückzubrüllen. Er habe nämlich lediglich demonstrieren wollen, wie ein älteres Ehepaar kommuniziere. Der Mann sieht im Fernsehen, wie ein Nachrichtensprecher sich räuspert und zum Monolog ansetzt, und brüllt, damit die Frau kommt und sich die Nachrichten anschaut. Oder umgekehrt. Die Frau stachelt den Mann zur Eile an, und dieser stolpert herbei, damit sie gemeinsam die Schrekken der Welt genießen können.

De Gier konnte sich diese Szene nur schwer vorstellen.

«Das Medienfutter miteinander teilen», erklärte Grijpstra. Auch die Mitgliedschaft in einem Bridgeclub oder in einem Verein für Vogelbeobachtung hielt er für möglich: Die Vögel, die man entdeckt hatte, konnte man aus einer Liste streichen. Oder man konnte *noch* ältere Senioren in Heimen besuchen. Vielleicht machte sich das Paar auch Gedanken über Möglichkeiten, die Lebenssituation auf unserem Planeten zu verbessern.

De Gier hatte es nun begriffen. Er schlug seinerseits Schuldgefühle vor: Das alte Ehepaar analysiert Fehler aus der Vergangenheit. Es malt sich aus, wie die Dinge besser hätten laufen können. Es bereitet sich auf ein schmerzloses Ende vor, indem es die Literatur über Euthanasie studiert, die der Arzt empfohlen hat.

«Den *Nieuwe Rotterdamse Courant* lesen und nachplappern?» fragte de Gier. Er versuchte, den Reportagestil des *NRC* nachzuahmen, indem er kaum die Lippen bewegte, durch die Nase sprach und klugscheißerische Meinungen entsprechend den neuesten Klischees zum besten gab.

«Okay, okay», wehrte Grijpstra ab. «Aber ich bleibe trotzdem bei dieser Zeitung. Immerhin wagt sie es als einzige, über Korruption bei der Polizei zu berichten.»

«Hast du sie abonniert?» fragte de Gier.

Grijpstra las den *NRC* freitags bei Mokkatorte und Kaffee im Café Keyzer.

«Gute Fotos haben sie ja», räumte de Gier ein. «Die Politiker sehen darin immer aus wie zwanghafte Wichser, die dazu auch noch leicht schizophren sind.»

«Dieser alte Trunkenbold sah doch ganz gut aus, mir fällt der Name gerade nicht ein.»

De Gier fand auch, daß der holländische Vizepräsident recht fotogen war.

Nun war es soweit.

De Gier schaute sich die Makraméevorhänge an, die den Glasteil der Haustür der Lakmakers zierten.

Grijpstra las sich noch einmal kurz das Fax durch, das der Commissaris geschickt hatte. *Feststellen, was genau die Lakmakers am 4. Juni gesehen haben.* Grijpstra überprüfte auf seiner Uhr das aktuelle Datum. «Das ist ja schon fast drei Wochen her.» *Fragen* (so forderte das Fax auf), *warum sie auf Sergeant Hurrells Anfragen, die dieser auf ihrem Anrufbeantworter hinterlassen hatte, nicht reagiert haben.*

«Sollen wir sie getrennt verhören?» fragte de Gier. «In verschiedenen Räumen? Und sie dann später wegen aller Widersprüche zur Rede stellen?»

Grijpstra war dagegen. «Das könnte sie verärgern.»

«Verärgert sind sie sowieso schon», sagte de Gier.

«Verärgerte anständige Mitbürger», bemerkte Grijpstra. «Aber haben sie nicht ein nettes Häuschen?» Er öffnete die Wagentür. «Ich gehe zum Angriff über, Sergeant. Mir nach.»

Grijpstra und de Gier saßen auf einer blauen Plüschcouch und tranken Kaffee aus chinesischen Porzellantassen, die mit handgemalten Blumen verziert waren. Eine hinkende weißhaarige alte Dame deutete auf Frachtschiffe, die auf dem Fluß ihre Bahn zogen. Ihr glatzköpfiger Mann holte eine Plastikhülle mit Landkarten und Reiseprospekten herbei, Erinnerungen an die kürzliche Amerikareise des Ehepaars.

«Die Couch, auf der Sie da sitzen, das ist original Biedermeier», erwähnte Sara Lakmaker. «Als ich sie fand, war sie ein Wrack. Joop hat den Rahmen repariert, und ich habe sie neu gepolstert und bezogen. Wenn man die Arbeitszeit zusammenrechnen würde, hätte das Ganze ein Vermögen gekostet.»

«Professionelles Kunsthandwerk», sagte Grijpstra anerkennend. Er veränderte vorsichtig seine Sitzhaltung, während die antike Federung unter seiner Leibesfülle gefährlich knarrte.

«Der Kaffee, den Sie trinken, stammt aus Nigeria», fuhr Sara fort. «Wir haben ihn von Zabar in New York, dem größten und besten Delikatessengeschäft der Welt. In New York kann man *alles* kaufen. Die Amerikaner haben immer noch die stärkste Kaufkraft.»

«Ein starker und interessanter Geschmack», antwortete Grijpstra höflich.

«Würde es Ihnen etwas ausmachen, kurz zu mir hier herüberzukommen?» fragte Joop Lakmaker von seinem Schreibtisch aus. Er hatte die Karte ausgefaltet. «Das ist der Central Park, und da haben wir den Mann gesehen, über den Sie jetzt die Nachforschungen anstellen. Direkt neben diesem Weg, bei der Wiese.» Lakmakers Stimme und Haltung veränderte sich, so daß er seine poetische Ader entfalten und mit lauter Stimme und mit Verve sprechen konnte. *«Das Gras war grün»*, deklamierte er, *«und der Herr lag im Sterben. Das Ballontier stieg empor...»* Lakmaker bedeckte sein Herz mit einer Hand. *«Und die Kinder spielten nebenan.»* Er schaute Grijpstra an. «Na, wie klingt das?»

«Wirklich sehr hübsch», bestätigte Grijpstra.

Lakmaker grinste. «Ich brauchte nicht einmal die aufblühenden Azaleen zu erwähnen. – Eigentlich wollte ich nämlich Schriftsteller werden, einen Kordsamtanzug tragen, in einer Berghütte leben. Aber Sara hatte sich nun einmal in den Kopf gesetzt, daß ich etwas Nützliches tun müsse.»

«Joop!» erhob sich Saras warnende Stimme.

«Und ob ich etwas Nützliches geschafft habe! Mein Leben lang. Ist Ihnen klar, daß es meiner Arbeit zu verdanken ist, daß die Kosten für künstliche Limonade erheblich gesunken sind?» Lakmakers trübe Glubschaugen schauten durch Grijpstra hindurch. «Das ist doch schon mal was, oder?»

«Man hat dich sehr geschätzt», sagte Sara. «Du hast gute Arbeit geleistet. Deine Kinder sind gut geraten.» Sara lächelte. «Und Kunst gesammelt hast du auch.» Sie deutete auf drei Dämonenmasken, die über dem riesigen Fernsehgerät hingen. «Wir haben schon zwei Kollektionen verkauft, und jetzt hat Joop wieder angefangen zu sammeln. Sind die nicht eindrucksvoll? Sie stammen aus Bolivien. Wir haben sie auf einer Reise gekauft. Minenarbeiter machen sie während ihrer Ferien aus Bierdosen.»

Grijpstra und de Gier schauten sich die Masken an. «Teufel?»

«Minendämonen», erklärte Sara. «Sie leben unter der Erde und kommen mit den Arbeitern ans Tageslicht, um mit ihnen zusammen Ferien zu machen.»

Aus den Masken ragten Hörner hervor, und aus ihren Augen tropfte Blut.

«Sehr eindrucksvoll», bestätigte Grijpstra.

«Ich habe früher Fellini gesammelt.» Lakmaker deutete auf seine Sammlung von Videobändern. «Ich möchte, daß das in meinem Nachruf erwähnt wird.»

«Joop!» ermahnte Sara ihn.

«Nicht im *NRC*», fuhr Joop fort. «So berühmt bin ich nicht. Aber vielleicht im *Nieuwegeinse Koerier*?» Er rieb sich die Hände. «Was meinen Sie, Herr Polizist? Glauben Sie, daß meine Regression von aktueller Pop-art zu surrealistischem Horror infolge einer Rückerinnerung an die Schreckensbilder des Zweiten Weltkriegs sich journalistisch gut verkaufen läßt?»

«Dann ist dieser arme alte Mann im Central Park also Niederländer gewesen?» schaltete Sara sich ein. «Er hat mit uns Englisch gesprochen. Unglaublich – daß wir im Central Park ausgerechnet einen Landsmann treffen, meine ich.»

«Was soll denn *daran* unglaublich sein?» widersprach Lakmaker ihr. «Die Niederlande sind reich, deshalb können wir Niederländer reisen. New York ist immer an Leuten interessiert, denen das Geld locker in der Tasche sitzt. Sechs Jumbos täglich auf der Transatlantikroute.» Lakmaker machte eine einladende Handbewegung. «Treten Sie näher. Treten Sie näher. Da müssen wir doch praktisch im Central Park übereinanderstolpern.»

«Lebt der arme Mann noch?» fragte Sara. «Es schien ihm ziemlich schlechtzugehen. Das Pferd hatte ihn getreten. Er lag da und wälzte sich vor Schmerzen am Boden, und dieses uniformierte Flittchen ritt einfach weg.»

«Uniformiertes Flittchen?» fragte Grijpstra nach. «Was für ein uniformiertes Flittchen war das denn?»

«Diese Polizistin», sagte Sara. «Wir hatten den armen Mann eine Weile beobachtet. Sie wohl auch. Von ihrem Pferd herab.»

«Nun mal langsam», wandte Lakmaker ein, «so hast *du* es gesehen, Sara. *Sicher* wissen wir das nicht. Sie hatte schließlich eine Sonnenbrille an.»

«Um Ihre Frage zu beantworten: Der alte Mann ist gestorben», sagte Grijpstra. «Er wurde am nächsten Morgen zwischen den Azaleen gefunden. Das Polizeipferd hat ihn also getreten?»

«Nur ein bißchen», sagte Sara. «Da war eine Menge los. Auf der Wiese ließen sie ein großes Ballontier für die Kinder aufsteigen, eine Art Dinosaurier.»

«Tyrannosaurus Rex», erklärte Lakmaker. «Riesig. Aus aneinandergehefteten farbigen Ballons.»

«Und dann spielte da auch noch eine Jazzgruppe auf einem Podium.»

«Man sollte Jazz nicht unterschätzen», erklärte Lakmaker. «Ich selbst sammle zwar klassische Musik, aber ich muß zugeben, daß Jazz eine hochstehende Kunstform ist.» Er schaute de Gier an.

De Gier nickte.

«Wir hatten uns die Musik angehört», sagte Sara, «und uns all die Kostümierten angeschaut. Da gab es irgendwo einen Wettbewerb für Doubles von berühmten Filmstars. Madonna in Strumpfbändern. Monroe, die so tat, als würde ihr Rock vom Wind hochgeweht. Marlon Brando, der seinen letzten Tango tanzt. Yves Montand, der von Cathérine Deneuve verführt wird.»

«Bürgermeister Ed Koch saß in der Jury», sagte Lakmaker. «Er sah ja etwas merkwürdig aus, aber wie er geredet hat, das war schon witzig.»

«Aber dieser Mann, über den Sie etwas von uns wissen wollen, war der eindrucksvollste», sagte Sara. «Er erinnerte mich an einen Professor aus der Zeit, als ich in Utrecht Innenarchitektur studiert habe.»

«Hat er nicht an dem Wettbewerb teilgenommen?»

Sara war sich völlig sicher. «Aber nein, ganz bestimmt nicht.»

«Man sieht, daß Sie Innenarchitektin sind, daß Sie eine Ader für das Visuelle haben», sagte Grijpstra und schaute sich dabei in der Wohnung um, wobei er freie Räume und eine ungewöhnliche Art der Beleuchtung bemerkte. «Könnten Sie den Mann ein wenig näher beschreiben?»

«Ein würdevoller, großer alter Mann in Knickerbockern», sagte Sara, «so wie Bergsteiger sie tragen. Außerdem trug er eine Weste und ein Jackett, beides in dunkelbraunem Tweed; alles gut aufeinander abgestimmt. Weißes Hemd. Karierte Krawatte. Langer weißer Bart. Hohe Stirn. Scharfe Nase. Buschige Augenbrauen. Wunderschöne blaue Augen. Gepflegte Schuhe und cremefarbene Wollstrümpfe. Und noch alle Haare auf dem Kopf.»

«Sara mag Männer mit viel Haar», sagte Lakmaker. «Mich haben seine Schauspielkünste beeindruckt. Er stand absolut still, als Sara ihn bemerkte. Mir war er allerdings schon vorher aufgefallen. Sehr beeindruckend. Und dann hüpfte er herum. Eigentlich sehr ungewöhnlich, daß ein Weiser so etwas tut.»

«Wo war *ich* denn da?» fragte Sara verwundert. «Wann ist er gehüpft?»

«Er hat mit einem Baby herumgeschäkert.»

«Ein Weiser?» fragte Grijpstra verwundert.

«So eine Art Voltaire-Typ. Kennen Sie Voltaire?» fragte Lakmaker. «Er hatte eine Aura, als wollte er die ganze Welt aufwekken. Aber eigentlich sah er doch eher wie George Bernard Shaw aus. Haben Sie schon einmal von George Bernard Shaw gehört?»

Grijpstra schaute de Gier an.

De Gier nickte.

«Ja», sagte Grijpstra daraufhin. «Er sah also aus wie diese beiden, richtig?»

«Ein Prophet der oberen Klasse», sagte Sara. «So wirkte er auf mich. Nicht verrückt, eher anständig. Nach dem Hüpfen stand er völlig bewegungslos an einer Wegkreuzung, wie eine Statue, auf einem Bein, vorgebeugt. Er posierte in einer übertriebenen Haltung, um die Aufmerksamkeit auf sich zu ziehen.

Faszinierend. Man mußte einfach hinschauen und sich fragen, was er nur wollte.»

«Die Kinder gingen zu ihm und faßten ihn an», sagte Lakmaker. «Sie wollten feststellen, ob er echt war.» Er nickte. «Ein ausgezeichneter Schauspieler. Ein richtiger Showman, wissen Sie.»

«Und dann sahen wir eine berittene Polizistin, die ihn ebenfalls beobachtete», sagte Sara. «Berittene Polizisten sehen in Amerika sehr hübsch aus, nicht so operettenmäßig wie hier bei uns. Keine langen Mäntel und lächerlichen Hüte. In Amerika tragen sie blaue Helme. Und diese Polizistin hatte einen langen Pferdeschwanz. Sie trug eine schicke Uniform. Dunkle Reithosen und ein blaues gestärktes Hemd. Viel Leder. Hohe Stiefel. Einen Gürtel.»

«Nett Nazi-mäßig», sagte Lakmaker. «Pistolengurt mit allem Drum und Dran, voll bewaffnet, und ein Sprechfunkgerät mit wippender Antenne. Wie in ‹Star Wars›. Diese Filme haben mir sehr gut gefallen», sagte Lakmaker. «Natürlich mag ich Polizisten grundsätzlich nicht. Das sind alles Faschisten, wissen Sie. Sie würden alles tun, was man ihnen befiehlt. So wie im Krieg, als sie meine Eltern mitnahmen, weil die Deutschen gesagt hatten, alle Juden sollten zur Eisenbahnstation gebracht werden. Wenn ich nicht zufällig gerade draußen gespielt hätte, hätten sie mich auch in den Wagen geladen, und ich wäre in Treblinka gelandet und vergast worden.»

«Ja», sagte Grijpstra.

«Nehmen Sie das bitte nicht persönlich», sagte Lakmaker. «Gehorsam Autoritäten gegenüber gehört nun einmal zum Menschsein. Wir mögen es, Anordnungen zu befolgen. Das hilft uns, morgens aufzustehen. Und wir mögen auch Gewalt. Jetzt gibt es auf der West-Bank und im Gaza-Streifen jüdische Polizisten. Die machen genau dasselbe. Irgendwann wird sich der Wind wieder drehen, und dann werden sie uns wieder zusammenschlagen.» Lakmaker lächelte, sichtlich beeindruckt von der Präzision seiner eigenen Analyse. «Aber vielleicht schafft die Menschheit es ja doch noch einmal, sich weiterzuentwickeln. Sie verändert einfach ihre Gene, und wir werden zu einer neuen Spezies.»

«Joop!» warnte Sara.

«Die Polizistin aus dem Central Park hat also ihr Pferd dazu gebracht, Termeer zu treten?» fragte Grijpstra. «Das war übrigens der Name dieses Mannes, den Sie als Propheten bezeichnen. Hat sie Bert Termeer angegriffen und ihr Pferd dabei als Waffe benutzt?»

«Nein», antwortete Lakmaker. «Das heißt, zumindest nicht absichtlich. Dieser Termeer stand da wie eine Statue; er war kurz davor, sich blitzschnell in Bewegung zu setzen, und dann plötzlich tat er das auch. Er sprang auf den Pfad und fing wieder an herumzuhüpfen – der zweite Teil seiner Vorstellung –, da scheute das Pferd und traf ihn mit einem Huf.»

«Und die Polizistin ignorierte das?» fragte Grijpstra. «Sie ritt einfach davon, ohne das Notwendige in die Wege zu leiten?»

«Nein», sagte Sara. «Sie stieg vom Pferd und fragte ihn, ob alles in Ordnung sei. Er sagte ja, und dann ritt sie davon. Aber mit ihm *war* nicht alles in Ordnung. Kurz darauf fing Termeer an zu torkeln und zu schwanken. Wir halfen ihm zu einer Bank. Die Polizistin war noch in Sichtweite. Sie ritt auf einer Wiese umher, wo Leute vor dem Podium der Jazzband zuhörten und tanzten. Als wir ihr zuriefen und ihr mit den Händen Zeichen gaben, kam sie zurück und wurde frech.»

«Sie sagte doch tatsächlich, wir sollten uns wegscheren!» empörte sich Lakmaker. «Wir gehören nicht zu den Leuten, die sich von irgend jemandem herumkommandieren lassen. Deshalb beklagten wir uns über sie. Wir hinterließen unsere Visitenkarte auf der Polizeiwache am Park.»

«Natürlich haben wir nicht damit gerechnet, daß darauf jemals irgendwer reagieren würde», sagte Sara.

«Haben Sie die Botschaften, die die NYPD auf Ihrem Anrufbeantworter hinterlassen hat, nicht bekommen?» fragte Grijpstra.

Sara errötete.

«Bevor wir auf die Reise gingen, habe ich einen neuen Anrufbeantworter gekauft», sagte Lakmaker. «Als wir dann nach Hause kamen, drückte Sara den falschen Knopf, und alles war gelöscht. Dieser – Herr Termeer – er ist tot, nicht wahr? Woran ist er gestorben? Wissen Sie das?»

«Vielleicht an einem Herzschlag», antwortete Grijpstra. «Man hat die Leiche zwischen Azaleenbüschen gefunden, in Lumpen gekleidet, halb mit einer schmutzigen Decke zugedeckt. Tiere hatten einen Teil gefressen. Termeers Zahnprothese wurde in einiger Entfernung von seinem Körper gefunden.» Der Adjudant zog den Fax-Bericht samt Foto von der NYPD aus der Tasche. Das Foto war ziemlich deutlich. Er faltete die Papiere zusammen und steckte das Foto wieder in die Innentasche seines Jacketts. «Ich glaube, Sie sollten sich das nicht anschauen.»

Lakmaker war sehr still. Sara goß erneut Kaffee ein.

«Termeer hatte keinen Herzanfall», sagte Lakmaker, während er *Sans-pareils* herumreichte. «Jedenfalls nicht, solange wir ihn gesehen haben. Ich habe selbst zwei Herzinfarkte gehabt. Er schien keine Kopfschmerzen zu haben, tastete nicht nach seinem Nacken, und es war auch nichts mit seinem linken Arm los; er hatte also keines der bekannten Symptome. Er war nur etwas benommen. Doch nachdem wir ihm geholfen hatten, sich hinzusetzen, fühlte er sich bereits wesentlich besser, da bin ich mir ganz sicher.»

«Waren noch andere Leute in der Nähe?» fragte Grijpstra.

Niemand. Aber auf der Wiese, so erzählten die beiden Lakmakers, gingen die Aktivitäten ihrem Höhepunkt entgegen: Man ließ den Ballon-Dino aufsteigen, und die Jazzband spielte.

«And the Saints Come Marching In», erläuterte Lakmaker.

Die Imitatoren und Möchtegerne hatten sich für den Wettbewerb aufgestellt, und so war an der Kreuzung, wo Termeer sich, unterstützt von den Lakmakers, von seinem Schock erholte, außer ihnen niemand mehr.

Grijpstra wollte sich gerade von den Lakmakers verabschieden, als de Gier sich zu Wort meldete. «Warum haben Sie sich eigentlich so intensiv um diesen George-Bernard-Shaw-Typen gekümmert?» fragte er Lakmaker.

«Was wissen Sie schon von George Bernard Shaw», entgegnete Lakmaker. «Wie könnten Sie das auch, Herr Polizist? Welchen Rang haben Sie eigentlich?»

«Ja», Grijpstra schaute de Gier an. «George Bernard Wer?» Grijpstra schaute Lakmaker an. «De Gier ist Brigadier.»

«Ist Ihr Hobby Philosophie?» fragte Sara nun de Gier.

«Der Brigadier liest fremde Sprachen», erklärte Grijpstra ihr. «Ohne ein Wörterbuch zu benutzen. Er braucht ein paar Jahre, um eine Sprache zu erlernen. Er mag Fremdsprachen, verstehen Sie.»

«Haben Sie das Abitur gemacht?» fragte Lakmaker. «Wären Sie damit nicht für ein akademisches Studium qualifiziert? Müßten Sie dann nicht eigentlich Inspecteur oder Hoofdinspecteur oder so etwas sein?»

De Gier brauchte einige Zeit, bis die Zeugen ihm bestätigten, daß Termeer großen Eindruck auf sie gemacht hatte. Es war nicht so, daß sie sich einfach grundsätzlich wie Samariter verhielten, das täten sie ganz sicher nicht, gestanden Sara und Joop. Sie waren in New York an unzähligen Obdachlosen vorübergegangen, sie hatten die vielen Bettler grundsätzlich ignoriert, und auch bei Verkehrsunfällen waren sie einfach weitergegangen. Und das hatten sie nicht nur so gemacht, weil sie in New York waren, das machten sie überall so. Höchstens machten sie «die Behörden» einmal auf irgendeinen Vorfall aufmerksam, aber in Termeers Fall war die zuständige Behörde ja persönlich anwesend gewesen. Als Bert Termeer vom Pferd der Polizistin getreten worden war, hatten sie aus anderen Gründen ins Geschehen eingegriffen.

«Weil Sie über die Behörden entrüstet waren?» fragte de Gier.

Joop wollte dem zustimmen, um die Sache auf sich beruhen zu lassen, aber Sara sagte, sie wolle bei der Wahrheit bleiben.

Die Befragung wurde fortgesetzt. Ehrlich ist nett. De Gier lächelte Sara an. Sie gefiel ihm.

«Nein», bekannte Sara. Seit sie alt und im Ruhestand war und sie die menschliche Situation viel besser so sehen könne, *wie sie sei*, empfand sie nicht mehr viel Mitleid. Und mit dem Pflichtgefühl war es bei ihr auch nicht mehr weit her. Wenn ein Mann von der Polizei verletzt wurde, konnte man nicht viel tun. Das wenige, was man tun konnte, hatte sie getan, nämlich sich auf der Central-Park-Wache über die Polizistin beschwert. Normalerweise hätte sie nicht einmal das getan. Ganz sicher nicht in Amerika, wo sie ohnehin nur Touristen waren.

Was war dann an dieser Situation anders? Warum hatte sich Sara Lakmaker mit einem Mann abgegeben, den sie bereits prophetenähnlich, einen Philosophen, Shaw und/oder Voltaire genannt hatte... «Wer ist Voltaire?» fragte Grijpstra de Gier. «Auch einer von diesen Nihilisten?»

De Gier verneinte das. «Voltaire bestand darauf, daß er reich sein wollte, weil es ihm die Unabhängigkeit garantierte.»

«Ein gutartiger Atheist», sinnierte Lakmaker, «der sinnlose Bestrafung verabscheute.»

«Dem Brigadier gefällt die Vorstellung des Nichts», erklärte Grijpstra nun den Lakmakers. «Er lebt in einem leeren Apartment, und er hat auch kein Auto. Er kauft sich allerdings Kleider. Er läßt sie sich machen. Aber er hat nicht viele.»

«Sind Sie verheiratet?» fragte Lakmaker de Gier.

«Ist er nicht», antwortete Grijpstra.

«Jemals verheiratet gewesen?»

«Das stünde nicht im Einklang mit seiner Einsicht, nicht wahr?» bemerkte Grijpstra.

«Haben Sie einen Hund?»

«Er lebt mit einer Katze zusammen», sagte Grijpstra.

«Haben Sie wirklich kein Auto?»

«Noch nie», antwortete Gripstra.

«Ich habe einmal einen orangefarbenen 2 CV gehabt, aber der ist mir gestohlen worden», sagte de Gier.

«Aber immerhin hat er einen Fernseher», sagte Grijpstra.

«Und er spricht auch nicht viel», erklärte Lakmaker seiner Frau. «Das macht der dicke Polizist für ihn.»

Grijpstra schaute Lakmaker an.

«Untersetzt», korrigierte Lakmaker sich und klopfte sich dabei seinen eigenen Spitzbauch. «Tut mir leid, Herr Polizist.»

«Joop», warnte Sara.

«Ihnen gefällt also die Vorstellung vom Nichts?» wandte Lakmaker sich an de Gier. «Wollen Sie nichts *besitzen*, oder wollen Sie nichts *sein*?»

De Gier kaute immer noch auf seinem *Sans-pareil*.

«Der Brigadier möchte Nichts sein», sagte Grijpstra. «Aber das kann er Ihnen nicht sagen, denn dann würde er aus Nichts Etwas machen. Wir diskutieren oft über diesen scheinbaren Widerspruch. Ich komme dabei immer durcheinander.»

«Kein Wunder», sagte Lakmaker.

«Joop», warnte Sara wieder.

«Tut mir leid», sagte Lakmaker und lächelte bedauernd. «Auch ich würde gern Nichts angehören. Deshalb habe ich mich als Kind geweigert, einen Stern zu tragen, obwohl meine Eltern mich immer wieder ermahnt haben, das müßte ich tun, weil die Nazis das Sagen hätten, und sie hätten es nun einmal befohlen, und deshalb müsse man es auch tun. Da ich es aber nicht tat, war ich Nichts, und ich spielte draußen, und deshalb bin ich heute immer noch hier als Etwas.»

«Sie fühlten sich also von diesem Bert Termeer angezogen», nahm de Gier den Faden wieder auf. «Von diesem Mann, den man später in Lumpen und unter einer schmutzigen Decke im Central Park auffand, halb von Tieren aufgefressen.»

«Er wirkte wie eine Art Prophet», sagte Sara Lakmaker.

«Mögen Sie Propheten?»

Sara bestätigte dies.

Vielleicht, bemerkte Grijpstra, als sie auf dem Rückweg nach Amsterdam waren und der Regen gegen die Windschutzscheibe des Wagens klatschte, hatte Sara das Verhör hinausgezögert, weil sie den hübschen de Gier so attraktiv fand. Vielleicht hatte Sara den Brigadier einfach noch nicht gehen lassen wollen. Doch de Gier wies diesen Gedanken weit von sich. «Warum darf Frau Lakmaker nicht einfach nett sein?»

Was Grijpstra anbetraf, durfte sie es nicht.

6

Die Nacht war für den Commissaris rein körperlich nicht gerade angenehm gewesen, obgleich er sie als ein mental aufregendes Erlebnis einstufte. Er mußte während der Nacht immer wieder zum Bad. Seine Kopfschmerzen bekämpfte er mit Schmerzmitteln. Er trank seinen kalten Tee, überlegte, ob er den Zimmerservice belästigen sollte, und leerte die nichtalkoholischen Vorräte des kleinen Kühlschranks. Dann und wann nickte er ein wenig ein, doch immer wieder tauchte die langbeinige Straßenbahnfahrerin vor seinem inneren Auge auf. Obwohl er dies Katrien gegenüber abgestritten hatte, hatte der ständig wiederkehrende Traum tatsächlich sexuelle Implikationen; allerdings fühlte er sich auch nicht direkt sexuell erregt – vielleicht wegen der leeren Augenhöhlen des «Todesengels». Nachdem er sich einigermaßen wach gerekelt hatte, versuchte er, sich an die Einzelheiten des Traums zu erinnern, doch waren sie ihm größtenteils entfallen. Frustriert tappte er auf dem dicken Orientteppich umher. Von Zeit zu Zeit blieb er an einem der großen Fenster der Suite stehen und betrachtete die verschwommenen Gestalten, die durch den Park schlichen, Obdachlose, die die Mülltonnen nach Eßbarem durchwühlten. Er beruhigte sich selbst mit dem Gedanken, daß es ihm im Vergleich dazu noch ziemlich gutginge, legte sich dann wieder ins Bett und trank Soda.

Um neun stand er auf. Der Vortrag über «Todesarten» begann erst um elf. Die Frühstücksräume des *Cavendish* waren äußerst einladend mit dem riesigen Buffet, dem Duft frischer Brötchen, der großen Auswahl an geräuchertem Fisch, den vielen Blumen und dem Marmorbrunnen, der in einer Ecke plätscherte. Doch er nahm seinen Stock unter den Arm und verließ das Hotel. Ein Spaziergang würde ihm guttun. Er humpelte recht und schlecht seines Wegs. Die Schmerzen, die von seinen Hüftknochen ausgingen, hatte er durch Kodein betäubt.

Drosseln sangen, als er ein Restaurant in der Nähe der Madison Avenue fand, «Le Chat Complet». Sein Zustand hatte sich wieder verschlechtert. Das Restaurant befand sich im Souterrain, und es hatte hohe, schmale Fenster. Drei riesige Schwarze mit glattrasierten Köpfen machten sich hinter der Bar zu schaffen. Alle drei trugen die gleichen roten Jacketts und roten Fliegen auf makellos weißen Hemden. Während sie die Bestellungen erledigten, die die Kellnerinnen ihnen zuriefen, summten sie. In den hohen Fenstern waren die Füße von vorübergehenden Passanten zu sehen, manchmal auch die Füße und Beine von Hunden. Wenn einmal eine vollständige Katze darin auftauchte, stimmten die Köche einen Song an.

«Le Chat complet...»

Dabei benutzten sie auch Instrumente: Cowbells und eine Art Hihat, die offenbar unter dem Tresen verborgen waren. Einer der Köche spielte hin und wieder, wenn er nicht gerade Eier aufschlug oder Würstchen aufspießte, auf einer Reihe von Flaschen ohne Etiketten Xylophon.

Der Commissaris, der *French toast* und *Bacon* bestellt hatte – das hatte er bei seinem vorigen USA-Besuch entdeckt (er fragte auch nach *Pommes frites*, die Katrien einfach nicht richtig hinbekam) –, vertrieb sich die Wartezeit damit, die junge Frauengestalt auf einem Gemälde mit einer kleinen alten Dame zu vergleichen, die sich in dem Restaurant zu schaffen machte. Das riesige Gemälde beherrschte den Kellerraum. Es zeigte eine nackte schwarze Frau um die Dreißig, mit großen, festen Brüsten, die unter Palmen lasziv auf einer Couch aus Bambusrohr lagerte. Ein schwarzer Hund, dessen blutrote Zunge aus dem Maul heraushing, starrte sie an. Im Hintergrund des Gemäldes waren purpurfarbene Berge zu sehen.

Der Commissaris war sich sicher, daß die alte Dame, die die ganze Zeit im Restaurant umherging und die Kaffeetassen wieder auffüllte, eine ältere Version jener lasziven Schönheit auf dem Gemälde war. Sogar in ihrer weißen Schürze und ihrer roten Fliege hatte sie jenes gleiche amoralische Flair und die gleiche unwiderstehliche Selbstvergessenheit wie die Frau auf jenem Bild. Der Commissaris fragte sich, wo die gemalte Szene sich abgespielt haben mochte.

«Haiti», sagte die kleine alte Dame, als sie näher kam, um nachzuschauen, ob er noch Tee hatte. «Wir von Haiti. Das Land. *La Campagne.*» Sie beugte sich vor, um in seine Tasse zu schauen. «Was machen Sie mit Ihrem Tee?»

Offenbar hatte das Gemälde seine Aufmerksamkeit so sehr in Anspruch genommen, daß er sowohl Zitrone als auch Milch in seinen Tee gegossen hatte. Das Ergebnis gerann in seiner Tasse.

«Stupide», sagte die Frau. «Mamère bringt Ihnen frischen Tee. Kostet nichts. Weil das mein Restaurant ist, und Sie sind *stupide.*»

Der Commissaris nahm sich Zeit für das Frühstück. Der Kellerraum füllte sich allmählich, und er mußte seinen Tisch schließlich mit anderen Gästen teilen. Er hoffte die ganze Zeit über, es würde noch eine weitere Katze auftauchen und das jazzige Musical, das ihm so gefallen hatte, erneut in Gang bringen. Doch ließ sich keine Katze mehr blicken.

Ein Zivilfahrzeug der Polizei, an dessen Steuer Sergeant Hurrell saß, fuhr den Commissaris vom Cavendish zum Police Plaza Nummer eins. Trotz des starken Verkehrs und der beachtlichen Entfernung schaffte der Beamte es in relativ kurzer Zeit. Hurrell hatte den Commissaris aufgefordert, auf dem Rücksitz Platz zu nehmen. Offensichtlich war er nicht an einer Unterhaltung interessiert. Er fuhr schweigend und schaute mißmutig schwarzen oder turbantragenden Taxifahrern nach, die ihm zum Spaß mit erhobenem Finger drohten und dabei lächelten. Irgendwie schienen sie zu erkennen, daß Hurrell ein Polizeifahrzeug fuhr. Der Commissaris räusperte sich und wollte ihn gerade fragen, wie das möglich sei, als Hurrell seinen Passagier im Rückspiegel anschaute und sagte: «Wahrscheinlich sind es die Antennen, die wir benutzen. Oder sie erkennen mich am Geruch.»

Im Empfangsraum wurden Gespräche geführt und Kaffee getrunken. Der Commissaris erkannte Kollegen aus anderen europäischen Ländern wieder. Er grüßte Bekannte von ferne und schüttelte viele Hände. Deutsche Beamte nahmen Haltung an und schlugen beinahe die Hacken zusammen. Französische Hände wedelten. Ein britischer Chef der Kriminalpolizei lächelte freundlich. Nur die amerikanischen Gastgeber waren in Uniform.

Dr. Russo war ein attraktiver, schlanker Mann, der so aussah, als ob er ein regelmäßiges Fitnesstraining absolvieren würde. Sein Vortrag war sehr eindrucksvoll. Bluttriefende Dias illustrierten seine Darlegungen. Das erste Bild zeigte einen Schädel, der ein Loch mit einem sehr unregelmäßigen Rand aufwies. Russo erklärte, man habe diese menschlichen Überreste in einer Grube gefunden, die gegraben worden sei, um Fundamentpfeiler für einen neuen Super-Wolkenkratzer einzurammen. «Irgend jemand muß unserem Freund einen ziemlich saftigen Schlag verpaßt haben», sagte Russo fröhlich, «aber das muß schon sehr lange her sein. Ich schätze, vor etwa vierhundert Jahren. Wir haben noch weitere Schädel in der Nähe gefunden. Andenken an die Zeit der Indianer-Exekutionen.»

Es folgte das Bild, das der Commissaris seinem Assistenten in Amsterdam per Fax zugeschickt hatte und das Grijpstra nach sorgsamer Überlegung Sara vorenthalten hatte, jedoch diesmal in Farbe und mit mehr Details. Der Commissaris konnte in aller Ruhe das Werk der Tiere studieren, die den ganzen Bauch, die Genitalien und einen Teil der Oberschenkel der Leiche gefressen hatten. Dabei machte er sich Gedanken darüber, wie inakzeptabel es im Grunde war, die menschliche Existenz mit dem Körper zu identifizieren. Konnte es denn wirklich sein, daß der Mensch nichts weiter als dieser Haufen Dreck war?

«Der Körper ist eindeutig nicht von Dauer.»

Er sagte dies gut hörbar, und ein Orientale, der neben ihm saß, ein Beamter aus Seattle, nickte zustimmend. «Wir haben das gleiche in einem Wald in der Nähe einer Vorstadt gehabt. Eine einzige Nacht, und pfffft... da war kaum noch genug übrig, um den Toten zu identifizieren.»

«Herzinfarkt im Central Park», erklärte Dr. Russo strahlend. «Vermutlich zehntausend Menschen in Rufweite. Dieser Mann muß hingefallen, dann ein wenig umhergekrochen und schließlich unter den blühenden Azaleen gelandet sein. Außerdem scheint irgend etwas ihn an der Brust getroffen zu haben – vielleicht ein herabfallender Ast. Er lag unter einem Ahorn, der vor langer Zeit einmal vom Blitz getroffen worden war. In jener Nacht ging ein starker Wind, und ein größerer Ast war abgerissen worden. Spätere Nachforschungen ergaben, daß der Verstorbene zu dem Zeitpunkt, als er den Herzinfarkt erlitt, gut angezogen und herausgeputzt gewesen war. Irgendwann muß jemand ihn gefunden und ausgeraubt haben, nach dem Kleidertausch zu schließen wahrscheinlich ein Obdachloser. Vielleicht hatten seine Füße aus den Büschen herausgeragt. Wir fanden Anzeichen dafür, daß die Leiche weiter in die Büsche hineingezogen worden sein muß.»

Der Pathologe klickte etwa ein Dutzend Dias durch das Vorführgerät. Einige zeigten die körperlichen Überreste aus unterschiedlichen Perspektiven. Eines zeigte Termeers Bart. Auch das Gebiß hatte man fotografiert. «Gut und teuer», bemerkte Dr. Russo. «In diesem Gebiß war Gold. Man fand es in einiger Entfernung von den anderen Überresten.»

Der Commissaris erhob die Hand. «Wie weit von der Leiche entfernt, Doktor?»

Russo schaute in seine Notizen. «Etwa 1,20 m vom Körper.»

«Haben Sie Fußabdrücke von dem Dieb?»

«Nein», antwortete Russo. «Ich hatte gehofft, welche zu finden, aber da war inzwischen zuviel passiert. Tierfährten haben alle menschlichen Fußspuren überdeckt. Die Freßgier muß diese Schurken hyperaktiv gemacht haben. Eine Schande. Es sind eindeutig menschliche Fußspuren zu sehen.» Er schüttelte den Kopf. «Aber es ist uns nicht gelungen, klare Abdrücke zu finden.» Er schaute den Commissaris an. «Haben Sie ein spezielles Interesse an diesem Fall, Sir?»

Der Commissaris erklärte, er habe eine Beschwerde vorliegen.

«Ach ja, ich erinnere mich», sagte Dr. Russo. «Chief O'Neill hat von Ihnen gesprochen. Sie sind aus Amsterdam, nicht wahr? Rufen Sie mich jederzeit in meinem Büro an. Es wird uns eine Freude sein, Ihnen nach Kräften zu helfen. Wir können Ihrem Landsmann ruhigen Gewissens sagen, daß der Vorfall ein Akt Gottes war, oder genauer gesagt», Dr. Russo lächelte, «eine unglückliche Kombination mehrerer Akte göttlichen Eingreifens.»

Das Publikum lachte. Wie eine Lachkonserve bei einem Fernseh-Sketch, dachte der Commissaris und merkte dann, daß auch er höflich lächelnd seine Zustimmung signalisierte.

Nun meldete sich der Beamte aus Seattle zu Wort. «Könnte es denn nicht sein, daß derjenige, der die Kleidung und den Besitz des Toten gestohlen hat, ihn zuvor ermordete?»

«Oder daß er gar den Herzinfarkt auslöste, indem er das Opfer herumschubste? Meinen Sie das?» entgegnete Russo. «Das wäre gar nicht nötig gewesen. Ich kann Ihnen die Narben von der Bypassoperation nicht so gut zeigen, weil der untere Teil des Brustbereichs fehlt, aber *daß* der Mann eine solche Operation hinter sich hatte, ist klar zu erkennen. Außerdem liegt uns die Zeugenaussage eines Nachbarn vor, nach der das Opfer innerhalb der letzten beiden Jahre operiert worden ist und vom Arzt den Rat erhalten hatte, vorsichtig zu sein. Das ist er ganz offensichtlich *nicht* gewesen. Wir haben Berichte, nach denen dieser Mann im Park umhergehüpft ist.»

«Ich danke Ihnen», sagte der Polizeichef aus Seattle.

«Eine schwierige Sache», sagte Russo. «Moralisch gesehen könnten wir natürlich sagen, daß unsanfter Umgang mit einem Sterbenden eine kriminelle Handlung ist, besonders wenn der Sterbende dabei auch noch beraubt wird. Aber in solchen Fällen ist es schwierig, eine Anklage wegen Mord zu erheben.»

«Der Beschuldigte wird dann vermutlich sagen, er habe gedacht, das Opfer sei betrunken gewesen», sagte eine Stimme.

«Kriminelle Fahrlässigkeit und Rücksichtslosigkeit», sagte eine andere Stimme, «sehr schwierig, das vor Gericht überzeugend vorzubringen.»

«Wir haben keine Verdächtigen», sagte eine Stimme, die der Commissaris als die von O'Neill erkannte. «Wer auch immer das Opfer beraubt haben mag, hält sich verborgen. Wir haben gewisse Nachforschungen angestellt, aber es wäre einfach zu aufwendig, alle Obdachlosen in Manhattan zu überprüfen.»

«Noch Fragen?» fragte Dr. Russo. «Nein? Dann möchte ich Ihnen jetzt über Madenmädchen berichten.»

Der Commissaris hatte wieder starke Schmerzen in den Beinen, aber er zwang sich, Dr. Russos Vortrag weiterzuverfolgen. Er wußte, daß er den Schmerz auf ein unbedeutendes Pochen reduzieren konnte, indem er sich geistig auf ein anderes Thema konzentrierte.

Nun wurde das Bild gezeigt, das auf dem Titelblatt der Einladung zu diesem Polizeikongreß zu sehen war. Es zeigte das tote Gesicht einer jungen, attraktiven Frau, eine Farbaufnahme. In den Mundwinkeln der Toten war eine weiße Substanz zu sehen. Speichel? Nein. Maden. Russo schien es aus rein professionellen Motiven Spaß zu machen, eine Reihe von Vergrößerungen des Opfers durchzuklicken. Mit jeder Vergrößerung wurde klarer, daß es sich um lebende, kriechende Maden handelte.

«Man fand das Mädel im Kofferraum eines brandneuen Cadillacs, der in der heißen Sonne direkt vor einem Delikatessengeschäft geparkt war.»

Die Polizeichefs hörten zu, während der Pathologe enthusiastisch den Geruch von verdorbenem Fisch beschrieb, der die ganze Zeit von dem Luxuswagen ausgeströmt war. Die Ladenbesitzer, um den guten Ruf ihres Geschäfts besorgt, hatten die Polizei alarmiert. Uniformierte hatten den Kofferraum mit einer Brechstange geöffnet.

Als die weibliche Leiche zum Vorschein kam, die bald den Namen «das Madenmädchen» erhielt, verbreitete sich unter den Umstehenden Entsetzen. Anzeichen für Gewalteinwirkung waren nicht zu erkennen, doch fand man nach einer akribischen Untersuchung eines forensischen Kriminologen in der Kleidung der Toten winzige Glassplitter. Inzwischen hatten Fahndungsbeamte den Besitzer des Cadillacs, der eine texanische Zulassung hatte, ausfindig machen können. Der Mann wohnte in einem nahegelegenen Apartment an der Upper West Side. Trevor, den Russo den Texaner nannte, behauptete, von der ganzen Sache nichts gewußt zu haben. Ja, er habe die Frau flüchtig gekannt, eine Prostituierte, die oft im Central Park stand, aber er habe sie nicht zu seiner Party an jenem Wochenende eingeladen. «Aber sie war da», hielten die Beamten ihm entgegen. Die Glassplitter, die man bei der Toten gefunden hatte, stammten eindeutig von einer zerbrochenen Tür in Trevors Apartment. Trevor behauptete, falls das Madenmädchen in seinem Apartment gewesen sei, müsse ein Gast, ein Freund oder Bekannter – vielleicht sogar ein Einbrecher? – sie hineingebracht haben. Trevors Freunde konnten alle jederzeit an seine Autoschlüssel herankommen. Die Schlüssel hingen an einer Wand im Flur des Apartments. Einige von ihnen stellten das Fahrzeug regelmäßig auf einen anderen Parkplatz und warfen auch immer wieder Geld in die Parkuhren, was erklärte, weshalb die Verkehrspolizei das Fahrzeug nicht schon längst abgeschleppt hatte. Keiner von diesen Freunden und Partnern Trevors war im Augenblick anwesend, aber sie kamen später dazu. Sie bestätigten, daß sie den Cadillac regelmäßig umgesetzt und Münzen in die Parkuhr geworfen hatten. Niemand konnte sich daran erinnern, das Madenmädchen in den Kofferraum des Wagens gesteckt zu haben. Niemand hatte den Geruch der Leiche bemerkt – was Dr. Russos Meinung nach durchaus der Wahrheit entsprechen konnte. Laut Untersuchungsbericht mußte das Madenmädchen im Laufe der Samstagnacht gestorben sein, und gefunden hatte man sie Mittwoch nachmittag, nachdem die recht kühle Witterung von einem Hitzeeinbruch abgelöst worden war. Der Cadillac hatte den ganzen Tag in der Sonne geschmort.

«Das Madenmädchen ist an einer Überdosis Heroin gestorben», erklärte Russo. «Das steht fest. Außerdem ist sie durch eine Glastür in Trevors Apartment gefallen. Ist sie wirklich gefallen? Oder ist sie gestoßen worden?» Er wackelte mit den Augenbrauen. «Im Wohnzimmer des Apartments fand man eine kleine Menge Heroin. Ein paar Gramm Cannabis lagen hier und da herum, und überall standen leere Flaschen. Trevor behauptete, er wisse nichts von irgendwelchem Drogenkonsum, abgesehen von seinem eigenen. Niemand hat sich als Besitzer des Heroins und der Cannabis-Produkte zu erkennen gegeben.»

Es folgten Fragen aus dem Publikum.

Nein, niemand sei verhaftet worden, sagte Dr. Russo, aber die Untersuchungen seien noch nicht abgeschlossen. Er las in seinen Aufzeichnungen nach. «Unter der Leitung von Detective Sergeant Irl Hurrell, dem Tom Tierney und Jerry Curran assistieren, beide ausgezeichnete Ermittler.»

Ja, Trevor stand unter Verdacht, Drogenhändler zu sein. Angeblich belieferte er mehrere Kleinhändler, die im Park arbeiteten.

Ob die Ermittler schon irgendeine Theorie entwickelt hätten? Nun, im Grunde sei die Sache ziemlich einfach. Das Madenmädchen war geholt worden, um Trevors Gäste zu unterhalten. Sie hatte wohl eine Überdosis genommen und war daran gestorben. Eine Leiche trägt kaum dazu bei, die Stimmung auf einer Party zu verbessern. Trevor oder einer seiner Freunde, wahrscheinlich high und/oder betrunken, hatte die Leiche nach unten gebracht und sie zunächst einmal im Kofferraum des Cadillacs verstaut. Wahrscheinlich hatten sie die Tote später wegschaffen wollen, was nicht besonders schwierig gewesen wäre: Es gab die Flüsse, es gab den Central Park. Aber die Party nahm ihren Lauf, und niemand dachte mehr an das Madenmädchen.

Nach dem Vortrag nahm der Commissaris an einem Lunch teil, zu dem das NYPD die prominenten Gäste und Kollegen eingeladen hatte. Während der Ansprachen und Toasts wurde sein Körper immer wieder von Kälteschauern erfaßt. Er war sich ziemlich sicher, daß er erhöhte Temperatur hatte. Er fühlte sich sehr schwach. Seine Brillengläser waren schon wieder beschlagen, obwohl er sie gerade erst durch Hauchen, dann mit Spucke und mit Hilfe seiner Krawatte gereinigt hatte.

«Sie sehen müde aus», hörte er O'Neills Stimme sagen. «Ich werde Sie zum Cavendish bringen. Der Vortrag morgen wird von einem Mann des Los Angeles County Sheriff's Crime Laboratory gehalten, über ‹Physische Beweise bei Fahrerflucht›. O'Neill stieß den Commissaris mit seinem Ellbogen an. «Ich habe gehört, in den Niederlanden gibt es jetzt mehr Autos als in ganz Afrika zusammen. Fünf Millionen Autos in einem so kleinen Land!» O'Neill pfiff bewundernd. «Da muß Fahrerflucht wohl ziemlich häufig vorkommen. Es wäre sicher interessant, morgen zu hören, was Sie zu diesem Thema zu sagen haben.»

7

Bevor der Commissaris sich am Spätnachmittag der Nouvelle cuisine des Cavendish widmete, schickte er von der Rezeption per Fax eine Anfrage an das Amsterdamer Polizeipräsidium, die dort einige Verblüffung auslöste.

Hoofdagent Simon Cardozo, ein junger Mann mit Lockenkopf und zerknittertem Cordanzug, brachte das Fax, und als es ihm nicht gelang, die Aufmerksamkeit der Anwesenden auf sich zu ziehen, sprang er auf und ab, während er den Text laut vorlas.

Er brüllte das Wort «GOLF».

Grijpstra hatte auf einem Schlagzeug geübt, das seit Jahren in seinem Büro als Fundsache aufbewahrt wurde, obwohl in dem Raum ohnehin nur sehr wenig Platz war. Er hatte keine Ahnung, woher das Schlagzeug eigentlich stammte. De Gier lieferte die Begleitung auf seinem Kornett, einer Art zerbeulter Minitrompete. Sie probierten gerade eine Komposition der holländischen Gruppe «Chazz» mit Namen *Waterstraat Blue* aus. Ein junger schwarzer Polizeischüler spielte die Melodie auf einem kleinen elektronischen Keyboard, das Cardozo einem unmusikalischen Straßenmusiker mit der Begründung abgenommen hatte, sein Verstärker sei zu laut. Doch hatte sich schon bald herausgestellt, daß Cardozo selbst das Instrument auch nicht richtig spielen konnte.

«Golf?» fragte Adjudant Grijpstra, nachdem er die Nachricht des Commissaris gelesen hatte. «Sollen wir etwa glauben, daß Termeer von einem *Golf*ball niedergestreckt und vielleicht sogar getötet worden ist, und dazu auch noch in einem öffentlichen Park, um Himmels willen?» Er las die Nachricht des Commissaris noch einmal. «Und was, bitte schön, ist Lacrosse?»

Das wußte Cardozo. Er hatte es einmal im Fernsehen gesehen. Die Indianer hatten früher mit schlägerähnlichen Geräten, den sogenannten «Kreuzen», und einem harten kleinen Ball aus

Tierhaut gespielt. Für sie war «Lacrosse» ein Kampftraining. «Ein sehr rauher Sport», erklärte Cardozo. «Tausende von Spielern auf beiden Seiten, und die Tore lagen meilenweit auseinander.» Die Spieler wurden dabei oft verwundet, manchmal sogar getötet. Der weiße Mann veränderte die Spielregeln so, daß das Spiel harmloser wurde. Es gab nur noch zwölf Spieler auf jeder Seite, und es wurden Strafen für «unnötige Roheiten» verhängt. Aber es war immer noch ein ziemlich rauhes Spiel.

«Der Ball», sagte Cardozo, «ist jetzt aus Hartgummi.»

«Und er hätte unseren Toten umhauen können», sagte Grijpstra. «O Mann.»

«Und was sollen wir jetzt tun?» fragte de Gier.

In der Fax-Nachricht des Commissaris stand, sie sollten den Hoofdcommissaris, der Golf spielte, bitten, ihnen einen Experten zu nennen, und diesen wegen der Sache zu Rate ziehen.

Grijpstra und de Gier wurden vom Besitzer des Golfclubs in Crailo empfangen, der ca. 45 km von Amsterdam entfernt lag. Baldert Gudde, der frühere Golfchampion von Nordholland, war etwas korpulent. Dicke Menschen, so wußten die Kriminalbeamten, schwitzen gewöhnlich viel, besonders an heißen Tagen, aber es war kein heißer Tag. Trotzdem wischte Baldert sich unentwegt den Schweiß vom Gesicht. Er sprach mit unnatürlich hoher Stimme, wirkte übertrieben jovial und hampelte permanent herum.

«Sie sind also Polizeibeamte aus Amsterdam», sagte er zum wiederholten Mal. «Abteilung Schwerverbrechen? Mein Gott. Ist das nicht die Mordkommission? Oje, oje.»

Grijpstra und de Gier zeigten sich von ihrer besten Seite. Sie sprachen leise, sanft, ruhig und respektvoll. Der Commissaris hatte sie trainiert, sich so zu verhalten, ihren natürlichen Mangel an Aggression zu nutzen. Der Commissaris, der selbst ein sehr sanftmütiger Mann war, hielt nicht viel von Machtdemonstrationen, insbesondere seit er während der deutschen Besetzung von der Gestapo mißhandelt worden war.

«Ja, mein Herr», sagte Grijpstra immer wieder mit ausgesuchter Höflichkeit.

«Nur ein paar Routinefragen darüber, wie man einen Golfball als Mordwerkzeug benutzen kann», sagte de Gier freundlich. «Weil Sie der Champion sind. Unser Hoofdcommissaris hat Sie uns empfohlen. Er spielt oft hier.»

«Ach ja, richtig, richtig», sagte Baldert nervös.

Der Clubbesitzer war Anfang Sechzig. Er trug einen hellblauen Baumwollanzug. Balderts Augen waren ebenfalls hellblau, von der gleichen Farbe wie sein Anzug. Und auch der Himmel war an jenem Nachmittag hellblau. Grijpstra fiel ein, daß dieser Mann als halbtransparente Figur für ein Magritte-Gemälde hätte Modell stehen können.

«Einen schönen guten Tag wünsche ich Ihnen», hatte Grijpstra gesagt, während er Baldert seinen Ausweis hinhielt – wenn auch falsch herum, so daß Baldert größte Schwierigkeiten hatte, ihn zu entziffern. «Wir möchten Ihnen nur ein paar Fragen stellen. Reine Routine. Mein Kollege und ich, wir interessieren uns dafür, ob ein Golfball mit einer solchen Wucht aufprallen kann, daß ein Getroffener daran stirbt.»

«In diesem Golfclub?» fragte Baldert nervös.

«Überall», sagte Grijpstra.

«Also nicht speziell hier?» fragte Baldert. «Nein. Aber es *könnte* natürlich hier gewesen sein. Stimmt's? Um bei der Wahrheit zu bleiben: *Natürlich* meinen Sie, daß es hier passiert ist.» Er trat einen Schritt zurück, zur Seite, vor, zur Seite. «Nur heraus mit der Sprache, betrachten Sie mich als Verdächtigen?»

«Als Experten», sagte Grijpstra. «Das hier ist nicht unser Amtsbereich.»

Aus Balderts verworrenem Gerede entnahmen die beiden Ermittlungsbeamten schließlich, daß er befürchtet hatte, sie würden sich für den Tod von Baron Hilger van Hopper im Crailo-Golf-Club interessieren. Der Baron war ein prominentes Mitglied von Balderts Etablissement gewesen; gewesen, weil er vor ein paar Wochen verstorben war. Baldert zwinkerte und erinnerte die Beamten in scherzendem Ton – als ob sie nicht ohnehin alles über den Tod des Barons wüßten –, daß der Baron auf seiner eigenen sogenannten Hochzeitsparty gestorben war.

«Was Sie nicht sagen», bemerkte Grijpstra.

Baldert zwinkerte ununterbrochen.

De Gier wollte den Golfer aufmuntern, der offenbar unter irgendeiner Störung litt. «Woran ist der Baron gestorben?»

Baldert zuckte die Achseln. Dann tat er so, als würde er einen Golfschläger schwingen.

«Vielleicht hat er sich übernommen?» meinte Baldert in fragendem Ton. «Ein physischer Schock? Ein vorbeisausender Golfball, der ihm einen Schrecken versetzte?» Er klopfte Grijpstra auf den Arm. «Aber das wissen Sie doch alles schon. Ich habe es dem Inspecteur gesagt. Wollen Sie es denn alles noch einmal durchkauen?»

Grijpstra schaute auf seine Uhr. Nellie wollte für den Abend Muschelsuppe kochen. Er mochte Muschelsuppe, besonders auf die Art, wie Nellie sie machte, mit Senf und Schalotten. Auch de Gier schaute auf seine Uhr. Eine Musikgruppe aus Papua-Neuguinea sollte im Tropenmuseum in Amsterdam ein Konzert geben. Eine spektakuläre Perkussions-Show mit Kasuarknochen-Rasseln sollte dabei aufgeführt werden. Auf dem Ankündigungszettel hatte es geheißen, daß den Zuhörern dieser Aufführung gewöhnlich erstaunliche höhere Einsichten beschert würden.

«Wie Sie wissen», sagte Baldert in seinem merkwürdig hohen Falsett, während er mit den Armen wedelnd voranwatschelte und sie über das Feld führte, «wie Ihnen der Inspecteur der *Rijkspolitie* gesagt haben muß, ist der Baron im Pavillon dort drüben gestorben.»

«Was wir eigentlich von Ihnen wissen wollten...», setzte Grijpstra erneut an.

«Ich habe zum betreffenden Zeitpunkt trainiert», fuhr Baldert unbeirrt fort. «Mir war ein wenig langweilig. Es waren mehr als zweihundert Gäste da, aber sie schauten sich dort drüben auf der anderen Seite des Teiches Plastikentchen an. Es fand ein Rennen zwischen den aufziehbaren Entchen statt. Die Gäste wetteten um Geld. Ich war da drüben, außer Sichtweite der Gäste. Solche Entenrennen langweilen mich nun mal. Der Baron war zu betrunken und zu stoned, um den Pavillon verlassen zu können. Das war er meistens. Vielleicht hatte ich auch etwas getrunken. Ich hätte also mit meinem Schlag auf den Pavillon zielen können. Selbst wenn ich das getan habe, hat der Ball den Baron verfehlt.»

Grijpstra legte eine schwere Hand auf Balderts Schulter. «Hätte ein Golfball, von einem Golfexperten geschlagen, den Baron töten können?»

«Hat er nicht.» Balderts Augen quollen vor. «Das ist doch bei der Autopsie festgestellt worden.»

De Gier schlenderte weiter; seine Haltung war entspannt, nur die Spitzen seines Schnurrbarts zitterten. Er sagte, ohne seine Stimme zu heben: «Aber der Ball, den Sie schlugen, hätte Ihren Freund töten können?»

«Der Baron ist daran gestorben, daß er körperlich extrem heruntergewirtschaftet war», antwortete Baldert. «Das hat die Autopsie eindeutig ergeben. Herz? Ein siebzigjähriger Mann, der ständig aus dem vollen lebt? Der Baron pflegte seine kubanischen Zigarren in einen doppelten Jenever zu tunken und den Alkohol dann durch den Tabak zu saugen. Gesundheitlich war er ziemlich auf dem Hund. Und gekokst hat er auch wie ein Weltmeister. Er litt an Herzrhythmusstörungen. Auf der Party hatte er viel zuviel gegessen. Und die Zwillinge, diese ‹Javanesischen Prinzen›, wie er sie nannte...»

«Zwillinge?»

«Schwule Doppel-Scheinhochzeit», sagte Baldert. «Deshalb hatten wir ja die Party.»

De Gier nickte, als ob er vollkommen verstanden hätte. «Und Sie haben diesen Fairway-Schuß geschlagen. Hat irgend jemand Sie gesehen?»

Baldert, der sie zurück in sein Büro führte, insistierte: «Ich *habe* den Baron nicht getroffen.»

«Aber *wenn* der Schuß ihn getroffen hätte?» fragte de Gier. «Zum Beispiel auf die Brust?»

Baldert schwitzte.

«Ja, Baldert?»

«Ja.» Der Clubmanager war kurz vor einem Tränenausbruch.

«Das ist der Grund, weshalb wir hier sind», sagte Grijpstra. «Wir sollen herausfinden, ob ein Golfball einen Menschen töten kann. Ein Fairway-Schlag könnte das also schaffen. Der Baron war in diesem Pavillon.» Er deutete in die Richtung. «Sie haben gesagt, Sie seien dort drüben gewesen – wie weit ist das? Hundert Meter? Meinen Sie, Ihr Ball hätte auf dieser Strecke genügend Kraft entwickelt?»

Baldert nickte. «Aber ich *habe* ihn nicht getroffen. Vielleicht kam er ziemlich nahe heran, sauste direkt am Baron vorüber. Vielleicht habe ich ihn um wenige Zentimeter verfehlt.»

«Soviel also zu einem Fairway-Schuß», sagte Grijpstra. «Wie aber steht es mit einer anderen Art von Schuß. Beispielsweise hoch...», der Adjudant deutete auf eine Wolke, »... und wieder hinunter.»

«Wie mit einem Mörser», sagte de Gier. «Mit einer Haubitze.»

«Sie meinen einen Chip-Schlag», sagte Baldert, «oder einen Annäherungsschlag.»

Grijpstra nickte gutmütig. «Die Namen spielen keine Rolle.»

«Damit kann man keine Geschwindigkeit entwickeln», sagte Baldert. «Es müßte schon ein Treibschlag sein.»

«Und was wäre Ihrer Meinung nach der Minimalabstand, den Sie für einen Fairway-Schlag bräuchten, um einen Menschen töten zu können?» fragte de Gier.

«Würde *ich* brauchen?»

«Würde *man* brauchen», korrigierte de Gier, der im Geiste selbst einen imaginären Golfschläger schwang.

Baldert wurde nun wieder nervös. «Sie haben es gerade selbst gesagt. Wahrscheinlich etwa hundert Meter. Aber *ich* habe nur ein paar Übungsschläge gemacht. Ich wußte nicht, daß ein Ball auf dem Boden lag. Keine Ahnung, wie er da hingekommen ist.»

Sie hatten Balderts Büro erreicht. Baldert streckte immer wieder seine Hand in Grijpstras Richtung aus, während er über den toten Baron sprach, der, wie er behauptete, nicht nur ein Sponsor, sondern Baldert Guddes guter Freund gewesen war. Er zeigte ihnen ein großes Foto in einem Silberrahmen. Der Baron, eine aristokratische Gestalt in einer Uniform mit Goldtressen und einer großen Bärenfellmütze auf dem Kopf, saß auf einem Pferd, das der noch jugendliche Baldert am Zaumzeug hielt. Auch Baldert selbst trug eine Husarenuniform, und den Ärmel seiner Tunika zierte der doppelte Winkel eines Korporals.

Baldert zeigte den beiden noch zwei andere Fotos in silbernen Doppelrahmen, der auf einem anderen Sideboard stand. Der Baron, nun ein ausgemergelter alter Mann, lächelte auf einen dunkelhäutigen jungen Mann in einem makellos weißen Smoking herab. Der junge Mann lächelte zu ihm empor. Auf dem zweiten Foto war die gleiche Szene, jedoch spiegelverkehrt, zu sehen. Der gleiche Baron lächelte diesmal in die andere Richtung, auf einen anderen dunkelhäutigen jungen Mann herab.

«Sind diese Jungen tatsächlich Prinzen?» fragte Grijpstra.

Baldert lachte schallend.

«Sind es keine Prinzen?»

«Wer weiß?» meinte Baldert. «Es war ein Scherz. Der Baron wollte einfach eine Party veranstalten. – Ich würde doch in meinem Privatbüro keine Fotos von einem Mann aufhängen, den ich mit einem Golfball zu töten versucht hätte», sagte Baldert. «Sie können sich gerne umhören. Ich bin ein netter Mensch. Prüfen Sie mein Horoskop, wenn Sie wollen. Wassermann steht für brüderliche Liebe. Ich habe auch ein paar Steinbock-Aspekte. Steinbock ist loyal.» Er streckte seinen Arm wieder aus und fuchtelte mit seinen Fingern in de Giers Richtung. «Aber wenn Sie mich festnehmen wollen, bitte sehr, tun Sie, was Sie für richtig halten.» Baldert schnitt nun Grimassen. Wie ein Clown, der weiß, daß es ihm auch mit seiner letzten und hoffnungslosen Grimasse nicht gelingen wird, das Publikum aus der Reserve zu locken, dachte Grijpstra.

Die Detektive versuchten, Balderts Auftritt zu vergessen, als sie die Stadt Crailo verließen.

Grijpstra stellte sich eine Muschelsuppe vor, die in unmittelbarer Zukunft auf dem Herd köcheln würde. De Gier entwarf Bilder eines chinesischen Take-away-Essens, das er vor seinem Papua-Konzert einnehmen würde. Der Verkehr auf der Autobahn in Richtung Amsterdam bewegte sich nur sehr träge und kam schließlich völlig zum Stillstand. Autohupen ertönten, Fahrer stiegen aus und lehnten sich gegen ihre Wagen. Ein Polizeifahrzeug mit Allradantrieb fuhr auf der Notspur entlang und hielt direkt neben dem Fiat der beiden. Der Beamte von der *Rijkspolitie*, der am Steuer saß, starrte de Gier an und drehte die Fensterscheibe herunter.

De Gier spielte mit. «Was ist los?»

«Ein Tankwagen ist los. Auf allen sechs Spuren der Autobahn befindet sich brennbare Flüssigkeit. Es wird Stunden dauern, bis die Strecke wieder frei ist.»

«Ah», sagte de Gier, der schon fest entschlossen war, sein Blaulicht mit Magnethaftung auf dem Fiat anzubringen, die Sirene einzuschalten und auf der Notspur loszupreschen. «Verstehe. Ich danke Ihnen.»

«Nein, das geht nicht», sagte der uniformierte Kollege. «Wir halten die Notspur frei für die Feuerwehr. Sie können zurückfahren, wenn Sie wollen. Der Inspecteur empfiehlt Ihnen, in Crailo zu Abend zu essen. Im ‹Grünen Hering›. Er wird auch dorthin kommen.» Der Beamte salutierte, bevor er weiterfuhr. Sein Kollege lächelte breit und winkte.

«Das hier ist doch ein Zivilfahrzeug», sagte de Gier zu Grijpstra. «Von unserer Ausrüstung ist nicht das geringste zu sehen. Sind wir denn *so* leicht zu erkennen?»

«Unterschätze niemals die Kollegen vom Land», sagte Grijpstra. «Ländlicher Inzest kann erstaunliche genetische Resultate hervorbringen. Weißt du denn nicht, wie verbreitet auf dem Lande die außersinnliche Wahrnehmung ist?»

Die Stadt Crailo bestand nur aus ein paar Straßen. Das Restaurant lag in einem niedrigen Gebäude mit weit vorspringendem Dach. Kleine knorrige Bäume streckten ihre Äste schützend vor den weißgeschlämmten Mauern des Restaurants aus. Blühende Fleißige Lieschen, die in halbierten Eichenfässern zu beiden Seiten der geöffneten Eingangstür wuchsen, setzten zarte Farbtupfer in das Bild.

Die beiden Detektive spielten eine Zeitlang Carambolage-Billard. De Gier gewann jedesmal. Grijpstra stampfte mit dem dicken Ende seines Billardstocks ungeduldig auf den Boden. «Nun komm schon, stoß doch endlich mal daneben!»

«Das würde ich nur zu gerne, wenn ich könnte», sagte de Gier, und sein Wunsch ging in Erfüllung.

Der in Crailo stationierte Inspecteur der *Rijkspolitie*, ein breitschultriger Riese, der einen blauen Blazer, eine graue Hose und eine blaue Krawatte über weißem Hemd trug, stellte sich vor. Er zeigte ihnen seinen Dienstausweis. «Woher wußten Sie, wo Sie uns finden würden?» fragte de Gier.

«Befinden Sie sich denn nicht auf meinem Territorium?» fragte der Inspecteur breit lächelnd. Seine gewaltige Stimme und seine makellosen Zähne beeindruckten die beiden Ermittlungsbeamten.

Der Inspecteur führte seine Gäste an einen runden Tisch weiter hinten im Raum. Er war sichtlich um seine Gäste besorgt.

«Darf ich Ihnen den Aaleintopf empfehlen?» sagte er und ließ sich zwischen seinen beiden Gästen nieder. «Das Essen geht auf meine Rechnung, Pommes frites inklusive. Sie bezahlen das Bier.»

«Ich habe den Aal gefangen, wissen Sie», sagte der Inspecteur, als das Essen serviert wurde. «Ich habe einige Aalreusen aufgestellt. Tut mir leid, daß ich Sie wegen dieses umgekippten Tankwagens vom Nachhausefahren abhalten mußte...»

«War das wirklich nötig?» fragte Grijpstra. «Sie wollten uns nicht zufällig aus irgendeinem Grund abfangen?»

Der Inspecteur wirkte verletzt.

«Vielleicht hätten wir Sie darüber informieren sollen, daß wir vorhatten, mit Ihrem Golfchampion zu sprechen, hm?» fragte Grijpstra.

Der Inspecteur stimmte zu. Er sprach eine Weile, nachdem er ein Heineken-Export bestellt hatte. Er runzelte die Stirn, während er ihnen zuprostete. Er war der Meinung, Kriminalbeamte aus der Stadt sollten doch vielleicht besser die örtliche Strafverfolgungsbehörde informieren, bevor sie sich einen dort ansässigen Verdächtigen vornähmen. Außerdem gab er ihnen den Rat, wenn sie es vermeiden wollten, Aufmerksamkeit zu erregen, sollten sie doch besser keinen brandneuen Kleinwagen von so giftgrüner Farbe benutzen, daß ein Helikopter der *Rijkspolitie* sie bei der Verkehrsüberwachung sofort entdecken würde.

«Hat Baldert Sie informiert?» fragte de Gier und schaute den Inspecteur durch den Schaum seines Biers an.

«Wir haben nicht geahnt, daß Baldert Ihr Verdächtiger ist», sagte Grijpstra. «Der Hoofdcommissaris von Amsterdam spielt hier manchmal Golf. Für uns ist Baldert ein Experte. Wir sollten herausfinden, ob und wie ein Golfball einen Menschen töten kann. Unser Hoofdcommissaris empfahl uns...»

Der Inspecteur war immer noch nicht besänftigt. Er warf den Gästen vor, geheimnistuerische Streber zu sein. Daß sie sich auf höhere Autoritäten beriefen, war für ihn keine Entschuldigung. Und abgesehen davon, wenn der Chef der Amsterdamer Polizei der Urteilsfähigkeit der örtlichen Polizei nicht traute, dann solle er das den Betreffenden ins Gesicht sagen. Aber schlaue Typen in einem giftgrünen Spielzeugauto herzuschicken...

«Mir gefällt dieses Lokal», sagte de Gier und schaute um sich. «Die niedrigen dicken Balken, die Sammlung antiker Werkzeuge an den Wänden, die Geschichte, die sich in diesem Ambiente spiegelt.» Er schaute den Inspecteur an. «Wissen Sie, daß ich in einem Betonapartment lebe?»

«Warum könnte Baldert Sie über unseren Besuch informiert haben?» fragte Grijpstra.

Der Inspecteur zuckte die Achseln. «Dieses Arschloch fühlt sich schuldig. Er ist mit sehr engen Moralvorstellungen aufgewachsen. Wir befinden uns hier im Bibelgürtel.»

«Aber hat Baldert den Baron denn tatsächlich getötet?»

«Ich nehme an, daß der Baron sich selbst getötet hat», sagte der Inspecteur. «Kennen Sie die Definition von Intelligenz? Die bestehenden Umstände optimal nutzen? Baron Hilger van Hopper ging noch weiter. Er manipulierte...» Er schaute de Gier an. «Wissen Sie eigentlich, wie schwierig es ist, Umstände zu manipulieren?»

«Sehr schwierig», bestätigte de Gier.

«Fast unmöglich», sagte der Inspecteur. «Dinge geschehen ganz einfach, und das Beste, was wir tun können, ist, uns so gut, wie wir können, ihrem Lauf anzupassen. Doch der Baron veranstaltete eine perverse Hochzeit.» Er stocherte übellaunig in seinem Aaleintopf herum.

«*Wollte* Baldert den Baron umbringen?» fragte Grijpstra.

Der Inspecteur nickte. «Das ist es ja gerade. Der Baron fordert eine hohe Miete für das Gelände, auf dem sich Balderts Golfclub befindet. Baldert ist mit zwei oder drei Zahlungen im Rückstand. Der Baron kündigt. Wir befinden uns mitten in einer Rezession. Die Bank hätte Baldert nie geholfen.»

«Und außerdem ist der Kerl schwul», sagte de Gier. «Haben Sie *das* gemeint, als Sie sagten, der Baron habe sich selbst zum Opfer gemacht? Er wollte Baldert verrückt vor Eifersucht machen?» Auch de Gier stocherte mißmutig in seinem Aal herum. «Jetzt wird es kompliziert. Eine Herr-Knecht-Beziehung. Eine homosexuelle Beziehung. Und alles miteinander verquickt.»

«Wie krank können wir Menschen denn nur werden!» bemerkte Grijpstra.

«Dem Baron ging es nicht gut», sagte der Inspecteur.

«Dann haben Sie den Fall also als potentiellen Mord behandelt?»

Der Inspecteur wies auf das Vorhandensein der entscheidenden Elemente hin: ein hinlängliches Motiv, ausreichende Gelegenheit, Baldert bot sich geradezu an als Verdächtiger, kam immer in die Quere, sagte, es sei nicht seine Schuld, und log. Er habe Schläge geübt. Es sei ein Ball dagewesen. Nein, es sei keiner dagewesen. – Nun, vielleicht sei doch einer dagewesen.

«Okay», sagte Grijpstra. «Champion Baldert hat also einen mörderischen Ball geschlagen und dabei auf den Kopf seines früheren Herrn gezielt und diesen verfehlt, und dann fühlte er sich schuldig, entweder weil er das Ziel angepeilt oder weil er sein Ziel verfehlt hatte oder wegen beidem. Aber wieso nehmen Sie an, daß wir irgend etwas von alldem wußten? Hätten wir tatsächlich etwas darüber gewußt, so wären wir ganz sicher zu Ihnen gekommen. Aber der Hoofdcommissaris sagte...»

«Man hat uns auch ausgetrickst», erklärte de Gier. «Unser eigener Chef, der in New York an einem Fall arbeitet, hat uns damit beauftragt herauszufinden, ob man mit einem Golfball jemanden töten kann. Der Adjudant spielt ebensowenig Golf wie ich. Der Hoofdcommissaris von Amsterdam ist Golfer. Unser Chef verweist uns an ihn. Vielleicht wußte unser Chef, daß sich unser Hoofdcommissaris über diesen Mordfall in Crailo Sorgen machte. Vielleicht hat unser Chef uns diesen Auftrag gegeben, damit der Hoofdcommissaris uns auf dem Hals hat. Und der Hoofdcommissaris schickt uns zu seinem eigenen Golfclub, dem Club in Crailo, und sorgt dafür, daß wir quasi über Ihren Fall stolpern, um der Sache einen frischen Impuls zu geben. Vielleicht hat unser Chef, der Leiter des Morddezernats, eine schlaue alte Maus, versucht, zwei Fliegen mit einer Klappe zu schlagen...»

«...mit einem einzigen gottverdammten Golfball», sagte Grijpstra, «und dann greifen Sie uns hier auf und verplempern unsere wertvolle Zeit mit Ihrem Mister Schlechtes Gewissen...»

Der Inspecteur, der noch mehr Bier trank, hakte beim Stichwort schlechtes Gewissen ein. Etwas zusammenhanglos erläuterte er in groben Zügen, wie man seiner Meinung nach üble Burschen fassen konnte. Üble Burschen *wollten* gefaßt werden, und deshalb brauche die Polizei, die ja dafür sorgen soll, daß die Gesetze eingehalten werden, nichts weiter zu tun, als diese Kerle aufzugreifen, die Verdächtigen in Handschellen zu legen und sie vor Gericht zu bringen. Gesetze könnten letztlich nur deshalb durchgesetzt werden, weil die Verdächtigen Fehler machten und sich dadurch selbst ans Messer lieferten. Aber Baldert hatte gleich zweimal einen Fehler gemacht. Deshalb wartete der ultimative Horror auf ihn. Keine menschliche Strafe für den Mörder des Barons. Ewiges Fegefeuer für Baldert.

De Gier, der ebenfalls kräftig dem Bier zusprach, erinnerte den Inspecteur an das grundlegende Polizeigesetz. «‹Wir, die Polizei, sind verpflichtet, unser Bestes zu tun, um den Frieden der Bürger zu sichern. Wir sind verpflichtet, für das Wohl der Allgemeinheit zu arbeiten.› So heißt es tatsächlich im Gesetz. Wir sind verpflichtet, uns um die Bedürftigen zu kümmern: emotional bedürftig, physisch bedürftig oder wie auch immer bedürftig. Wenn Baldert dadurch seinen Geistesfrieden wiederfinden möchte, daß er festgenommen wird, dann sollten Sie...»

Der Inspecteur trank noch mehr Bier.

Grijpstra entdeckte irgendwann beim Biertrinken einen Ausweg. Baldert lieferte immer neues belastendes Material. Der Verdächtige hatte doch tatsächlich zugegeben, daß er selbst das Rennen für aufziehbare Plastikenten organisiert hatte. Warum? Weil sich dann alle Partygäste unten am Teich versammeln würden. Und von dort aus konnte niemand sehen, wie Baldert seinen Schläger schwang. Natürlich war es vollkommen lächerlich, daß Baldert, der Besitzer und Manager des Golfclubs und der Organisator der sogenannten Hochzeitsparty, ausgerechnet in diesem Moment trainieren wollte. Und ja, die hundert Meter Entfernung zwischen Baldert, der seinen Schläger schwang, und dem Baron, der sich im Pavillon in seinem Stuhl lümmelte, reichten, um den Golfball auf eine tödliche Geschwindigkeit zu bringen. Baldert war schwul. Der Baron war auch schwul. Der

Baron und Baldert kannten sich schon sehr lange, aus alten Zeiten in der Armee. Ja, es war allgemein bekannt, daß der Baron in seinem Rohrstuhl im Pavillon zu sitzen pflegte und daß er dort trank, rauchte und schnüffelte, bis er umfiel. Ja, Baldert verfehlte ihn absichtlich, nur um wenige Zentimeter, um ihm einen tödlichen Schock zu versetzen.

«Wenn das keine kaltblütige Planung ist», sagte Grijpstra, «wenn das kein erstklassiger vorsätzlicher Mord ist...»

Der Inspecteur, der noch mehr Bier trank, bezweifelte, ob das vorliegende Beweismaterial vor Gericht wirklich ausreichen würde. Balderts Championschuß hatte sein Ziel verfehlt. Er wußte nicht, wie die Sache in so einem Fall lag. Setzte Mord nicht voraus, daß auch tatsächlich getroffen wurde?

«Versuchter Mord?» schlug Grijpstra vor.

Das wollte der Inspecteur nicht riskieren. Er hatte keine Lust, sich vor Gericht zum Narren zu machen.

«Armer Baldert», sagte Grijpstra.

De Gier schüttelte den Kopf. «Wie der arme Teufel mir immer wieder die Handgelenke hingehalten hat, damit ich ihm Handschellen anlege.»

Grijpstra war noch immer nicht bereit aufzugeben. «Hat die Autopsie keine Hinweise geliefert? Könnten Sie uns darüber berichten?»

Der Inspecteur wünschte sich nichts sehnlicher als eine Gelegenheit, diese Erfahrung mitzuteilen. Aus unerfindlichen Gründen hatte er noch nie einer Autopsie beigewohnt, bis Hilger van Hoppers massiger Körper im Leichenschauhaus der Nachbarstadt für die Obduktion vorbereitet wurde. Der Inspecteur bestellte einen Nachschlag von dem Aaleintopf. Da die Kellnerin ihren Blick abgewendet hielt, während sie die sich scheinbar windenden Aalstücke austeilte, sah es danach auf dem Tisch etwas unappetitlich aus.

Grijpstra, der Nellie angerufen und sie gebeten hatte, ihm eine Portion von der Muschelsuppe einzufrieren, mochte Meeresgetier. Ihm machte es nichts aus, daß die Aalstücke sich in «ihrem

Saft» zu bewegen schienen. So hatte de Gier es ausgedrückt. De Gier aß ebenfalls gerne Meeresgetier, aber er fand trotzdem, daß die Aale etwas befremdlich aussahen.

«Ihr Saft», hatte der Inspecteur gelacht. Er verschlang ein dikkes Stück. «Köstlich», sagte er. «Wissen Sie eigentlich, wieso sie in dieser Gegend so gut gedeihen? Sie werden es nie erraten. Weil es hier in der Nähe Pelztierfarmen gibt. Nachdem man den Tieren den Pelz abgezogen hat, gibt es keine andere Verwendungsmöglichkeit für die Kadaver, als sie einfach irgendwo ins Meer zu kippen. Und Aale lieben Aas über alles.»

«Wie war das mit der Autopsie?» fragte Grijpstra.

Der Inspecteur beschrieb, wie eine kleine Kreissäge ein Loch in den Schädel des Barons schnitt und wie lange Messer die Eingeweide des Mannes öffneten.

De Gier schob ruhig, aber bestimmt seinen Teller weg.

«Und was hat die Autopsie ergeben?» fragte Grijpstra. «Wurden irgendwelche Anzeichen für schwere Blutergüsse gefunden? Gebrochene Rippen?»

Nicht das geringste Zeichen, beteuerte der Inspecteur. Wenn tatsächlich ein Ball vorbeigesaust war, und er persönlich sei davon überzeugt, dann mußte dieser mitten durch den offenen Pavillon geflogen sein.

Grijpstra seufzte. «Woran ist Baron Hilger van Hopper dann gestorben?»

Der Pathologe hatte von einem «Versagen aller lebenserhaltenden Systeme infolge völliger physischer Erschöpfung, wiederum infolge von Überstimulation durch eine todbringende Kombination von Alkohol und anderen Drogen» gesprochen.

«Opium war auch noch in seinem Arsch», ergänzte der Inspecteur. «Er benutzte Zäpfchen. Zu eitel, um sich durch Nadelstiche zu entlarven. Können Sie sich das vorstellen? Und was den Darminhalt des Barons angeht...»

De Gier stand ziemlich abrupt auf.

«Ist jetzt alles in Ordnung?» fragte Grijpstra, nachdem de Gier wieder im Fiat saß. Sie befanden sich etwa 7 km vor Amsterdam, in der Nähe einer Gruppe von Zwergkiefern, die den Rand der A 1 zierten.

De Gier war sich nicht ganz sicher.

«Wenn wir noch näher an der City sind, wird es schwierig werden, einen Seitenstreifen zu finden», sagte Grijpstra. «Versuch es doch noch einmal mit diesen Kiefern. An denen kannst du dich auch abstützen. Aus dem Autofenster heraus zu kotzen ist schwierig.»

Ein Wagen der städtischen Polizei hielt neben ihnen an. Grijpstra zeigte seinen Dienstausweis. Der Streifenbeamte schnüffelte. «Bier? Wieviel?» Grijpstra erzählte dem Beamten etwas von Aaleintopf, Aas und einer Autopsie, die etwas mit einem Mordfall zu tun hatte, und davon, daß der Brigadier gezwungen gewesen war, sich die Details vorzustellen. Dann ging er näher in die Einzelheiten, während de Gier sich in Hörweite übergab.

«Irrgh», sagte der Beamte.

«Man sollte unseren Kollegen vielleicht einmal sagen, daß sie zu rauh mit ihren Fahrzeugen umgehen», bemerkte de Gier, während er zuschaute, wie der Streifenwagen sich ziemlich hastig wieder in den Verkehr einfädelte. «Ich hoffe, du hast die Nummer notiert.»

De Gier hatte, während er sich an einem Baum festhielt, über Golf nachgedacht.

Grijpstra hatte ebenfalls nachgedacht, über den Central Park.

Sie waren beide einhellig der Meinung, daß sie, wie man in New York sagen würde, einem roten Hering hinterhergejagt waren.

«Bitte kein Fisch», sagte de Gier.

«Gans», sagte Grijpstra. «Wildgans. Mal im Ernst: Glaubst du wirklich, daß sie uns extra in diese Geschichte in Crailo hineingelotst haben? Oder könnte es simple Dummheit gewesen sein?»

De Gier fühlte sich immer noch nicht gut.

Grijpstra fuhr eine Weile. «Du bist doch schon in New York gewesen.»

Das war de Gier tatsächlich, zweimal sogar. Beide Male war er durch den Central Park gelaufen. Das machte man einfach, wenn man in New York war. Der Park hatte ihn beeindruckt. Er hatte sich Jazz angehört, ein paar Damen über einen Teich gerudert, wilde Tiere in Käfigen angeschaut, Kinder auf einem Karussell beobachtet und war Radfahrern und Joggern ausgewichen. Er war sich sicher, daß dort niemand Golf spielen durfte. Golf war zu gefährlich. Es ähnelte Schießübungen. Er hatte Leute Baseball und Football spielen sehen, auf besonderen Ballspielplätzen hinter dem Metropolitan Museum. Vielleicht war Onkel Bert von einem verirrten Ball getroffen worden, der ziemlich weit geflogen war. Aber warum ausgerechnet ein *Golf*ball?

«Ziemlich große Entfernung?» fragte Grijpstra.

De Gier hatte Johan Termeer, den Neffen des Verstorbenen, vernommen. Nach dem, was Jo gesagt hatte, war sein Onkel in der Nähe der *Sheep Meadow* gestorben. Die *Sheep Meadow* war, wie de Gier sich noch erinnern konnte, mehr als einen Kilometer von den Ballspielplätzen entfernt.

«Das hast du mir nicht erzählt», sagte Grijpstra.

Es war de Gier gar nicht in den Sinn gekommen, die Schlußfolgerungen des Commissaris in Frage zu stellen. Jetzt jedoch tat er das. Es gefiel de Gier. «Es ist schön, wenn man nicht in der Lage ist, an Dingen festzuhalten, nicht wahr?»

«Bah!» antwortete Grijpstra. «Also denn. Wenn irgend jemand im Central Park Golf spielen würde, so müßte er seine Bälle mehr als einen Kilometer von dem Ort entfernt schlagen, wo Termeer gefunden wurde. Wir verlieren also nur wertvolle Zeit. Und der Chef auch.»

In Anbetracht der Situation und der Persönlichkeit des Commissaris sowie seiner Ausdauer diagnostizierten Grijpstra und de Gier eine zeitweilige Urteilstrübung infolge von Streß in Verbindung mit Depressionen über seine bevorstehende Pensionierung. Der alte Mann war krank. Er war gehumpelt und hatte gehustet, als de Gier ihn zum Flugplatz in Schiphol gebracht hatte. Und nun war er auch noch in unbekanntem Territorium und mußte sich ermüdende Vorträge anhören. Termeers Fall zu verfolgen war in Anbetracht dieser Situation eine unerträgliche zusätzliche Last.

«Er braucht Hilfe», sagte Grijpstra.

8

Der Commissaris hatte sich vorgenommen, mit der berittenen Polizistin zu sprechen, deren Pferd mit dem alten Termeer in Berührung gekommen war, sie vielleicht sogar zu vernehmen. Auch wollte er Termeers Nachbarn Charlie aufsuchen. Doch das Kodein hatte ihn ausgelaugt, und er hatte Schwierigkeiten aufzustehen. Außerdem hatte er wieder diese beunruhigenden Träume gehabt. Er schleppte sich zum «Le Chat Complet», wo Mamère ihm Kaffee servierte statt des Tees, den er bestellt hatte. «Sie machen mir mit Ihrem Tee zu viele Scherereien, Monsieur.» Sie brachte ihm knusprige Croissants und frische Erdbeermarmelade. Wegen der gekochten Eier, die er bestellt hatte, wurde er gebeten, sich zu gedulden.

Während er sein Frühstück verzehrte, dachte er über die Abenteuer der vergangenen Nacht nach.

Seine Träume waren komplizierter gewesen als in den vorangegangenen Nächten. Wieder hatte die Straßenbahnfahrerin die Hauptrolle gespielt. Der Commissaris war ein kleiner Junge, auf dem Weg zur Schule. Er trug kurze Hosen und eine Jacke, die er von seinem älteren Bruder Therus übernommen hatte. Der Commissaris-Junge trug sein Schulbrot in einem Metallbehälter bei sich, der von einem roten Gummiband zusammengehalten wurde. Die Straßenbahnfahrerin hatte ihn über die Lautsprecheranlage des Wagens zu sich gerufen, um mit ihm den Lunch zu teilen. «Der kleine Junge, der die Jacke seines Bruders trägt, soll nach vorne kommen und sich zu mir setzen», hatten die verborgenen Lautsprecher gesagt. Es war ihm peinlich gewesen. Außerdem machte es ihn auch noch eifersüchtig. Er wollte die wundervolle Gesellschaft der Straßenbahnfahrerin nicht mit anderen Fahrgästen teilen.

Der Commissaris erinnerte sich, daß die Stimme der Fahrerin in jenem Traum tief und rauchig gewesen war.

Er fragte sich, was das bedeuten könnte. Hatte er einen Dämonen oder eine Göttin gefüttert? Das Teilen seiner Käsebrote und seines Apfels mit der langbeinigen Kreatur hatte einen interessanten erotischen Beigeschmack gehabt, obwohl – oder vielleicht gerade weil – seine Traum-Begleiterin ihn aus leeren Augenhöhlen angeschaut hatte. Der Commissaris erinnerte sich daran, daß ihn als Jungen erwachsene Frauen, wenn sie ihre Beine zeigten, oft völlig verrückt gemacht hatten.

Was konnten die Beine der blonden Straßenbahnfahrerin mit seiner momentanen Suche zu tun haben?

Katzen spazierten an den Fenstern des Restaurants vorbei, und die drei Musiker hinter dem Tresen stimmten ihr Lied an, von den Gästen des Cafés angefeuert.

Der Commissaris konzentrierte sich auf das Gemälde der jugendlichen nackten Mamère und ihres Hundes unter den Palmen ihrer Heimat Haiti.

«Gefällt Ihnen?» fragte Mamère, als sie schließlich die Eier servierte. Er nickte. Sie deutete auf das große Gemälde. «Das war Traumzeit, als ich meine Söhne bekam.» Sie nannte die Namen der Männer hinter dem Tresen: «Dieudonné, Zazou und Fils Trois», sagte sie stolz. «Ich damals sehr fruchtbar.»

«Dieudonné, Zazou und Fils Trois haben wunderschöne Stimmen», sagte der Commissaris.

«Sie bessere Aussprache in Französisch als in Englisch», sagte Mamère. «Was machen Sie als Beruf?»

Der Commissaris sagte, er sei ein Polizist aus Amsterdam und untersuche den Tod eines Landsmannes, eines anderen *Hollandais*, der im Central Park West tot aufgefunden worden sei.

«Ah», sagte Mamère unverbindlich und entfernte sich dann, um anderen Gästen Kaffee nachzuschenken.

Als der Commissaris wieder in seiner Suite war, hatte er immer noch ein paar Minuten Zeit, bevor der Wagen kam, um ihn abzuholen. Er schaute auf den Park hinab. Dort gab es Bänke, auf die sich unentwegt Menschen setzten, die kurz darauf wieder aufstanden. Junge Männer auf Rollerskates fuhren mit hoher Geschwindigkeit umher. Der Commissaris entdeckte ein System in den komplizierten Bewegungen, eine wohlorganisierte Aktivität. Er vermutete, daß es da unten um Drogenhandel ging. Er beobachtete eine junge Frau, die ein hübsches Kostüm mit weißer Rüschenbluse trug: eine Büroangestellte, vielleicht eine Sekretärin. Sie gab einem der Rollerskate-Fahrer Zeichen. Sie hob die linke Hand, ballte eine Faust und stieß den Daumen hoch. Dann stand sie auf und setzte sich auf einer anderen Bank wieder hin. Der Rollerskater fuhr an der Bank vorüber, die die Frau soeben verlassen hatte, und grabschte ein grünes Papier weg. Einer seiner Kollegen fuhr anschließend an der wartenden Frau vorbei und warf ihr etwas auf den Schoß.

Es klopfte an der Tür. Chief O'Neill trat ein. «Wie geht es Ihnen, Yan?»

Jan fühlte sich ausgezeichnet. Er zeigte O'Neill, was unten im Park vor sich ging.

O'Neill nickte. «Die Rollerskater sind Mitglieder von Trevors Gang. Kleine Fische. Lohnt sich nicht. Wir sind hinter Trevor wegen des Mordes an dem Madenmädchen her. Oder, genauer gesagt, Hurrell ist hinter Trevor her.» Der Chief lächelte. «Wir alle haben unsere Hang-ups.»

O'Neill sprach über Trevor, während er den Commissaris zum Vortrag fuhr. Der Verkehr floß zäh. Deshalb hatten sie viel Zeit zum Reden. Der Commissaris erfuhr, weshalb Hurrell besonders an Trevor E. Lee interessiert war, dem Erben eines Ölmagnaten aus Houston, der sein Vermögen verpraßt hatte und nun mit aller Gewalt versuchte, seine Verluste wieder hereinzuholen.

«Das Ganze ist eine ziemlich persönliche Sache», sagte O'Neill. «Hurrell ist völlig wild darauf, Trevor zu packen. Mir gefällt das nicht besonders, aber ich glaube, wir müssen da ein wenig Rücksicht nehmen, damit der Sergeant seinen Geistesfrieden wiederfindet.» O'Neill grinste. «Falls es so etwas überhaupt gibt. Eigentlich ist es ein Widerspruch in sich. Wie kann etwas, das so ruhelos wie der Geist ist, jemals friedlich sein?»

«Kurz vor dem Einschlafen», schlug der Commissaris vor.

O'Neill lachte. «Oder wenn er arbeitet.» Er klopfte dem Commissaris auf den Arm. «Die Sache mit Trevor war so: Trevor hat das Madenmädchen getötet; das steht für uns fest. Er holte sie auf die Party, gab ihr Heroin, ließ sie auf dem Tisch eine Sex-Show machen und entdeckte dann, daß sie ein Mann war – oder vielmehr einmal einer gewesen war. Sie war operiert. Das hat Russo in seinem Vortrag nicht erwähnt.»

«Ach herrje», sagte der Commissaris. «Und Sie können den Verdächtigen nicht festnehmen?»

«Nicht bei den Geschworenen und Richtern, mit denen ich mich herumschlagen muß», sagte O'Neill. Er wirkte grimmig. «Und nicht bei der Art von Fehlern, die unsere Männer machen. Tom und Jerry haben es – wieder einmal – geschafft, etwas zu verbummeln: das Glas. Das Glas, das in den Kleidern des Madenmädchens hing, und das Glas in der zerbrochenen Tür in Trevors Apartment sind identisch. Aber sie haben die beiden Beweisstücke vermischt. Passiert bei Ihnen zu Hause auch manchmal so ein Scheiß?»

»Natürlich», antwortete der Commissaris, «aber wir haben ohnehin zuwenig Zellen, deshalb können wir keine neuen Häftlinge gebrauchen.»

O'Neill runzelte wütend die Stirn. «Bei uns ist es das gleiche. Belästigungen? Taschendiebstähle? Vergessen Sie es. Überfüllte Gefängnisse, überlastete Gerichte. Deshalb läuft Trevor frei herum. Aber Hurrell wird sicherlich bald eine Möglichkeit finden, ihn hinter Gitter zu bringen.»

Der Commissaris murmelte vor sich hin, als der große Chevrolet sich zwischen zwei Busse zwängte.

«Wie?» fragte O'Neill und tippte spielerisch auf die Hupe. «Es geht eher um das Warum. Sehen Sie, Hurrells einziges Kind ist auf die schiefe Bahn gekommen. Aus Henry Hurrell wurde Henriette. Allerdings ohne Operation. Die Eltern waren darüber nicht gerade begeistert, und ich vermute, daß sie das Kind damals nicht sehr gut behandelt haben. Die anderen Kinder natürlich auch nicht. Einen Nagel, der vorsteht, trifft hin und wieder ein Hammer. Mrs. Hurrell trennte sich von ihrem Mann, und das Sorgerecht ging auf den Vater über. Die Mutter zog in eine ruhige sonnige Stadt in Arizona, wo alle Bewohner ziemlich alt sind. Das Übelste, was sie sich antun können, ist, sich gegenseitig zu verklagen. Die frühere Mrs. Hurrell wurde mit der Vierzehnjährigen nicht mehr fertig, die auf den Strich ging, um sich Heroin beschaffen zu können.»

«*Der* auf den Strich ging», korrigierte der Commissaris.

«Nah.» O'Neill schüttelte den Kopf. «Ich kannte das Kind ein wenig, habe sie ein paarmal getroffen, und sie war eindeutig weiblich, ganz gleich, wie ihre Sexualorgane ausgesehen haben mögen. Ihre Persönlichkeit war weiblich, sehr sanft. Aber das muß sich irgendwann geändert haben, denn sie sah aus wie eine Vogelscheuche, als man sie im Müll fand.»

«Müll», wiederholte der Commissaris. «Ach ja, richtig. Sergeant Hurrell schien irgendwie verbittert über ‹Müll› zu sein. ‹Menschlicher Müll›, hat er gesagt.»

«Eine kalte Nacht.» O'Neill schüttelte freundlich die Faust in Richtung eines gelben Taxis, das sich vor ihm in die Spur zu drängen versuchte, es jedoch nicht ganz schaffte. «Möchte wetten, daß dieser Kerl aus Ghana ist. Wahrscheinlich hat er sich seine Fahrerlizenz illegal beschafft.» Er schüttelte den Kopf. «Wissen Sie, wir lachen über diese Burschen und verfluchen sie, aber können Sie sich vorstellen, wie das ist, wenn man in diese Stadt hineingerät, nichts begreift und dann auch noch ein verdammtes Taxi fahren soll?»

«Eine kalte Nacht», sagte der Commissaris. «Sie haben über Hurrells Kind, den Transvestiten, gesprochen.»

«Richtig. Menschlicher Müll. Das Kind kommt nicht mehr nach Hause, lebt auf der Straße. Schafft wie verrückt an, um den Opiumaffen füttern zu können. Steckt sich an einer schmutzigen Nadel an, bekommt Lungenentzündung. Gott allein weiß, was für eine Sammlung von tödlichen Krankheiten sich diese Junkie-Huren im Laufe eines Tages zuziehen.» O'Neill warf dem Commissaris einen Seitenblick zu. «Aber der menschliche Körper ist erstaunlich zäh. Denken Sie nur an die deutschen Todeslager. Der Körper der Gefangenen hat das manchmal erstaunlich lange ausgehalten. Mißhandlungen, Hunger – manchmal könnte man meinen, uns Menschen gefiele es regelrecht zu leiden. Irgendwann am frühen Morgen eines Wintertages wird das Kind ohnmächtig. Als nächstes gefriert es, bis es steif ist. Wir haben zwar hier in New York nicht viele wirklich kalte Winternächte, aber ein paar davon gibt es doch hin und wieder. Dabei werden wir dann jedesmal eine Menge Penner los.» O'Neill erhob seine Stimme. «Verdammte Penner! Ich hasse sie. Wissen Sie warum? Sie ängstigen mich zu Tode. Wir sind das mächtigste Land der Welt, und diese menschlichen Wracks versauen unsere Erholungsgebiete, sie müllen Statuen ein, pissen die öffentlichen Transportmittel voll, schleppen ihre stinkenden Körper überallhin. Wenn es uns nicht gelingt, etwas gegen diesen Zustand zu unternehmen, warum packen wir diese Wracks dann nicht einfach in ein schönes warmes Camp irgendwo, mit TV und Junkfood, soviel sie wollen, und wo sie harmlose Spiele spielen können? Aber nein, Sir, wir brauchen mehr Flugzeugträger, weil wir unbedingt Löcher in die Länder farbiger Menschen bomben müssen.»

«Mir gefällt Amerika», sagte der Commissaris.

O'Neill murmelte vor sich hin. «Mir auch. Dies ist mein Land. Ich möchte einmal wieder quer durch die Staaten fahren oder in den Keys herumhängen. Ich habe früher im Sommer dort gearbeitet, als Crew-Mitglied von Segelbooten. Oder noch einmal nach Hawaii – schwer, in Hawaii unglücklich zu sein, habe ich recht? Dort gibt es einfach alles, was man sich nur wünscht.» Er gestikulierte. «Wir haben alles überall, und wenn nicht, dann liefert UPS es morgen früh. *Coast to coast*, und überall dazwischen auch.»

«Und der UPS-Fahrer spricht Englisch», ergänzte der Commissaris. «Und bezahlt wird in Dollars.»

«Das ist effizient, nicht wahr?» O'Neill lachte. «Ich war einmal in Europa. Da muß man alle zwei Stunden die Sprache wechseln. Und wenn man das nicht kann, gibt es Probleme. Und die Landschaft wirkt dort überall so klein.» Er deutete auf die beiden Türme des World Trade Centers. «Alles riesig hier.» Er schaute den Commissaris mit einer erhobenen Augenbraue an. «Sind Sie schon mal in diesem Land umhergereist?»

Der Commissaris war einmal in Maine gewesen. Er sprach von Buchten und von Hügeln, die auf Holländer wie Berge wirken. Nur wenig Menschen. Erstaunliche Tierwelt. «Die Niederlande importieren ihre Fauna jetzt aus Polen und müssen immer wieder nachkaufen, weil die Tiere entweder verhungern oder von Wilderern gefangen werden. Raben, Wildschweine, Damwild – es ist nicht einfach, einen Quadratkilometer mit 900 Holländern zu teilen.»

«In Maine gibt es riesige Mengen von Hummern.» O'Neill runzelte schon wieder die Stirn. «Aber im Winter friert man sich dort den Arsch ab.» Er tippte dem Commissaris gegen das Handgelenk. «Wissen Sie, was ein paar Scherzbolde mit der gefrorenen Henriette gemacht haben? Sie haben sie in einen großen Müllbehälter gesteckt, mit dem Kopf nach unten. Haben Sie schon einmal die Hinweisschilder gesehen? *Halte deine Stadt sauber*?»

Der Commissaris konnte sich daran erinnern.

«Diese Scherzbolde haben auch noch versucht, die Leiche zu verbrennen. Aber sie hatten wohl nicht genug Benzin, um sie anzuzünden.»

Der Commissaris brachte murmelnd sein Mißfallen zum Ausdruck.

»Hurrell hat die Kerle gefunden», fuhr O'Neill fort. «Gute Detektivarbeit. Sehr aufwendig. Das Ganze spielte sich ganz früh morgens ab, als nur Bäcker, Zeitungsjungen und billige Huren auf den Beinen waren; vielleicht war auch irgendein schlafloser Alter am Fenster gewesen und hat die Szene beobachtet.»

«Hat er Zeugen gefunden?» Die Stimme des Commissaris klang überrascht.

O'Neill nickte. «Sicher hat er das. Hurrells Name steht nicht im Abschlußbericht, weil das Schwierigkeiten gegeben hätte. Die Verteidigung hätte dann wahrscheinlich gesagt, als Vater des Kindes sei er befangen.»

«Sind die Verdächtigen bestraft worden?»

«Ja», sagte O'Neill. «Der Staatsanwalt klagte die Scherzbolde wegen *absichtlicher und widerrechtlicher Verstümmelung einer Leiche* an. Das ist ein schweres Vergehen. Dafür müssen sie bis zu drei Jahren sitzen.»

«Und jetzt will sich Sergeant Hurrell nicht um den Tod von Bert Termeer kümmern, weil das Madenmädchen ihn an Henriette, sein eigenes Kind, das auch Transvestit war, erinnert», folgerte der Commissaris.

«Er wird Trevor fassen», antwortete O'Neill. «Sie haben gesehen, was im Central Park los ist, direkt unter Ihrem Fenster. Central Park ist Hurrells Revier. Er wird die Möglichkeiten, die er dort hat, voll ausschöpfen und Trevor eine saftige Anklage wegen Drogenhandels an den Hals hängen.»

Der Commissaris konnte sich auch andere Anklagepunkte vorstellen. Er versuchte zu übersetzen, was nach dem niederländischen Strafgesetzbuch möglich gewesen wäre. «*Versuchter Mord* – Trevor hatte das Madenmädchen durch eine Glastür gestoßen, *zweifache fahrlässige Tötung* – erstens durch Verabreichung einer Überdosis einer illegalen Substanz, und zweitens weil er den Körper der Verstorbenen im heißen Kofferraum eines geparkten Wagens eingeschlossen und liegengelassen hatte.»

O'Neill konzentrierte sich auf das Fahren.

«Was meinen Sie dazu, Chief?»

O'Neill knurrte. «Nichts davon würden unsere Gerichte akzeptieren.» Er seufzte. «Hurrell hat eine gute Taktik. Er tut so, als würde er sich nicht mehr um Trevor kümmern. So lullt er ihn ein. Er möchte Trevor erwischen, wenn er mindestens ein paar Kilo bei sich hat.»

O'Neill parkte das Fahrzeug. «Aber Bert Termeer ist ohnehin an seiner Krankheit gestorben; oder vielleicht ist er auch erfroren.» Er grinste dem Commissaris zu. «Ich habe nicht den geringsten Zweifel daran, daß Termeers Tod auf natürliche Ursachen zurückzuführen ist. Ich möchte den Fall abschließen.»

Der Commissaris stimmte ihm zu. Er hatte am vergangenen Abend die Berichte gelesen und sich die Fotografien angeschaut. Nun hatte er eine Expertenmeinung gehört, vorgetragen von einem erfahrenen Kollegen. Der Commissaris war drauf und dran, Chief O'Neill zu sagen, auch er sei der Meinung, daß Termeers Tod auf ein unglückliches Zusammentreffen von Umständen zurückzuführen und nicht von Menschenhand verursacht worden sei. O'Neill hielt das Fahrzeug an, um ihn aussteigen zu lassen, und der Commissaris bedankte sich dafür, daß er ihn mitgenommen hatte.

Es war reiner Zufall, so sagte er sich, daß genau in diesem Augenblick ein Bus neben ihm auftauchte, auf dessen Front eine große «2» stand und der von einer blonden jungen Frau mit stark geschminkten Augen gesteuert wurde. Sie stoppte ihr riesiges Fahrzeug geräuschlos, so daß der kleine alte Herr, der einige Schwierigkeiten beim Gehen hatte und sich auf einen Spazierstock mit Goldknauf stützte, die Straße in aller Ruhe überqueren konnte. Der Commissaris erhob dankend den Stock.

Die Fahrerin winkte.

«Merkwürdige Frau», sagte O'Neill, der neben dem Commissaris herging. «Makabres Make-up. Haben Sie diese Augen gesehen?»

9

Der Hoofdcommissaris von Amsterdam war noch nicht bereit, das Dokument zu unterzeichnen, das Grijpstra gebracht und seinem Vorgesetzten auf den Tisch gelegt hatte. Er sprach über das Golfspielen in Crailo und über den plötzlichen Tod des Barons, seines Freundes.

Grijpstra steuerte zu diesem Thema nur ein paar beiläufige Bemerkungen bei: «Ein wunderschönes Gelände, wirklich» und: «Ja, das war tragisch, nicht wahr?»

Der Hoofdcommissaris lächelte.

Grijpstra fühlte sich dadurch ermutigt. Er schob den Antrag auf Genehmigung einer Dienstreise weiter über den Tisch. «Würden Sie das hier bitte unterschreiben?»

Der Hoofdcommissaris schaute weg.

Grijpstra seufzte. «Sie machen sich Gedanken darüber, ob da irgend etwas faul war?»

Der Hoofdcommissaris holte zu einer längeren Erklärung aus. Er sagte, zwar sei seine derzeitige hohe Position, wie die meisten Insider wüßten, hauptsächlich repräsentativer Natur, doch sei er im Grunde seines Herzens immer noch ein Polizist und deshalb neugierig auf die menschlichen Verirrungen. Im Golfclub in Crailo, in dem er selbst aktives Mitglied war, war ein Mann gestorben.

Grijpstra versuchte seinem Gesicht einen Ausdruck von Interesse zu geben. «Sie waren mit dem Baron befreundet?»

Freunde... Freunde... Der Hoofdcommissaris sagte, er wisse nicht, was das Wort bedeute. «Freunde sind wie Wolken am Himmel, Adjudant. Sie treiben umher, sie verschwinden, sie kommen in veränderter Form wieder, man greift nach ihnen, und schon sind sie wieder verschwunden.»

Grijpstra sagte, ihm gefielen Wolken. Er versuche oft, sie zu malen.

«Ach, tatsächlich?» fragte der Hoofdcommissaris. «Ich dachte, Sie würden hauptsächlich tote Enten porträtieren.»

«Mit Wolken darüber», sagte Grijpstra. «Als Kontrast vielleicht. Die toten Enten schwimmen mit dem Bauch nach oben in den Kanälen, mit leuchtend orangefarbenen Füßen. Deshalb können sie segeln.» Der Adjudant versuchte durch Gesten anzudeuten, wie das vor sich ginge. «Und die weißen Wolken bringen das leuchtende Orange erst richtig zur Geltung.»

Der Hoofdcommissaris lächelte wieder. Er hatte nicht zugehört. Er sprach mit kaum hörbarer Stimme, als er zugab, er habe tatsächlich ein gewisses persönliches Interesse an dem Fall, den er «Crailo-Mord» nannte. Er hatte Hilger van Hopper ziemlich gut gekannt, hatte die Höhen und Tiefen im Leben des verstorbenen Barons miterlebt. «Aber mit dem armen Kerl schien es stetig weiter bergabzugehen, was ich einfach nicht begreifen konnte.» Der Hoofdcommissaris sprach nun mit etwas mehr innerer Anteilnahme. «Hilger war ein kluger Kopf, gebildet, man könnte sogar sagen, daß er einen erstaunlichen Scharfblick hatte. Ein Zyniker. Wissen Sie, was ein Zyniker ist, Adjudant?»

Grijpstra war der Meinung, ein Zyniker mache sich über die allgemein akzeptierten Wertvorstellungen lustig.

Der Hoofdcommissaris erklärte ihm, daß es dem Zyniker nicht darum ginge, sich lustig zu machen, sondern daß er einfach den konventionellen Vorstellungen zutiefst mißtraue. Ein Zyniker habe Gründe dafür zu glauben, daß alle menschliche Aktivität auf Egoismus basiere. «Glauben Sie das auch, Adjudant?» Der Hoofdcommissaris lächelte traurig. «Ich bin jedenfalls dieser Ansicht.»

Grijpstra nickte und schob sein Schreiben noch ein Stück weiter über den gewaltigen Leerraum auf dem Schreibtisch, der zwischen ihnen stand.

«Ja», sagte der Hoofdcommissaris. «Hilger hat seine eigenen Interessen verfolgt. Auf angenehme Weise. Außerdem war er ein Baron.»

«Ein Adliger», sagte Grijpstra freundlich. «Edel.»

«Edler Egoismus», sagte der Hoofdcommissaris. Seine langen eleganten Hände schwebten über der polierten Oberfläche seines Schreibtischs. Seine Fingerspitzen spielten das *Scherzo* aus Chopins Klaviersonate Nr. 2, b-Moll, Opus 35. Grijpstra kannte die Sonate, weil er sie als Junge selbst hatte spielen müssen, nachdem seine Lehrer zu der Überzeugung gekommen waren, er habe musikalisches Talent. Grijpstra selbst hatte Billy-Strayhorn-Kompositionen spielen wollen. Und das tat er immer noch.

«Wir haben es also mit einem besonderen Menschen zu tun, der verstanden hat, daß wir nur für uns selbst da sind; mit einem Menschen, der die Möglichkeiten hat, sich ein angenehmes Leben zu machen, und der alles daransetzt, den Strom angenehmer Erlebnisse nicht abreißen zu lassen.»

Grijpstra wirkte überrascht. «Ist ihm das denn nicht gelungen?»

Der Hoofdcommissaris schüttelte den Kopf. «Nein, er war immer wieder der Verlierer. Aber dann war er plötzlich wieder guter Dinge, hatte zwei nette junge Liebhaber, und ausgerechnet in dieser Situation mußte er sein Leben verlieren.»

Grijpstra sann über die Erscheinung seines höchsten Chefs nach. Der Amsterdamer Polizeipräsident war ein gutaussehender Mann: groß, schlank, silbernes Haar, Adlernase. Es hieß, er leide unter Depressionen. Nachdem seine Frau mit einem Flugzeug in ein Torfmoor gestürzt und dabei ums Leben gekommen war, hatte der Hoofdcommissaris einige kurze Liebesbeziehungen gehabt, oft mit Frauen, die er durch seine Arbeit kannte. Es ging das Gerücht, sie alle hätten diese Begegnungen auf die gleiche Weise kommentiert: Der Hoofdcommissaris sei innerlich abwesend gewesen. Obgleich er die korrekten Bewegungen ausgeführt habe, sei sein Verhalten insgesamt mechanisch, wenn auch höflich und charmant gewesen. Der Hoofdcommissaris pflegte seine Begleiterinnen zu Theatervorführungen und Konzerten auszuführen und sie in gute Restaurants einzuladen. Er hörte ihnen zu, lachte über Witze und gab den Kellnern ein ordentliches Trinkgeld. «Aber er ist ziemlich tot», berichteten die Frauen.

Grijpstra fragte sich, ob *er* mit einem Mann zurechtkommen würde, der ziemlich tot war.

«Balderts Projektil, der Golfball, hat den Baron verfehlt.»

«Vielleicht war das nur ein Teil von dem, was dazu führte, daß mein Freund sein Leben verlor», sagte der Hoofdcommissaris. «Was wäre, wenn Baldert, nachdem er sein leichtes Ziel um Haaresbreite verfehlt und bemerkt hatte, wie der Baron zusammenbrach, einen Schlaganfall hatte oder was auch immer, einen Rettungswagen hätte kommen lassen?»

«Nach dem, was der Inspecteur von der örtlichen Polizei gesagt hat», gab Grijpstra zu bedenken, «scheint das Leben Ihres Golfkumpans am letzten Fädchen seines Lebensstricks gehangen zu haben.»

«Eine etwas überzogene Metapher.» Der Hoofdcommissaris lachte. «Der Commissaris hat recht, Sie *sind* ein ulkiger Vogel.»

Grijpstra entschuldigte sich. «Ich habe es nicht als Witz gemeint.»

Der Hoofdcommissaris lehnte sich in seinem Drehstuhl für Führungskräfte zurück. Seine Stimme klang traurig. «Einen Tod durch Unterlassen einer Tat verursachen – eine interessante Konstruktion, Adjudant. Darüber habe ich meine Examensarbeit geschrieben.»

Grijpstra schob seinen Antrag noch einen Millimeter weiter vor. «Mijnheer?»

Die Finger des Hoofdcommissaris spielten nun den nächsten Satz der Sonate, den *Marche funèbre*. Grijpstra erinnerte sich, daß man in *lento attacca* spielen mußte.

«Absichtlich danebengetroffen?» schlug Grijpstra vor. «Aber der Ball flog ganz dicht am Kopf des Opfers vorbei. Der Baron merkte nun, daß Baldert, den er als seinen Freund ansah, ihn zu töten versuchte? Der Schock löste einen Herzinfarkt bei ihm aus. Und dann, auch das ist ein Bestandteil seines Plans, tut Baldert so, als ob er in Panik geriete, und ruft den Rettungsdienst nicht, bis die Partygäste vom Rennen der Plastikenten zurückkommen?»

Die Fingerspitzen des Hoofdcommissaris bewegten sich.

Er sagte, wieder fast unhörbar: «... meine Frau würde noch leben, wenn ich dafür gesorgt hätte, daß die alte Cessna richtig gewartet worden wäre. Ich wußte, daß die Mechaniker des Flugclubs nachlässig waren. Aber ich mochte sie nicht, wissen Sie.»

Grijpstra starrte vor sich hin.

«Ich mochte meine Frau nicht.» Der Hoofdcommissaris lächelte. Er hörte auf, die Sonate zu spielen, zog das Formular zu sich und unterzeichnete es mit einem Schnörkel. «Bitte sehr», sagte er nun freundlich, «das sind de Giers Flugticket und die Spesen. Es freut mich zu hören, daß ihr euch über das Wohl des Commissaris Sorgen macht.» Er blickte auf. «Wie geht es dem Alten denn?»

Grijpstra war der Meinung, der Commissaris sei krank.

«Das ist er nun schon seit Jahren», sagte der Hoofdcommissaris. «Er hätte sich wegen Krankheit vorzeitig in den Ruhestand versetzen lassen können, seit er den Stock benutzt.» Er schaute auf seine langen schlanken Hände und ließ sie dann unter dem Tisch verschwinden. «Aber vielleicht gefällt es meinem geschätzten Kollegen nicht, nichts zu tun.»

«Was werden *Sie* machen?» fragte Grijpstra. «Wann werden Sie sich pensionieren lassen?»

Der Hoofdcommissaris lächelte. «Ich werde mich einfach allmählich in Luft auflösen, Adjudant. Darin bin ich gut. Ich übe mich schon seit Jahren darin.»

Als Grijpstra den Raum verließ, fiel ihm ein, daß der Commissaris einmal gesagt hatte, Mangel an Substanz befördere Menschen nach oben.

«Vielen Dank», sagte der Adjudant und winkte mit dem unterzeichneten Formular. «Das wird die Dinge in Bewegung bringen.»

10

Brigadier de Gier flog 6000 Meilen westlich seines Zuständigkeitsbereichs mit dem Helikopter vom Kennedy Airport zum PanAm Heliport auf der East Side von Manhattan.

Er fand New York sehr eindrucksvoll. Die spektakuläre City signalisierte jedem Besucher, daß er sich in einer der wichtigsten Machtzentralen der Welt befand. Angesichts der einzigartigen Skyline von Manhattan hatte de Gier keine Zweifel mehr daran, daß alles, was hier erdacht wurde, auf dem ganzen Planeten zumindest eine Zeitlang Wellen schlagen würde. Natürlich war nichts von ewiger Dauer, doch welche Macht würde diese gewaltige Metropole aus Glas und Stahl zerstören können? Ein Krieg? Innere Unruhen? Eine jener modernen Seuchen, die gegen jede Behandlung resistent waren? Er fragte sich, ob jemals ein Erdbeben diese wundervollen gigantischen Bauwerke zum Einsturz bringen könnte. Würden ein paar Menschen von ihren oberlastigen Schöpfungen zermalmt werden und der Rest die Flucht ergreifen? Er hatte von den verlassenen Städten Zentral- und Südamerikas gehört, wo der Dschungel riesige Bauten wieder zurückerobert hatte. Nicht nur die Bewohner waren spurlos verschwunden, es existierte auch keinerlei Erinnerung mehr an das, was dort geschehen war. Dennoch hatten die Völker, die jene Städte bewohnten, über eine gewisse Technologie sowie über Wissen, einen hohen Grad an gesellschaftlicher Organisation und über eine gutentwickelte Infrastruktur verfügt. Die Anthropologen hatten nichts als vage Theorien über jene Vorgänge, von denen keine den bekannten Fakten ganz gerecht wurde.

Würden die Wolkenkratzer New Yorks dereinst als halbzerfallene Ruinen gegeneinanderlehnen und Skelette aus den zerborstenen Fenstern starren? Würden wilder Wein, Schimmel, Flechten und Moose nach und nach die bereits zerfallenden Strukturen überwuchern?

Vielleicht, dachte de Gier, wird das Ganze ins Meer abrutschen, auf den Meeresgrund, wie es Atlantis ergangen war und wie auch Amsterdam einmal enden würde. Die Stadt Amsterdam würde in absehbarer Zukunft vom Meer überflutet werden. Die Polkappen schmolzen, der Meeresspiegel stieg, und irgendwann war es nicht mehr möglich, die Deiche zu erhöhen.

Dann könnten dort wieder Fischschwärme leben, denen der Hunger an der Spitze der Nahrungskette völlig gleichgültig wäre. De Gier stellte sich vor, wie Fische durch sein Apartment schwimmen würden.

«Sehr eindrucksvoll, dieses Manhattan», sprach de Gier die Stewardeß an. Er las ihr die Adresse einer Bed & Breakfast-Pension vor, die Antoinette ihm in sein Notizbuch geschrieben hatte. Antoinette und Karel hatten einmal dort gewohnt, und das Haus hatte ihnen gefallen. Wie man dort hinkomme?

«Horatio Street?» fragte die Stewardeß. De Gier holte seinen Stadtplan hervor, und sie erklärte ihm den Weg. «Das ist ein bißchen kompliziert. Mit der Subway ist es zwar billiger, aber ich würde Ihnen raten, ein Taxi zu nehmen.»

Er fand die Koordinaten des Cavendish auf seiner Karte und überlegte, ob er zuerst mit dem Commissaris Verbindung aufnehmen sollte. Er hatte viel Zeit. Es behagte ihm nicht, sich die Sache so leicht wie möglich zu machen. Da New York während der nächsten Tage sein Jagdrevier sein würde, wäre es wohl besser, die Stadt zu Fuß zu erkunden. Mit dem Taxi zu fahren war zu einfach. Er sagte der Stewardeß, er wolle zuerst bei einem Freund vorbeischauen, und er erwähnte beiläufig die Adresse: 83rd und Fifth.

Sein Reisegepäck bestand aus einer ledernen Schultertasche mit je drei Unterhosen und -hemden, einem CD-Player, sechs Miles-Davis-CDs und der spanischen Originalausgabe eines Romans von Alvaro Mutis. De Gier hatte sich während des Atlantikfluges die Zeit damit vertrieben, sich durch das Buch hindurchzurätseln. Er konnte nicht besonders gut Spanisch und hatte kein Wörterbuch mitgenommen; deshalb mußte er die meisten Wörter erraten. Auf diese Weise hatte er sich mühsam durch die Hälfte des ersten Kapitels hindurchgearbeitet. Dem Handlungsfaden hatte er in etwa folgen können. Ein Autor, der Fachpublikationen über Petrochemie schreibt, reist nach Finnland. In Helsinki ist es kalt. Der Protagonist begibt sich zum Hafen, von wo aus er die Kirchtürme von St. Petersburg sehen kann, und er beobachtet, wie ein Dampfer in den Hafen fährt. Doch dann war er zu de Giers Freude plötzlich nicht mehr bei minus 5 Grad in Finnland, sondern bei plus 32 Grad in Honduras, wo eine Frau im Bikini auf eine Jacht zugeht. Trotz ihrer großen Füße wirkt sie attraktiv, weil sie ihre Vorzüge sehr geschickt herauszustreichen weiß. Ihr Ehemann schießt mit einer 45er Automatik auf Seevögel, trifft aber nicht.

«Sind Sie Spanier?» fragte die Stewardeß ihn, als sie das Buch in de Giers Hand sah. «Ihr Akzent hört sich nicht so an.» Sie lächelte. Wie de Gier war auch die Stewardeß in den Vierzigern. Er hatte schon mehrfach bemerkt, daß ihm neuerdings ältere Frauen deutliche Signale gaben. De Gier, der im Amsterdamer Präsidium «Mr. B-Movie» genannt wurde, war groß, hatte breite Schultern und einen athletischen Körperbau. Frauen gefiel gewöhnlich sein dichtes gelocktes Haar und sein großer Schnurrbart, den er wie ein Kavallerie-Offizier nach oben gedreht hatte. Kontakte, die zu einer sexuellen Begegnung hätten führen können, hatte er in letzter Zeit gemieden und statt dessen die Gesellschaft seiner Katze bevorzugt. Als Grijpstra drauf und dran war, sich von der Hotelbesitzerin und früheren Prostituierten Nellie vereinnahmen zu lassen, hatte de Gier zu ihm gesagt: «Tiere haben kleinere Gehirne als wir, aber sie nutzen sie besser.»

«Magst du Frauen nicht mehr?»

De Gier machte eine weitausholende Armbewegung. «Ich mag Menschen nicht.»

«Aber du bist selbst ein Mensch.»

«Ich mag keinen», antwortete de Gier. «Ich sehe mich ja selbst nicht so oft. Nur im Spiegel.»

«Aber du schaust doch oft in den Spiegel», sagte Grijpstra. «Du bist ziemlich eitel, weißt du das. Du kämmst dein Haar und bürstest dir deinen Schnurrbart.»

De Gier mochte auch eitle Menschen nicht.

Die Stewardeß beobachtete, wie ihr Passagier auf der 63. Straße nach Westen ging. Ihr gefiel der Schnitt seiner langen Leinen-Bundhose. Die lederne Fliegerjacke sah auch gut aus. Wahrscheinlich war der Bursche schwul, da er jemanden auf der Horatio Street treffen wollte. Die Stewardeß wünschte dem Paar viel Glück, während sie in der Kabine des Helikopters Plastikbecher aufsammelte.

Es war ein schöner Tag. De Gier ging mit dem Stadtplan in der Hand die Fifth Avenue hinauf und warf einen Blick auf den Central Park, die grausige Szenerie, in der Onkel Bert Termeer gestorben war; doch der Park bot einen ganz und gar erfreulichen Anblick. Er erreichte das Cavendish und traf den Commissaris zufällig in der Lobby.

«Was?» rief der Commissaris aus. «Bist *du* das *wirklich*?»

De Gier sagte, er habe schon seit längerem einmal wieder New York besuchen wollen; sein letzter Besuch sei einfach zu kurz gewesen, und er habe sich ein paar Tage frei genommen. Und da er gewußt habe, daß der Commissaris auch in der Stadt sei, habe er sich gedacht, er könne einmal bei ihm vorbeischauen.

«Wie geht es Ihnen, Mijnheer?»

«Letztes Mal hast du mich auch verfolgt», antwortete der Commissaris. Er nahm seine Brille ab und hauchte kräftig auf die runden Gläser. «Wer bezahlt für diesen Unsinn?»

«Ja, Mijnheer», sagte de Gier. «Wirklich ein schöner Tag. Ich bin den Weg vom Fluß hierher zu Fuß gekommen. Ich bin mit einem Hubschrauber in die Stadt geflogen. Haben Sie das auch gemacht? Wundervoll, all diese Bauten. Ich habe während des Fluges einen Roman von einem kolumbianischen Autor gelesen, in Spanisch. Haben Sie eine Ahnung, was *huevones* bedeutet? Ich habe kein Wörterbuch dabei, wissen Sie. Es macht mehr

Spaß, die Bedeutungen zu raten. Aber manchmal verliere ich ein wenig den Faden. Was *huevones* bedeuten soll, ist mir leider völlig schleierhaft.»

Der Hotelboy, ein Latino, der wie eine Miniaturausgabe von Anthony Quinn aussah, hielt de Gier für einen neuen Gast. Er trat auf ihn zu, um ihm das Gepäck aufs Zimmer zu tragen. *«Huevones»*, sagte der Page, «bedeutet wörtlich ‹Eier›. Aber in welchem Zusammenhang kommt das Wort vor, Sir? Können Sie mir den Satz zeigen?»

De Gier schlug das Buch auf und fand den Satz, um den es ging. *«Si me llegan a dejar se mueren de hambre, huevones.»*

«Und der Zusammenhang?» fragte der Boy.

De Gier hatte herausbekommen, daß die Frau im Bikini Männer auf einem Boot anschrie, Seeleute, die gerade dabei waren, ohne sie loszufahren, und daß sie mitkommen wollte, weil sie die Köchin der Crew war. Sie schrie den Männern zu, ohne sie würden sie Hungers sterben.

«Ah», sagte der Boy, «dann bedeutet *huevones* hier soviel wie *Arschlöcher*, also ein Schimpfwort, Sir. Wo haben Sie Ihr Gepäck?»

«Du wirst hier nicht übernachten», erklärte der Commissaris de Gier.

«Ich übernachte hier nicht», erklärte de Gier dem Boy.

«Allroundgenie», sagte der Boy und deutete auf seine Brust. «Gebe Spanischunterricht, helfe bei der Analyse von Träumen.» Er gab dem Commissaris und de Gier seine Karte. «Ignacio ist mein Name, *a sus ordenes, Señores*. Reisen können arrangiert werden. *Voudou* ist auch möglich, aber teuer.»

«Reisen?» fragte de Gier.

«Ein Ausflug in das Reich der Geister des kollektiven Unbewußten, den sich die Indianer ausgedacht haben», erklärte der Boy. «Wir Mexikaner haben teilweise Indianerblut. Aber vielleicht hilft *Voodoo* besser, Ihre Träume zu deuten. Eine schwarze *Voodoo*-Dame, die ich sehr schätze, kann Sie durch alle Niederwelten geleiten.»

Als echter Niederländer wollte de Gier besonders schlau sein. «Ich bin gerade von dort gekommen.»

Ignacio verabschiedete sich. Der Empfangschef hatte die Glocke geläutet. Der Hotelboy drehte sich um und eilte davon.

«Mein Schnitzer mit dem Golf hat euch aufgeschreckt», sagte der Commissaris zu de Gier, während sie in einer Sushi-Bar in der Nähe aßen.

Er schielte zum Brigadier hinüber. «Katrien meint, ich sei krank, und du und Grijpstra, ihr meint, ich sei verrückt.» Er deutete mit einem Eßstäbchen zwischen seine Augen. «Verblödet. Ich brauche jetzt einen Aufpasser.»

Jetzt deutete das Eßstäbchen auf de Giers Stirn. «Weißt du, daß ich heute nachmittag an einem Vortrag über Fahrerflucht teilgenommen habe und daß ich mich nicht auf die Bremsspuren konzentrieren konnte?»

«Nun ja...», versuchte de Gier ihn zu besänftigen.

Der Commissaris spuckte Igelfischfleisch in seine Serviette. «Magst du rohen Fisch, Rinus? Ja? Das ist gut.» Er schob seinen Teller von sich. «Vielleicht bin ich überarbeitet. Oder deprimiert. Das letzte Rätsel meiner Laufbahn, und ich fühle mich verpflichtet, es zu lösen. Aber bisher macht das Ganze keinen Sinn. Und außerdem habe ich diese verdammte Grippe, und dann auch noch all diese Vorträge. Ich versuche, mich zu konzentrieren. Aber wozu? Sag *du* mir das mal.» Die blassen blauen Augen des Commissaris starrten durch de Gier hindurch. «Meine Kenntnisse auffrischen, wo ich kurz vor der Pensionierung stehe?»

De Gier lächelte. «Oh, aber Sie werden bald in der Polizei-Akademie zu tun haben und bei Interpol und was nicht noch», sagte er. «Polizisten überall werden von Ihrer Lehrtätigkeit profitieren.»

«Über tödliche Golfbälle», bemerkte der Commissaris. «Das zumindest weiß ich jetzt. Im Central Park wird kein Golf gespielt.»

«Waren Sie bei der NYPD, Mijnheer?»

Zwischen Nies- und Hustenanfällen berichtete der Commissaris über seine Gespräche mit Chief O'Neill und Detective Sergeant Hurrell.

«Ein unbedeutender Fall, der kurz vor dem Abschluß steht», faßte der Commissaris zusammen. «Du kannst einen Bericht schreiben und ihn per Fax nach Hause schicken. Grijpstra wird daraufhin den Neffen informieren, daß sein Onkel einfach zusammengebrochen ist. So was kommt vor. Daran läßt sich nun mal nichts ändern.» Der Commissaris tastete seine Kehle ab. «Hier drin muß zusammengefaltetes Schmirgelpapier stecken, Rinus. Es reibt gegeneinander, wenn ich schlucke.» Bei seinem nächsten Nieser fiel ihm die Brille herunter. De Gier fing sie im Flug.

«Danke, Brigadier. Der Fall steht kurz vor dem Abschluß. Obwohl...» Der Commissaris zitterte. «...ich das Gefühl habe, wir sollten uns noch weiter damit beschäftigen. Versuchen, gute Arbeit zu leisten. Nur der Ordnung halber. Oder auch ohne jeden Grund. Einfach so zum Spaß. Man sollte einmal mit der berittenen Polizistin sprechen. Und Bert Termeers Vermieter und Nachbarn Charlie anrufen. Vielleicht machen wir das morgen.»

«Haben Sie morgen keinen Vortrag?»

Der Commissaris schaute in sein Programm. «Über die Aussagekraft von Spuren, am Nachmittag.» Er legte den Zettel weg. «Erinnert mich an den Fall vom Madenmädchen. Über den solltest du informiert sein. Ich werde dir sagen, warum.»

Während de Gier seinen rohen Tintenfisch mit gedämpften Reisbrötchen aß, erzählte der Commissaris ihm die Geschichte, in der Detective Sergeant Hurrell eine der Hauptrollen spielte, so wie Chief O'Neill sie ihm erzählt hatte.

«Kriechende Maden, he?» fragte de Gier nach.

Die Zähne des Commissaris klapperten.

«Ich werde Sie zum Hotel bringen, Mijnheer.»

Der Commissaris verzog sein Gesicht zu einer Grimasse und

bemühte sich offenbar, um jeden Preis zuversichtlich auszusehen. «Früh schlafen gehen, ein heißes Bad. Morgen sieht die Welt wieder anders aus, Brigadier.»

«Morgen, morgen und morgen», mischte sich die Stimme des Hotelboys Ignacio ein. «Ich dachte, Millionäre wie Sie würden diesen Ausdruck nicht benutzen. Ich habe immer geglaubt, das täten nur wir. Ich habe gedacht, daß Kerle wie wir eben wegen ihres ewigen ‹morgen› immer nur Hundertionäre bleiben.»

Ignacio, der nun nicht mehr die Uniform des Cavendish, sondern einen schwarzen Seidenanzug, ein offenes weißes Hemd und Schuhe mit hohen Absätzen trug, wirkte wie ausgewechselt.

Der Commissaris versuchte, zwischen seinen Hustenanfällen zu lächeln. «Ignacio vom Hotel?»

«Ich habe Sie zufällig hier am Fenster sitzen sehen», sagte Ignacio. «Ich komme oft hier vorbei. Ich kenne einen der Köche. Er gibt mir Rabatt.»

«Hast du Lust, dich zu uns zu setzen?» fragte der Commissaris.

Ignacio lehnte dankend ab. Er deutete auf das Sushi. «Sie machen sich wohl nichts aus den undefinierbaren Köstlichkeiten der Nouvelle cuisine des Cavendish? Alles wird gemalt und gefärbt, mit einem Rotkohlblatt garniert und für fünfzig Dollar den Teller verkauft. Anschließend ein Sortiment Eiswasser.»

«Ich finde das Essen dort gar nicht so übel», sagte der Commissaris.

«Unser Frühstück ist in Ordnung», sagte Ignacio, «aber das nehmen Sie wohl auch lieber anderswo ein, nicht wahr? Bei Mamère, der nackten Hundedame?»

Der Commissaris wirkte überrascht. «Woher weißt du *das* denn schon wieder?»

«Hotelboys wissen alles», antwortete Ignacio feierlich.

«Es gibt immer eine Erklärung», erwiderte de Gier.

«Für den Denker und den Seher», entgegnete Ignacio und

schaute dabei den Commissaris an. ‹Le Chat Complet› liegt auf der anderen Straßenseite. Ich habe Sie gestern dort gesehen. Nachdem Sie gegangen waren, sagte Mamère, Sie hätten in letzter Zeit schlechte Träume gehabt. Deshalb habe ich Ihnen über *Voodoo* erzählt. Mamère meint, Sie sollten sie einmal aufsuchen.»

Der Hotelboy wünschte den beiden einen guten Abend und ging dann in die Sushi-Bar, um mit dem Koch zu reden.

11

Mit Hilfe des Subway-Plans, den Antoinette ihm geliehen hatte, fand de Gier eine schnelle Verbindung zur Bleecker Street. Von dort ging er zu Fuß die Christopher Street hinunter, dann die Hudson Street hinauf und kam schließlich um 20.00 Uhr in der Bed & Breakfast-Pension in der Horatio Street an. Im Gegensatz zu den lauten Bars und den im New-Age-Look dekorierten Fenstern der benachbarten Hauptstraßen wirkte die Horatio Street regelrecht gepflegt. Es gab dort Bäume, die idyllischen Häuser befanden sich in einem ausgezeichneten Zustand, und vom Hudson wehte ein kühler, frischer Wind. Das Haus, das er suchte, hatte eine imposante Eingangstür aus lackiertem Eichenholz, die ein Messingklopfer zierte. Der Besitzer der Pension, ein kleiner Mann in den Fünfzigern, bei dem sich erste Ansätze einer Glatze zeigten, stellte sich als Freddie vor. Er war hoch erfreut, seinem Gast ein gut und geschmackvoll ausgestattetes Apartment vorführen zu können. Das Fenster des Schlafzimmers bot einen Ausblick auf Baumkronen. Freddie und sein ebenfalls im Haus wohnender Freund Antonio, der als Krankenpfleger arbeitete, ein schwerer Mann mit großem schwarzem Bart, konnten sich noch gut an Antoinette und ihren Mann Karel erinnern.

«Ein sehr nettes Paar», sagte Freddie. «Ich habe Karel ein paar Galerien in Greenwich gezeigt. Ein bewundernswerter Bursche, ein Spastiker und Stotterer, und doch weiß er sich so gut zu helfen. Ein hervorragender Künstler. Er hat mir Bilder von einigen seiner Skulpturen gezeigt. Karel und seine Frau haben uns also empfohlen? Das ist wirklich nett. Und Sie sind Polizist? Sind Sie beruflich hier? Antoinette hat angerufen. Sie hat uns gebeten, Ihnen behilflich zu sein. Könnten Sie uns etwas über Ihren Auftrag erzählen?»

Auch Antonio war begeistert. Er las gern wahre Kriminalgeschichten, und gelegentlich verschlang er auch mal einen Kriminalroman.

«Wir beide mögen Rätsel», sagte Freddie. «Haben Sie Stücke, die wir zusammenfügen können?»

Die Drinks, die auf dem Rasen zwischen Hecken wilder Rosen serviert wurden, bestanden ausschließlich aus Fruchtsäften. Freddie und Antonio gestanden, sie seien früher einmal Alkoholiker gewesen.

«Macht Ihnen das was aus?» fragte Freddie.

De Gier sagte, er selbst habe auch schon darüber nachgedacht, etwas gegen diese Gewohnheit zu unternehmen.

«Weniger trinken?»

«Ganz damit aufhören.»

«Anders geht's nicht», bemerkte Antonio. «Und was ist das für ein Fall, an dem Sie arbeiten?»

De Gier erklärte.

Antonio hörte interessiert zu. Er kannte den Central Park sehr gut. Er ließ sein Modellsegelboot auf dem Modellboot-Teich fahren und bewahrte es in *Kerb's Model Boat House* auf. Da er fast jedes Wochenende im Central Park war, hatte er die meisten *«Crazies»*, wie er sie nannte, gesehen. «Ein Exhibitionist, sagen Sie? Könnten Sie die Beschreibung noch einmal wiederholen?»

De Gier zählte alle Details auf, an die er sich aus Reserve-Hoofdagent Jo Termerers Beschreibung und aus dem Bericht der Lakmakers noch erinnern konnte.

«Ich glaube, ich kenne diesen Kerl», sagte Antonio. «Er hat mich einmal angehalten. Auf eine sehr nette Weise. Er forderte mich auf, ‹es zu beobachten›.»

«Was zu beobachten?»

Antonio zuckte die Achseln. «Einfach ‹es›, denke ich. Gewahr sein, verstehen Sie. Aufmerksam sein.»

«Wie bei den Pfadfindern», sagte Freddie. «Wachsamkeit ist der Schlüssel. Lord Baden-Powell hat das auch immer erwähnt. Ein edel aussehender komischer Kauz. Was ist aus den Pfadfindern geworden?»

«Den ganzen Unsinn beobachten, der sich da vor einem abspielt», erklärte Antonio. «Ich glaube, der Kerl hat mich aufgefordert, den ganzen Unsinn zu beobachten.»

«Auch den eigenen?» fragte Freddie und zwinkerte de Gier zu.

«Genau.» Antonio, der Freddies Zwinkern ignorierte, nickte freundlich. «Meinen eigenen Unsinn beobachten. Könnte mir einigen Ärger ersparen. Über mich selbst nachdenken.»

Nachdem de Gier noch einmal kurz die ihm bekannten Fakten zusammengefaßt hatte, erläuterte er eine Theorie, von der er vermutete, sie könne seine Gastgeber interessieren. Die Theorie sollte erklären, warum Termeer möglicherweise ermordet worden war. Nach de Giers Hypothese enthielt der Fall eventuell eine sexuelle Komponente. Obgleich Chief O'Neill ausdrücklich gesagt hatte, Termeer hätte sich nie öffentlich entblößt, war er doch eindeutig an öffentlichen Auftritten interessiert gewesen. Und vielleicht war er auch etwas verrückt. Stundenlang wie versteinert still dastehen und dann plötzlich losrennen und herumhüpfen...

Freddie und Antonio lachten. «Wie Snoopy... Snoopy springt auch gern in Parks herum...»

Ja, aber hinter diesem Bedürfnis herumzuhüpfen konnte auch noch etwas anderes stecken. Im Vondelpark in Amsterdam gab es immer wieder Frauen, die herumtanzten, und sobald sie Zuschauer auf sich aufmerksam gemacht hatten, zogen sie blitzschnell ihren Pelzmantel oder Umhang aus und hüpften nackt umher. Und es gab auch Männer, die mit kleinen Mädchen spielten und sie mit Puppen auf sich aufmerksam machten, und dann plötzlich zogen sie sich splitternackt aus...

«Und was macht ihr Polizisten dann?» fragte Antonio.

Nicht viel. Die Verrückten nach Hause bringen. Freundlich und nachsichtig sein. Die angespannte Situation nicht noch anheizen. Amsterdam sei bekannt für seine Toleranz. Die Stadt habe nichts gegen alternative Lebensweisen einzuwenden. Doch die amerikanische Ostküste sei bekannt für ihre puritanischen

Wertvorstellungen. De Gier kam in Fahrt. Was wäre, wenn der alte Termeer es gewagt hatte, sich zu entblößen und der Polizistin seinen Schwanz zu zeigen, einer berittenen Polizistin, einer Domina auf einem hohen Roß? Er hätte einladend wedeln können. Hätte er dann Ärger bekommen? Hatte das Pferd der Polizistin ihn deswegen gegen die Brust getreten? Die Täterin jagt davon und erzählt niemandem, was passiert ist, und daraufhin stirbt das Opfer in den Büschen? Die NYPD möchte die ganze Sache verschleiern? Vielleicht litt die Polizistin unter unbewußt unterdrückter Wut? Vielleicht war sie puritanisch erzogen worden?

De Gier stand auf, lief, offensichtlich von seiner eigenen Idee begeistert, durch den kleinen Garten und spielte die Szene nach. Man stelle sich diesen scheinbar netten alten Herrn in Tweed vor, mit einem wunderschönen weißen Bart, eine richtige Sankt-Nikolaus-Figur, der plötzlich seine nette Maske fallen läßt, indem er seinen Hosenstall öffnet und eine Gesetzeshüterin in makelloser Uniform provoziert, *indem er seinen Schwanz entblößt und ihn der Frau zeigt?*

De Giers Publikum war über die Vorstellung amüsiert, aber nicht überzeugt. «Nur gibt es in New York keine Puritaner», sagte Freddie.

Antonio stimmte ihm zu. «Sie denken an Massachusetts. Massachusetts wurde von Heuchlern mit Hüten gegründet. Ihr Holländer habt Manhattan besiedelt. Extravagante Leute. ‹Neu-Amsterdam›, erinnern Sie sich? Und nach euch kamen die Briten. Die Briten waren Kaufleute und Aristokraten. Die sind nicht hinter Schwänzen her, nur hinter Geld.» Er lachte. «Mit Geld kann man sich das gute Leben kaufen, was Fred?»

Freddie erzählte de Gier, er handle mit antiken Möbeln und Kunstwerken. Dadurch war ihm die charakteristische Atmosphäre jenes historischen Ambientes bekannt. Weder die Holländer noch die Briten hatten irgendwelche restriktiven Verhaltensregeln aufgestellt, um einen strengen Gottvater zu beeindrucken.

«Zeig ihm das Bild von dem Tunten-Gouverneur, Freddie.»

Freddie hatte eine Abbildung von einem Porträt eines der Tory-Gouverneure, der zu seiner Zeit ein bekannter Transvestit gewesen war. Er ging ins Haus und kam mit einem Kunstbuch zurück. Darin war ganzseitig ein Ölgemälde abgebildet, auf dem eine eindrucksvolle Gestalt in extravaganter Kleidung zu sehen war. «Hier», sagte Freddie. «Achten Sie auf das rasierte Kinn. ‹*His Ladyship*›. Ein früher J. Edgar Hoover.»

«Und der Gouverneur hat *hier* hofgehalten», sagte Antonio, «in New York City. Niemand hatte groß was dagegen einzuwenden.»

De Giers Theorie ging den Bach hinunter, während Freddie und Antonio ihm abwechselnd, ohne einander zu unterbrechen, wie Nachrichtensprecher im Fernsehen, einen Vortrag über die Geschichte von New York City hielten. Der Brigadier erfuhr auf diese Weise, daß die City während der amerikanischen Revolution auf der Seite der Briten gestanden und während des Bürgerkriegs mit den Südstaatlern sympathisiert hatte.

«Pfui!» kommentierte Freddie.

«Sünde und Korruption», sagte Antonio. «Wir haben in Amerika einen schlechten Namen. Der Rest des Landes haßt uns. Aber uns gefällt das. Ihr Holländer glaubt, ihr wärt besonders extravagant? Gehen Sie in den Central Park, und schauen Sie sich die Möchtegern-Schocker in Radlerhosen und Ledertangas an, sogar...» Antonio grinste. «Da war einmal ein Glatzkopf auf dem Hügel, der eine Art Lampenschirm als Röckchen trug. Wenn er an einer Schnur zog, faltete sich der Schirm zusammen, und wenn er dann an einer anderen Schnur zog, richtete sich etwas auf, das eine knallviolette, gepolsterte Gurke hätte sein können, und *damit* hat er dann gewedelt...»

Freddie schaute de Gier mit triumphierendem Blick an, «... und *trotzdem* hat niemand hingeschaut.»

Antonio lächelte. «Wir alle wissen, was heute in Amsterdam los ist. Aber in New York haben wir das schon seit langem.»

«Noch etwas Aprikosensaft?» fragte Antonio.

«Etwas *Cafè-latte* mit Haselnußgeschmack und fettfreier Creme?» fragte Freddie.

De Gier nahm beides.

«Tut mir leid, daß ich dich enttäuschen mußte», sagte Antonio, «aber du mußt der Wahrheit schon ins Auge sehen.»

«Eine New Yorker Polizistin kann man nicht schockieren», sagte Freddie. «Das solltest du wissen.» Er räusperte sich. «Aaah, Rainus? War das so richtig? Nur eine Frage. Ich hätte das schon vorher fragen sollen. In diesem Haus wird nicht geraucht. Rauchst du? Wenn ja, können wir dir problemlos eine andere Pension besorgen.»

«Wir sind beide Allergiker», sagte Antonio.

De Gier behauptete, er habe das Rauchen schon vor einigen Monaten aufgegeben.

«Und da hast du nicht zugenommen?» fragte Antonio und schaute dabei auf seinen eigenen Bauch. «Ich habe vier Pfund zugelegt. Das ist jetzt zwei Jahre her, und ich habe sie immer noch nicht wieder herunter.»

«Wie hast du das geschafft, Freund?» fragte Freddie.

De Gier sagte, er esse hauptsächlich geschnittene Radieschen auf Toast zum Frühstück und trainiere jetzt länger unbewaffneten Zweikampf. Und außerdem wiederhole er jedesmal, wenn er anfinge, an Schokolade zu denken, ein bestimmtes Mantra.

«Welches Mantra?»

De Gier wurde rot. «Ach, nichts Besonderes.»

«Und du schaffst es immer?»

«Manchmal nicht.»

«Verlängert das nicht das Leiden?»

«Sicher tut es das.»

«Und wie wirst du mit dem Leiden fertig?»

De Gier machte es vor. Er stand auf, streckte sich, steckte die Hände in die Taschen und lehnte seine Stirn gegen einen Türpfosten.

«Das hilft?»

«Nach ein paar Minuten.»

Während de Gier seine Kaffee-Kreation trank, stand Antonio mit gerunzelter Stirn da und konzentrierte sich.

«Weißt du», sagte Antonio. «Ich mochte diesen Kerl irgendwie. Ich nannte ihn ‹den erstarrten Springer›. Er stand an Wegkreuzungen, sprungbereit, und er bewegte sich nicht, bis man nicht mehr auf ihn achtete, und dann machte er plötzlich einen gigantischen Satz und lief los, wobei er winkte und schrie. Dieser George-Bernard-Shaw-Typ. Wie war doch gleich sein Name?»

«Termeer.»

Antonios kräftige Finger wühlten in seinem Bart herum.

«Termeer hat mich an den Sadguru erinnert. Kennst du dich im Hinduismus aus? Wenn ja, hast du sicher schon einmal vom Sadguru gehört, dem inneren Lehrer. Er, der sich niemals leugnen läßt. Dein wahres inneres Selbst? Du kannst dich so lange dumm anstellen, wie du willst, alles vermasseln, aber der Sadguru bereitet sich auf sein Eingreifen vor.»

De Gier sagte, er interessiere sich mehr für Buddhismus.

«Okay», sagte Antonio. «Die haben das auch. Nenne es Buddha-Natur. Die unnachgiebige Kraft, die sich nicht mit dem Ich-Unsinn zufriedengibt. Die dich eines Tages dazu bringen wird, in die richtige Richtung zu gehen.»

«Ich glaube, im Buddhismus wird das Leere genannt», sagte de Gier. «Das gefällt mir. Die Leere. Man kann für immer da hineinfallen.»

«Die Leere, in der alle Buddhas leben.» Antonio nickte. Er sprach feierlich. «Man kann nicht nach Nichts greifen. Aber Nichts wird *dich* irgendwann packen, wenn du immer wieder nur Scheiße baust. Termeer war irgendwie ungreifbar, hatte ich das Gefühl. Die anderen Crazies im Park sind einfach nur krank. Schizophrene. Aber dieser Kerl sah so aus, als ob er durchblikken würde.»

«Antonio ist ein sehr engagierter Suchender», sagte Freddie. «Er geht zu New-Age-Wochenendkursen.» Freddie sprach nun mit einer Bühnenstimme. «Auf dem Berggipfel, wo seelensuchende Männer trommeln, während sie wachsen und miteinander teilen. Hundert Piepen für die Erleuchtung, und wenn ihr noch fünfzig drauflegt, bekommt ihr dazu einen halbtransparenten Stein, der tiefe Einsichten vermittelt.»

Antonio lächelte. «Ich bekomme Rabatt.» Dann wirkte er wieder ernst. «Mir hat auch Termeers Hund gefallen. Manchmal hatte er einen Hund bei sich, einen deutschen Schäferhund, ein riesiges Tier, aber weißt du...»

Antonio schüttelte seinen Kopf. «Ich bin etwas durcheinander. Dieser Hund war mit einem anderen Mann da. Ein netter Kerl. Ein älterer Mann. Gut gekleidet. Er ging irgendwie komisch. Zog ein Bein hinter sich her. Ansonsten ein männlicher Typ. Meiner Einschätzung nach ziemlich fit.»

«Vielleicht waren es *zwei* Hunde?» schlug Freddie vor.

Antonio versuchte sich zu erinnern.

Es war sehr angenehm in dem kleinen Garten. De Gier, der schon sechs Stunden länger auf den Beinen war als gewöhnlich, bemerkte jene gesteigerte Wahrnehmungsfähigkeit, die ihn oft unmittelbar vor dem Einschlafen überkam. Die Zeit schien langsamer zu vergehen. Antonios Worte erreichten ihn jeweils einzeln, sehr klar, und trieben träge unter dem Blätterdach eines japanischen Ahorns dahin.

«Es war der gleiche Hund», sagte Antonio. «Mir ist es wieder eingefallen. Ein Blindenhund. Vielleicht hielten der Sankt-Nikolaus-Kerl und der andere Mann ihn gemeinsam. Aber keiner von beiden war blind.»

«Warst du im Central Park», fragte de Gier, «als da dieser Ballon-Dinosaurier war, ein riesiges Biest, das auf und ab tanzte, und als dieser Wettbewerb für Filmstar-Doubles war? Erinnerst du dich daran?»

«Ja», sagte Antonio.

«Hast du da diesen Mann und seinen Hund gesehen?»

Antonio meinte, das könnte schon sein.

12

Antonio, der um elf zur Arbeit ins Krankenhaus mußte, servierte im weißen Pflegerdreß ein spätes Frühstück im Garten. Er erklärte de Gier, er befinde sich in seinem «Stillezustand» nach der Meditation, in dem er nur praktische Dinge erledige. «Kapern und ein paar Zwiebelscheiben zum geräucherten Lachs?»

«Ja, bitte.»

«Noch ein Mohnbrötchen?»

«Ja, danke.»

De Gier bat um das Telefon. Antonio brachte ihm ein Handy. Die Japanerin an der Rezeption des Cavendish sagte, es gebe da ein Problem, und dann verband sie ihn mit dem Hotelboy.

«Hier Ignacio», sagte dieser. «*Huevones*, erinnern Sie sich? Wir haben gestern miteinander gesprochen. Ihrem Freund geht es nicht gut. Sie sollten möglichst schnell herkommen. Der alte Mann ist überfallen worden. Seine Brille ist zerbrochen.»

Antonio riet de Gier davon ab, um diese Tageszeit ein Taxi zu nehmen, und fuhr ihn in seinem blitzblank polierten, restaurierten MG-Sportwagen zur Subway-Station an der Bleecker Street. Er gab de Gier auch einen Fahrschein. Der Zug war ziemlich schnell.

Nachdem de Gier einer Frau entronnen war, die bis auf ihren ziemlich mitgenommenen Strohhut gut gekleidet war und erzählt hatte, sie heiße Lisa, habe Aids und eine Räumungsklage am Hals, und sie brauche dringend 100 Dollar, um ihren Rechtsanwalt konsultieren zu können, ging er die Häuserblöcke von der Station an der 86. Straße hinüber zum Cavendish. Er fand den Commissaris in seiner Suite beim Teetrinken.

«Ah», sagte er. «Die da unten haben übertrieben. Scheint so, als ob ich jetzt fast völlig blind bin. Ich hatte eine Multifokalbrille, aber ich habe das Rezept nicht hier. Katrien schickt mir per Express-Post die Ersatzbrille. Es wird ein paar Tage dauern, bis sie hier ist.»

«Sind Sie verletzt worden, Mijnheer?»

Der Commissaris war zusammengeschlagen worden. Widerwillig berichtete er, was geschehen war. Er hatte an jenem Morgen nach einem gemütlichen Frühstück im «Le Chat Complet» den Central Park erkunden wollen, speziell die Gegend, wo Bert Termeer gestorben war. Als der Commissaris sich einer Gruppe von Sträuchern östlich der *Sheep Meadow* näherte, verlangsamte ein Jogger sein Tempo und lief im Schrittempo neben ihm her. Sonst war niemand in Sichtweite. Der Jogger sagte nichts.

«Ich bin Holländer», sagte der Commissaris, um das Schweigen zu brechen.

«Ich bin schwarz», sagte der Jogger.

Plötzlich umarmte der Jogger den Commissaris, als wäre dieser ein alter Freund, den er lange nicht gesehen hätte. Weil der Jogger den Commissaris fest an sich drückte, fiel diesem die Brille herunter, die daraufhin zertrampelt wurde. «Oh, Mann, oh, Mann», rief der Jogger laut, «gut, dich wiederzusehen, Mann. Wie *geht* es dir?»

«Wann ist das passiert, Mijnheer?» fragte de Gier.

«Vor anderthalb Stunden etwa», antwortete der Commissaris unsicher. «Vielleicht ist es auch schon etwas länger her.»

«Können Sie den Angreifer beschreiben?»

De Gier schaute auf den Plan, den Antoinette ihm mitgegeben hatte. *Sheep Meadow* lag im südlichen Teil des Parks. Er würde nicht allzu lange brauchen, um dort hinzugelangen.

«Aber er könnte jetzt überall sein», wandte der Commissaris ein. «Es ist doch egal, Rinus.» Er hob traurig seine Schulter. «Sieht so aus, als ob ich hier ziemlich gefährdet wäre. Ich mache nur Scherereien.» Er schaute auf. «He? Wo gehst du hin? Rinus! Warte!»

De Gier joggte die Wege südlich von *The Great Lawn* entlang und durchquerte dann den Bereich um *The Lake*. Nach zwanzigminütigem Suchen entdeckte er einen etwa 1,90 m großen jungen Schwarzen in einem himmelblauen Trainingsanzug, der eine neue weiße Plastikschultertasche mit adidas-Zeichen trug, neue knöchelhohe Wildlederschuhe mit Schnürsenkeln, eine dunkle Sonnenbrille mit einem hellroten Gestell und eine rosafarbene Baseballmütze. Er hatte mehrere große Ringe an den Fingern beider Hände und joggte auf ihn zu.

De Gier rannte weiter, machte dann eine Kehrtwendung und lief dem Jogger hinterher.

«Ich bin Holländer», brüllte de Gier.

Der Jogger sagte nichts.

«Oh, Mann, oh, Mann», brüllte de Gier, als er auf einer Höhe mit dem Schwarzen war. «Gut, dich wiederzusehen, Mann. Wie *geht* es dir?»

Der Mann rannte nun schneller.

De Gier rannte auch schneller.

Dann hielt der Jogger plötzlich an, wich zurück, holte ein Springmesser aus der Tasche und drückte auf den Knopf. Auch de Gier hielt an und näherte sich vorsichtig seinem Gegner. Dieser zielte mit dem Messer auf de Giers Bauch. «Verpiß dich, okay?»

De Gier lächelte, machte einen Ausfall nach rechts und trat dann gegen den Arm des Mannes. Er sprang auf ihn, während das Messer noch durch die Luft flog, bekam das Handgelenk des anderen zu packen, drehte es ihm auf den Rücken und hielt es mit kräftigem Druck dort fest.

Der Dieb schrie.

«Her mit dem Geld», befahl de Gier.

«In meiner Hosentasche», sagte der Dieb. «Ich habe nur sechzig Dollar genommen. Das komische andere Geld habe ich stekken gelassen. Es ist noch im Portemonnaie.»

De Gier suchte nach dem Geld. «Was hast du mit dem Portemonnaie gemacht?»

«In den Müll geworfen, Mann.»

«Dann bring mich mal dahin», befahl de Gier. «Bring mich zu dem Abfalleimer, in den du das Ding geworfen hast.»

Der Müllbehälter stand auf dem *Cherry Hill*. Nachdem der Jogger eine Weile zwischen Zeitungen und leeren Getränkedosen herumgekramt hatte, fand er tatsächlich das Portemonnaie des Commissaris. Er gab es de Gier, der es dankend entgegennahm.

Der Dieb nieste. «Gib mir mein eigenes Geld zurück, Mann. Ich bin krank. Ich muß mir was in der Apotheke kaufen. Ich habe nur sechzig aus dem Ding rausgenommen.»

De Gier nickte. «Verpiß dich, okay?»

«Tut mir leid, Mijnheer», sagte de Gier, als er in die Suite zurückkehrte. «Ich hätte den Inhalt der Geldbörse überprüfen sollen.» Er schnitt eine Grimasse. «Bin wieder mal zu vorschnell gewesen. Die Kreditkarte, die da drin steckt, ist auf jemanden ausgestellt, der in Trinidad & Tobago lebt. Aber es ist holländisches Geld drin. Dadurch habe ich mich täuschen lassen.»

«Zufall?» fragte der Commissaris.

De Gier bemerkte nun das Blitzen in den Augen des Commissaris. Er nickte. «Wie dumm von mir. Wo bewahren Sie Ihr richtiges Portemonnaie auf?»

Der Commissaris trug seine Papiere, eine gültige Kreditkarte und einiges an Bargeld in einem kleinen Halfter unter der Achselhöhle. «Die Kreditkarte ist eine Attrappe», erklärte er. «Wir haben sie einem falschen Touristen abgenommen. Sie ist ungültig. Katrien hat mir geraten, immer etwas Geld dabeizuhaben, damit sie nicht ärgerlich werden, weil sie nichts finden.»

De Gier gab dem Commissaris das Geld, das er dem Jogger abgenommen hatte.

«Zweihundert Dollar?» fragte der Commissaris. «In meinem falschen Portemonnaie waren aber nur sechzig.»

Während der Commissaris sich ausruhte, brachte de Gier das überschüssige Geld zum Central-Park-Precinct.

Der Sergeant an der Rezeption, der de Gier an einen Helden aus einem alten Kriegsfilm erinnerte, ein großer Mann in einem sorgfältig gebügelten blauen Hemd, hob die Augenbrauen. «Sie haben hundertvierzig Dollar gefunden?»

De Gier beschrieb, wie er dem Jogger im Park gefolgt war. Dieser schien ihm in Wahrheit eher ein Dieb zu sein. Er hatte aus der Ferne mit angesehen, wie der Kerl einen kleinen alten Herrn überfallen hatte. Aber er war sich nicht ganz sicher gewesen.

«Unglaublich», sagte der Sergeant.

Und später habe der Jogger einen Teil des Geldes fallen gelassen.

«Gehörte das dem kleinen alten Mann?»

«Ja, aber der hatte nur sechzig Dollar vermißt, und die hat er zurückbekommen.»

Der Sergeant überlegte. «Dann könnte dieses Geld hier anderen Opfern gehören. Aber bisher hat sich noch niemand deswegen gemeldet.»

«Vielleicht kommt ja noch jemand», antwortete de Gier. «Dann können Sie es ihm geben.»

«Können Sie den Jogger beschreiben?»

De Gier tat das und fügte hinzu, der Verdächtige, ein Junkie, der sich krank fühle, werde sicher bald jemand anderen berauben. Der Sergeant gab die Information über Funk an alle Patrouillen im Park weiter. Dann befestigte er das Mikrophon wieder an seiner Halterung. «Was machen Sie hier, Sir?»

De Gier sagte, er sei bei der Polizei in Amsterdam. Er sei hergekommen, um seinem Chef zu helfen, dem es im Augenblick nicht so gutgehe. Sein Chef sei der Chef des Kriminalkommissariats in Amsterdam in den Niederlanden, und er interessiere sich für den Tod eines gewissen Bert Termeer.

«Sie also auch», sagte der Sergeant. «Ich höre ständig von diesem Fall. Die Autopsie hat gezeigt, daß der Mann eines natürlichen Todes gestorben ist. Der Fall wird jetzt abgeschlossen. Wollen Sie mit Sergeant Hurrell sprechen?»

De Gier sagte, er würde gern einmal mit der berittenen Polizistin sprechen, damit er seinen Bericht fertigstellen könne. Ein Neffe des Verstorbenen, ein Kollege von der Amsterdamer Polizei, habe die niederländische Polizei auf den Fall aufmerksam gemacht.

«Ja», antwortete der Sergeant. «Das ist Maggie McLaughlin. *‹Mounted Maggie›.*» Der Sergeant lächelte. «Sie ist im Augenblick im Dienst; aber zum Lunch wird sie herkommen. Sie können sie in einer Stunde sprechen.»

De Gier fragte den Sergeant, ob er selbst im Park patrouilliere.

Der Sergeant bejahte das.

Ob er schon einmal einen Blindenhund gesehen habe, einen großen deutschen Schäferhund?

«Kali», sagte der Sergeant.

«Wie bitte?»

«Eine Hündin, die ‹Kali› genannt wird.» Der Sergeant grinste. «Ein cleveres Biest. Wir haben sie oft gejagt. Hunde ohne Begleitung sind im Park nicht erwünscht. Aber Charlie hat sie adoptiert.»

«Charlie?»

«Ein Kerl, der hier im Park trainiert», erklärte der Sergeant. «Kommt regelmäßig. Wir sprechen manchmal miteinander. Wirkt ziemlich fit. Muskulös. Um die Sechzig. Immer teuer gekleidet. Er scheint gut bei Kasse zu sein. Angenehmer Typ. Und er sorgt gut für den Hund.» Der Sergeant grinste. «Oder umgekehrt.»

«Ist das der gleiche Hund, der auch gelegentlich diesen Termeer begleitete?»

Der Sergeant war sich nicht sicher. Er konnte sich nicht mehr so genau an Termeer erinnern. Es liefen eine Menge weißbärtige Männer in Tweedanzügen herum. Vielleicht hatte er ihn einmal gesehen, vielleicht war der Hund dabeigewesen, vielleicht auch nicht. De Gier sollte besser die Polizistin Maggie fragen.

13

Während de Gier auf das Treffen mit der Polizistin wartete und sich die Zeit damit vertrieb, den Eisbären zuzuschauen, die in ihrem riesigen Aquarium im Zoo des Central Park ihre Kreise zogen, nahm Grijpstra in seinem Dienstzimmer im Amsterdamer Polizeipräsidium das Telefon ab.

«Henk?» Der Commissaris hustete. «Sind Sie es, Adjudant?»

Grijpstra nahm respektvoll die Füße von seinem zerbeulten Metallschreibtisch. «Ja, Sir. Ist alles in Ordnung? Ist de Gier angekommen? Wie geht es ihm?»

Der Commissaris sagte, er selbst habe sich schon besser gefühlt und de Gier habe einen Jogger ausgeraubt und würde nun einen Teil der Beute auf der Wache am Central Park abliefern.

Grijpstra ließ sich zurücksinken, bis sein Kopf an der Wand lehnte. «Sie sind krank, und de Gier ist verrückt geworden?»

«Uns beiden geht es gut», antwortete der Commissaris. «Tut mir leid, daß ich Sie wegen des Golfballs zu diesem Verrückten geschickt habe, Henk. De Gier hat mir erzählt, daß Sie danach mit dem Hoofdcommissaris gesprochen haben. Ich hoffe, es gab keine Unannehmlichkeiten?»

Grijpstra berichtete.

«Ich wünschte, ich könnte sagen, daß ich euch tatsächlich aus teuflischer Schläue in diesen angeblichen Mordfall im Golfclub Crailo verwickelt hätte», sagte der Commissaris. «Aber das stimmt nicht so ganz. Meine Annahmen waren größtenteils falsch. Im Central Park wird genausowenig wie in jedem anderen öffentlichen Park auf der ganzen Welt Golf gespielt. Das hätte ich eigentlich wissen müssen.»

Grijpstra grunzte.

«Können Sie mir noch einmal vergeben, Adjudant?» Der Commissaris hustete wieder. Er legte die Hand auf den Hörer.

«Ist schon in Ordnung, Mijnheer.»

Eine Pause trat ein.

«Grijpstra?» setzte der Commissaris wieder an und veränderte unter Schmerzen seine Körperhaltung, während er auf dem Himmelbett in der Suite lag. «Nur um meine unstillbare Neugierde zu befriedigen: Zu welchem Schluß sind Sie mittlerweile gekommen?»

«Über Baldert und seinen Baron, Mijnheer?»

«Ja. Nun sagen Sie schon.»

«Ich glaube, Baldert fühlt sich um seine gerechte Strafe betrogen, Mijnheer.»

«Aber hatte Baldert den Mord denn geplant?»

«Wahrscheinlich», sagte Grijpstra. «Und dann überlegte er es sich im letzten Augenblick anders. Oder er zögerte, wodurch er sich selbst in Verwirrung brachte und dann das Ziel verfehlte. Doch dann ist der Baron trotzdem gestorben, und nun ist Baldert verrückt geworden.»

De Gier hat mir schon von dem Fall erzählt», sagte der Commissaris. «Gestern beim Sushi-Essen. Ihm wurde schon wieder schlecht, als er an den Aaleintopf dachte.»

Grijpstra lachte.

«De Gier glaubt, dies sei einer der Fälle, in denen der mutmaßliche Schuldige sich nicht über seine eigene Schuld im klaren ist», erklärte der Commissaris. «Hat er gesündigt oder nicht, das ist hier die Frage.» Er lachte. «Wie könnten wir ihm helfen?»

«Wie wir uns selbst dabei helfen können, uns lächerlich zu machen?» fragte Grijpstra. «Baldert braucht unsere Hilfe, damit er seinen großen Tag vor Gericht bekommt. Die Verteidigung fragt den Richter, was die Fahndung da für ein merkwürdiges Zeug faselt. Der Richter fragt daraufhin uns. Wir wissen es auch nicht. Baldert wird freigesprochen und hat sein Gewissen auf Kosten des Gesetzes reingewaschen. Und wieder einmal stehen wir als die Tölpel da.»

«Gut gesagt», bestätigte der Commissaris. «Haben Sie Zeit, noch ein wenig mit mir zu reden, Adjudant? Nicht daß Nellie mit dem Abendessen auf Sie wartet.»

«Ich habe mich mit Nellie gestritten», sagte Grijpstra. «Da ich wieder einmal im Unrecht war, bestrafe ich mich selbst, indem ich mich in leeren, kalten Räumen aufhalte, notdürftig beleuchtet von einer trüben Glühbirne, die von einer abblätternden Decke herabhängt.»

«Ich dachte, die hätten Sie erst vor kurzem zusammen mit de Gier gestrichen», bemerkte der Commissaris.

«Das war ein Teil von einem Gedicht, das ich zusammen mit einem Türken an einer Straßenbahnhaltestelle verfaßt habe.»

Der Commissaris sagte, es tue ihm leid zu hören, daß Grijpstra und der Türke unter Depressionen gelitten hätten. Dann kam er zur Sache. Während Grijpstra gelegentlich «hm, hm» und «ha» einwarf, erläuterte der Commissaris seine Sicht der Dinge. Seine Sicht war, daß Balderts Verwirrung ein Phänomen war, das eher in monarchistischen Territorien wie beispielsweise dem Königreich der Niederlande auftrete als in einer unroyalistischen Demokratie wie derjenigen, in der der Commissaris sich im Augenblick befand. Baldert verband wahrscheinlich mit der Vorstellung, vor ein königliches Gericht gestellt zu werden, eine gewisse Hoffnung. Denn was war eine Königin? Die Königin war zwar selbst nicht göttlich, aber sie war Gottes Repräsentantin in den Niederlanden. «Das Geheimnis der Krone», deklamierte der Commissaris. «Vorväter wie unser Staatsmann Thorbecke bauten absichtlich diese Brücke ins Jenseits in unser Rechtssystem ein.»

Grijpstras «Hm» drückte Interesse aus.

«Unsere Rechtssprache ist der Beweis dafür», erklärte der Commissaris. «Unter unserer Gesetzgebung können Gesetzesbrecher als verrückte Kriminelle abgestempelt und in ein Irrenhaus eingewiesen werden, ‹zum Wohlgefallen der Königin›. Das ist es, was ich meine, Adjudant. ‹Zum Wohlgefallen der Königin› hört sich wesentlich besser an als ‹für unbegrenzte Zeit› oder sogar, wie ich es hier in der Zeitung gelesen habe, ‹lebenslänglich›. Sobald man eine königliche Person in die Gesetze hineinbringt, eine Königin, eine göttliche Mutter, breitet sich sogleich ein Gefühl der Wärme, der göttlichen Liebe aus. Außerdem stehen auch wir selbst besser da. Als Polizisten sind wir die Diener der Königin. Ein Mann wie Baldert möchte, daß wir ihn in eine höhere Sphäre befördern, wo die Dinge endlich sinnvoll erscheinen, wo es ein absolut Gutes und Schlechtes gibt und einen von der Königin beauftragten Richter, der ihm den Unterschied zwischen beidem erklärt. Baldert möchte, daß wir unsere Funktion als Engel erfüllen.» Der Commissaris hustete. «Hier wäre es schwieriger, das zu tun.»

Grijpstra bekundete Neugierde. «Warum?»

«Warum, Adjudant? Weil hier *das Volk* das Volk bestraft.»

«Mein Gott», sagte Grijpstra und klang dabei echt schockiert.

«Sehen Sie?» fuhr der Commissaris fort. «Selbst Sie, ein Zyniker, sind über eine solche Einfältigkeit entsetzt. Nun denn, Adjudant, worauf ich eigentlich hinauswill und worauf ich jetzt kommen werde, ist unser angeblicher Central-Park-Mordfall. Ich möchte, daß Sie und Cardozo jetzt folgendes tun. Vielleicht gibt es keinen Mörder, aber es gibt eine ziemlich übel zugerichtete Leiche. Ich möchte, daß Sie sich mit dem Hintergrund dieser abgetrennten Körperteile befassen.»

«Ich dachte», wandte Grijpstra ein, «daß wir kurz davor stehen, uns aufgrund der vorliegenden Fakten dazu durchzuringen, dem Neffen zu sagen, daß es keinen Mordfall gibt, Mijnheer.»

«Die NYPD ist dabei, den Fall abzuschließen», antwortete der Commissaris, «aber ich fühle mich immer noch nicht wohl damit. Diesmal sollen Sie nicht hinter Phantomen herjagen. Ich möchte, daß Sie ein paar Hintergrundrecherchen durchführen. Ich habe vor, zusammen mit de Gier einen gewissen Charlie aufzusuchen, Termeers Vermieter. Er soll uns das Apartment und die Geschäftsräume des Toten zeigen. Ich habe gehört, daß die beiden zusammen ein Gebäude bewohnt haben. Vielleicht bekommen wir ein paar Ideen, Hinweise, was auch immer, wenn wir durch die Räume schlendern, in denen das Opfer gelebt hat. Wenn ich eine bessere Erklärung dafür finde, wie Termeer dazu kam, in die Azaleenbüsche zu hüpfen...»

«Aber *warum* fühlen Sie sich bei der Sache nicht wohl, Mijnheer?» fragte Grijpstra. «Wir haben hier harte Fakten. Das Opfer hat sich regelmäßig überanstrengt, selbst noch nach der Herzoperation, Bypass und so weiter. Die Operation ist eine Tatsache.» Grijpstra wedelte mit einem Dokument zum Telefon hin. «Sie haben mir den Autopsiebericht zugefaxt, erinnern Sie sich? Der New Yorker Gerichtsmediziner hat die Narben identifiziert. Hier, direkt vor mir, auf offiziellem Amtspapier...»

«Ja», sagte der Commissaris beschwichtigend. «Ich weiß...»

«Also dann», fuhr Grijpstra fort. «Wir haben einen alten Mann, der *in Parks herumhüpft*, was bedeutet, daß er wie ein Verrückter herumläuft und tanzt – um Himmels willen. Während einem solchen Anfall erschreckt das Opfer ein Pferd und wird von dessen Huf getroffen. Genau so steht es hier, Mijnheer...» Grijpstra wedelte mit seinem eigenen Bericht. «...Termeer stolpert nun umher. Passanten, zuverlässige Zeugen, die von de Gier und mir selbst befragt wurden, gebildete Leute aus guten Verhältnissen, setzen ihn auf eine Parkbank. Das Opfer erholt sich nun scheinbar, und die guten Samariter verlassen den Mann. Doch muß Termeer wohl einen Rückfall bekommen haben, denn seine Leiche wird am nächsten Morgen unter den Azaleen gefunden, ein ganzes Stück vom Weg entfernt. Also? Der alte Knabe stolpert in die Azaleen in der Nähe, bricht zusammen und stirbt. Was soll denn sonst passiert sein? Mittlerweile war niemand mehr anwesend. Die Aufmerksamkeit der Parkbesucher war durch verschiedene Veranstaltungen in Anspruch genommen. Todesursache? Herzanfall. Das hat der Leichenbeschauer gesagt.»

Schweigen.

«Mijnheer?» fragte Grijpstra.

«Für den Leichenbeschauer war nicht mehr viel zu untersuchen da», sagte der Commissaris. «Ich habe Ihnen Fotos von der Leiche zugefaxt, Adjudant. Ein paar Stücke hier und da. Die oberen Teile der Oberschenkel und der untere Teil des Rumpfes fehlten.»

«Der größte Teil der Brust war noch da», entgegnete Grijpstra. «Das Herz ist in der Brust. Der Gerichtsmediziner erwähnt einen Herzinfarkt als Todesursache. Brauchen wir denn wirklich noch mehr Informationen, Mijnheer?»

«Ja.»

«Gibt es tatsächlich Waschbären im Central Park, Mijnheer?»

Sie diskutierten über Waschbären. Grijpstra sagte, er habe gehört, daß Waschbären aus einer Pelztierfarm in Deutschland freigelassen worden seien, deren Besitzer Hermann Göring gewesen sei. Dieser habe die Zucht jedoch aufgegeben, weil er im Nazi-Geschäft besseren Profit hätte machen können. Die Tiere hätten sich mittlerweile bis nach Polen und Holland ausgebreitet. «Vielleicht werden sie bald im Vondelpark ankommen», bemerkte Grijpstra mißmutig. «Sie sehen niedlich aus mit ihren Gesichtsmasken, aber sie sind Teufel, Mijnheer. Waschbären durchwühlen den Abfall, und wenn man sie wegjagen will, fallen sie einen in der eigenen Küche an.»

«Teuflische Mitbewohner der Zukunft», sagte der Commissaris mit offensichtlichem Vergnügen. «Sie werden sicher nicht soviel Horror und Terror verbreiten wie unsere eigene Spezies, das steht fest.»

Nachdem der Commissaris den Telefonhörer aufgelegt hatte, sann er eine Weile nach. War in dem Gespräch zwischen ihm und Grijpstra irgend etwas aufgetaucht, das mit dem immer wiederkehrenden Alptraum von der augenlosen Straßenbahnfahrerin in Zusammenhang stand? Irgendein Hinweis, der seine Angst hätte lindern können? Ahnungen, Gedankensplitter, sogar vollständige logische und akzeptable Schlußfolgerungen schienen unmittelbar unter der Schwelle seines Bewußtseins dahinzutreiben.

Der Commissaris lehnte sich auf die federnde Matratze seines riesigen Himmelbetts zurück und versuchte, sich zu konzentrieren. Warum glaubte er, er solle auf etwas achten, das überhaupt nicht existierte?

Er glitt wieder in den Schlaf hinein. Sogleich stand ihm der

Traum von dem straßenbahnfahrenden Todesengel vor Augen. Diesmal sang die Gestalt auch noch.

Der Gesangspart wurde von den Nachbarn des Commissaris auf dem Koninginneweg in Amsterdam übernommen. Die Frau war Chinesin, eine erfolgreiche Künstlerin, der Mann ein bekannter niederländischer Orientalist. Beide waren Buddhisten. Der Professor und seine Frau sangen jeden Morgen in ihrem Tempelraum, der unmittelbar neben dem Schlafzimmer des Commissaris lag, Sutras. Diesen exotischen Gesängen zuzuhören war für ihn zu einem täglichen Vergnügen geworden. Besonders gut gefiel ihm das «Maka Hannya Haramita», ein Begriff, der, wie er gehört hatte, mit dem Erlangen von «tiefgründiger Einsicht» zu tun hatte. Während eines köstlichen Hummer-Diners mit den Nachbarn, einem sehr erfreulichen Abend, hatte Su-hon, die Chinesin, erklärt, sie und ihr gelehrter Ehemann würden den Tag mit einer Rezitation des Herz-Sutras beginnen, das sie als den grundlegendsten buddhistischen Text, der jemals formuliert worden sei, bezeichnete. Sie übersetzte ein paar Strophen – das Sutra war ziemlich kurz –, wobei sie eine kleine hölzerne Handtrommel schlug, um die Betonung richtig zu setzen.

Die Zeilen, an die der Commissaris sich erinnerte, als er aufstehen und zum Bad gehen mußte, waren Teil eines Dialogs zwischen Avalokiteshvara, einem Bodhisattva, der von seinen Meditationen in höheren Bereichen zurückkehrt, und Sariputra, einem weniger hochentwickelten Buddha-Geist.

Im Verlauf des Sutras gibt der Bodhisattva den Ton an. Avalokiteshvara möchte seinem Schüler die folgende grundlegende Entdeckung vermitteln:

Sariputra, Form ist nichts anderes als Leere,
und Leere ist nichts anderes als Form.
Form ist nicht verschieden von Leere,
und Leere ist nicht verschieden von Form.

Wundervoll, dachte der Commissaris. Und was nun? Und was nun *nicht*? Die Idee der Leere gefiel ihm. Wenn etwas nicht da ist, braucht man sich keine Sorgen darum zu machen, es zu erhalten oder zu schützen. Der Bodhisattva und sein Schüler befanden sich jedoch auf einer höheren Ebene der Existenz. Der Commissaris vermochte von seiner niederen Position als inkarnierter Mensch aus nur die leeren Aspekte seines Falles zu sehen, die kleinen gemeinen Schlupflöcher. Wie konnte man die Sache umdrehen und diesen Teilen von Leere Form geben?

«Stelle dir das fehlende Stück vor», forderte der Commissaris sein Spiegelbild im Bad auf, «und zwar hier, auf deiner niederen Ebene.»

14

Mounted Maggie, wie der wachhabende Sergeant sie genannt hatte, kam verspätet von ihrer Patrouille zurück. Als sie den Vorraum des Precincts betrat, schien sie angenehm überrascht beim Anblick von de Gier. «Sie sind der ausländische Polizist?»

De Gier war ebenfalls angenehm überrascht. Maggie war eine gutaussehende Frau, die außerdem intelligent wirkte. Er erklärte den Grund seiner Anwesenheit. Daraufhin wirkte sie wesentlich reservierter. «Dieser alte Kerl, der immer wie eine Statue herumstand und dann plötzlich loshüpfte. Ich habe ihn Fritz genannt. Fritz wird uns wohl nie in Ruhe lassen. Haben Sie die schrecklichen Fotos gesehen?» Sie schüttelte angeekelt den Kopf. «Die Urban Rangers sagen, die Waschbären seien mittlerweile zu einer richtigen Plage geworden. Ich selbst habe sie noch nie gesehen. Diese Biester schleichen hauptsächlich nachts durch die Gegend. Wir sollten sie mit Jagdhunden und Scheinwerfern jagen, so wie die Leute auf dem Land es tun.»

Maggies Pferdeschwanz wippte, während sie neben ihm herging. «Und Sie sind extra aus Amsterdam hierhergekommen? Was ist denn nur so besonders an diesem alten Mann?»

De Gier schlug Maggie vor, sie könnten zusammen Mittag essen, doch Maggie war noch in Uniform und wollte zuerst nach Hause und sich umziehen. Sie bewohnte zusammen mit einer anderen berittenen Polizistin im Westen der 12. Straße ein Apartment.

Während sie gemeinsam zu ihrem Auto gingen, einem zerbeulten Jeep, der hinter dem Gebäude an der Kreuzung der 85. Straße und der Transverse stand, stellte sie de Gier Fragen. Er bleibe also nur ein paar Tage. Er kenne also niemanden außer seinem Vorgesetzten, der im Cavendish-Hotel wohne («Aber das kostet doch tausend Dollar pro Tag. Hat Ihr Chef Beziehungen?»). Aha, er sei nicht verheiratet. Ob er einen Freund habe? Nein? Ob er Sport möge? Judo? Wirklich? Und wo er wohne?

Sie wohnten nicht weit voneinander entfernt. Sie setzte ihn an der Ecke 14th Street und Eighth Avenue ab. Als er aus dem Jeep stieg, berührte sie seinen Arm. «Mögen Sie italienisches Essen? Finden Sie sich hier zurecht? Haben Sie Lust, mich in Soho zu treffen? Ecke Prince und Sullivan Street, in einer Stunde, okay?»

Beunruhigt ging de Gier zu Fuß zu dem Restaurant. Die sorglosen Zeiten waren nun wohl vorbei. Er fühlte sich gar nicht mehr wohl dabei, wenn attraktive Frauen ihm ihre Bereitwilligkeit signalisierten. Ob sie wohl glaubte, Europäer seien aufregende Liebhaber? Er hätte ihr sagen sollen, er sei verheiratet. Wahrscheinlich erwartete sie von ihm Spitzenleistungen. Daß er es über eine Rekordzeit schaffte. Oder daß er merkwürdige Sachen machte wie an den Zehen saugen, während sie französische Harmonikamusik von einer CD abspielte.

De Gier fühlte sich schläfrig. Er hatte eine Vision von seinem ruhigen Apartment in der Horatio Street. Dort konnte er die Fenster öffnen und den Vögeln zuhören. Tee trinken. Sich über Kopfhörer Miles Davis anhören. Ein Nickerchen machen.

Während er die Greenwich Avenue hinunterging, wurde er von Männern in schwarzer Lederkleidung, in Safarianzügen, in Reithosen und übergroßen Leinenhemden, in Latzhosen und mit nach hinten gedrehten Baseballmützen angestarrt. De Gier blieb stehen und konsultierte den Stadtplan, um Angeboten, ihm den Weg zu zeigen, zuvorzukommen. «Ich bringe Sie überallhin, wohin Sie wollen, Mistah Macho. Sind Sie nicht von hier?»

«Nein, danke», lehnte de Gier das Angebot eines Bodybuilders mit Strohhut, indonesischer sepiagrüner Weste und sehr kurzen Shorts ab. «Ich glaube, ich weiß, wohin ich gehen muß.»

Maggie sah großartig aus; auf eine unaufdringliche Art sexy, in einem engsitzenden geblümten Kleid. Sie wartete schon im Restaurant. Das Restaurant war mit Plakaten von Fellini-Filmen und mit riesigen, großblättrigen Pflanzen dekoriert. Die Möblierung bestand aus schweren lackierten Kiefernmöbeln. Das Ganze wirkte sehr rustikal. Die Kellner trugen Schürzen und Fliegen und schienen vorzugsweise mit einer Hand hinter dem Rücken herumzugehen. Während er die 20 Dollar teuren Spezialitäten an der Tafel studierte, sagte Maggie ihm, das Essen gehe auf ihre Rechnung. Sie sei schon lange nicht mehr Essen gewesen, und sie fühle sich wegen Termeer schrecklich. «Ich hätte meinen Job besser machen können.»

Als sie merkte, daß er Probleme hatte, die Speisekarte zu verstehen, übersetzte sie die Namen einiger der interessanteren Spaghettisoßen. «Mein Exmann ist italienischer Koch. Wir haben uns kaum gesehen, weil wir ständig unterschiedliche Arbeitszeiten hatten. In dieser Stadt kann man sich leicht auseinanderleben.»

Kinder?

Keine Kinder.

Ob de Gier verheiratet sei?

Nein.

Aus einem bestimmten Grund?

Wegen der Dinge, erklärte de Gier, während sie sich ein Antipasto teilten. Es war nicht nur die Ehe; mit der Ehe stelle sich das Bedürfnis ein, Dinge anzusammeln, und dann folgte die Notwendigkeit, sich über den Verlust von Dingen Sorgen zu machen. Dinge wogen schwer. Dann gab es monatliche Raten. Und dann kam die Angst.

«Sie kommen mit der Ehe nicht zurecht?»

De Gier bestätigte das.

Maggie schaute von ihren schwarzen Oliven auf. «Wollen Sie keine Kinder haben?»

«In Holland?» fragte de Gier. «Was soll ich denn machen, wenn sie keine Lust haben, übereinandergestapelt zu werden? Wohin soll ich sie denn stecken? In ein Loch in einem Deich? Und was ist, wenn sie nicht übereinandergestapelt bleiben wollen? Ich selbst will es auch nicht.»

«Wohin würden Sie denn gehen wollen?»

Nach Papua-Neuguinea, dem am weitesten entfernten Ort. Sie wisse sicher nicht, wo das sei.

«Nördlich von Australien», sagte Maggie. «Meine Schwester segelt in dieser Gegend, nach Milne Bay vor Brisbane. Ihr Mann hat einen Schoner. Sie fahren Touristen gegen viel Kohle herum. Dort gibt es Piraten-Kannibalen in Kanus mit rasiermesserscharfen Paddeln.»

Dahin wollte de Gier.

«Um Platz für Ihre Kinder zu haben?»

Nur einen Hund wollte er vielleicht mitnehmen. De Gier hatte noch nie einen Hund gehabt. Er wollte das gern einmal ausprobieren.

«Dort essen sie die Hunde», sagte Maggie. «Das hat Kathleen in ihrem letzten Brief geschrieben. Die Kannibalen halten Hunde, um sie zu essen. Es gibt keine Kühlanlagen. Wenn die Familie Fleisch essen will, nimmt Pa einen Stock und jagt Fido. Aber ihre Kinder essen sie nicht. Die könnten Sie sich also halten.»

Er *wollte* aber keine Kinder.

«Aber Sie sehen gut aus», sagte Maggie, «und außerdem wirken Sie auch intelligent. Sie könnten den Gen-Pool verbessern.»

Während er seinen Becher mit dem Hauswein, weißem trokkenem Kalifornier, hob, murmelte er: *«Fok the Gene-Pool.»*

Sie lachte. «Sie haben einen niedlichen Akzent. Aber abgesehen davon, ich will auch keine Kinder. Früher habe ich das einmal anders gesehen, aber Kinder bringen sich heute schon gegenseitig in der Schule um. Sind Sie ein Egoist? Unfähig, mit anderen zu teilen?»

De Gier sagte, er würde seine Katze mögen, um die sich nun die Freunde kümmerten.

«Sie haben also Freunde? Sie pflegen gesellschaftlichen Kontakt?»

De Gier wirkte entsetzt. «Sie meinen, ob ich Leute besuche?»

«Tun Sie das nicht?»

«Was nicht tun?»

«Sie sind nicht schwul?»

De Gier schüttelte den Kopf. «Ich bin ziemlich beschäftigt.»

«Sie sind ein Frauenheld?» Sie lächelte. «Sie ziehen durch die Single-Bars.» Sie lächelte wieder. «Aber das brauchen Sie eigentlich nicht, oder? Sie wollen nicht, daß sich Frauen in Sie verlieben. Daß sie von ihren hohen Pferden auf Sie herabspringen?»

Gütiger Gott, dachte de Gier. Oder *wer auch immer* da oben sein mochte. Hilf!

Maggie schüttelte ihren Kopf. «Irgendwann kommt das Alter, wissen Sie, und die Einsamkeit.»

Er machte eine abwehrende Geste. «Ich weiß. Wir sind dazu geschaffen worden, uns in Herden zu bewegen.»

«Wissen Sie, warum ich eine Mountie geworden bin?» fragte Maggie. «Um mich von dem fernzuhalten, was hier passiert. Ich wollte auf die Dinge hinabschauen. Zuerst war ich im Streifendienst. Ich habe überall gearbeitet. Im Auto, sogar auf dem Fahrrad, und immer mußte ich alte Leute in ihren kleinen Apartments aufsuchen, immer allein, immer im Sterben oder schon tot oder einfach ekelhaft. Immer ist der Fußboden verschlissen, und manchmal bewegen sich die Wände, weil die Küchenschaben übereinanderkrabbeln. Und dann diese Gerüche! Durchgerostete Kühlschränke, gefüllt mit... igitt!...» Sie gestikulierte. «... Ratten, die im verrosteten Geschirrspüler rumoren...»

Er kannte das. In Amsterdam war es genauso. Nur daß es dort nicht so viele Geschirrspüler gab. Dafür reichlich Ratten. Er hatte Ratten zu einem Vogelkäfig hochspringen sehen, in dem ein toter Kanarienvogel lag. All diese schauerlichen Details.

De Gier schaute mit seinen sensiblen großen braunen Augen in Maggies sensible schräge grüne Augen.

«Also?» fragte Maggie.

Er grinste. «Also was? Am Ende steht immer der Tod. Der Tod scheint nie besonders angenehm zu sein. Die Geburt ist auch nicht gerade ein Spaß, aber dazwischen ist die Suche.»

Einen Augenblick lang wurde er kokett. «Dann ist da diese wunderschöne Begleitung.»

Maggie bedankte sich. «Sie sehen auch nicht schlecht aus. Ist der Schnurrbart echt?»

Als sie bei Mocacinos mit Schlagsahne angekommen waren, brachte er das Gespräch auf Termeer.

«Ich hatte geglaubt, ich wäre mit toten alten Leuten endlich fertig – daß Jagger mich aus dem Elend herausholen würde. Er ist ein nettes großes Pferd.» Maggie lächelte. De Gier bemerkte, daß ihre Lippen von der Sorte waren, mit denen man für einen Lippenstift hätte werben können. «Jagger hat mir dabei aber leider überhaupt nicht geholfen. Im Gegenteil. Jagger hätte Fritz fast verletzt. Jagger ist ein besonders großes Pferd. Gewöhnlich ist er friedlich. Aber Fritz hatte mal wieder so komisch herumgestanden, wie Merkur persönlich...»

«Merkur?» fragte de Gier.

Sie nickte. «Ja, wie dieser griechische Gott. In der Botschafter-Pose. Auf einem der Gebäude in der Innenstadt gibt es eine Merkur-Statue. Ich weiß nicht mehr genau, wo das ist. Eine nackte Männergestalt, mit einem Bein in der Luft, einem Arm nach vorn gestreckt, einem Arm zurück, auf dem erhobenen Kopf einen Helm mit Flügeln.»

De Gier wechselte in seine mitfühlende Befragungsmethode über. «Ja, diese Haltung muß ziemlich ermüdend sein.»

«Dieser komische alte Kauz hielt es ziemlich lange durch.» Maggie zog eine Grimasse. «Fritz hat Jagger zum Narren gehalten. Ich glaube, Tiere haben Schwierigkeiten, Objekte zu sehen, die sich nicht bewegen. Fritz fing also plötzlich an, wie ein hysterisches Kind herumzuspringen. Da kann man Jagger eigentlich keinen Vorwurf machen. Warum mußte er denn unbedingt diesen schönen Sonntag verderben? Wir hatten alle unseren Spaß.» Sie starrte durch de Gier hindurch; offensichtlich war sie zu jenem sonnigen Sonntagmorgen im Central Park zurückgekehrt. Sie erzählte ihm von der wundervollen Ballonkonstruktion, dem riesigen Dinosaurier, der sich im Wind bewegt und dadurch sehr lebendig gewirkt hatte. Alle Kinder hatten geschrien, wenn der große Kopf des Tiers sich auf sie zubewegte.

Und dann waren da die Park-Stompers mit ihrer Dixieland-Musik und ihrem Blues gewesen und die Möchtegern-Filmstars auf dem Weg zum Wettbewerb, und dann plötzlich dieser Horror. Ausgerechnet da war Fritz hochgesprungen.

De Gier schaute sie mitfühlend an.

«Jaggers Huf hat ihn nur gestreift», sagte Maggie. «Ich stieg ab, um festzustellen, ob alles mit ihm in Ordnung war. Er sagte immer wieder, es sei alles in Ordnung, ich solle mir keine Sorgen machen.»

Maggie runzelte die Stirn. «Ich entschuldigte mich bei ihm und bot ihm sogar an, einen Krankenwagen zu bestellen. So etwas sollte auf keinen Fall passieren, daß ein Polizeipferd einen Zivilisten verletzt. Ich wäre bereit gewesen, auf dem Precinct anzurufen, damit ein Vorgesetzter sich die Sache anschaute.» Sie schüttelte wieder den Kopf. «Aber Fritz sagte, alles sei in Ordnung.»

«Keine Übelkeit, kein Schock, nichts?»

Maggies Pferdeschwanz schwang hin und her. «Er sagte, mit ihm sei alles in Ordnung.»

«Und was geschah dann?»

Maggie erinnerte sich an ein älteres Touristenehepaar, das den gleichen Akzent gehabt hatte wie de Gier und das sie mit Beschwerden belästigt hatte. Sie war irgendwann davongeritten, doch das Paar hatte sie zurückgeholt. Fritz saß nun schon auf einer Bank. Er wirkte ein wenig müde. Sie hatte keine Lust, wieder mit ihm zu reden, und dem Paar deshalb gesagt, es solle «sich um seinen eigenen Kram kümmern».

«Das war ein Fehler», sagte Maggie. «Fritz ging es nämlich keineswegs gut.» Maggies Pferdeschwanz hüpfte wieder herum. «Die Untersuchung auf dem Precinct hat mich entlastet, aber ich fühle mich trotzdem schlecht.»

De Gier fragte sie nach dem Blindenhund namens Kali.

Maggie glaubte, den Hund an jenem Sonntag gesehen zu haben, möglicherweise mit einem Mann namens Charlie. Sie kannte Charlie. Das war ein älterer Mann, sehr muskulös, der im Park trainierte. «Zieht ein Bein hinter sich her, aber nicht besonders schlimm. Er sollte besser einen Stock benutzen.»

Maggie wußte nicht, ob Fritz und Charlie einander kannten.

Vielleicht hatte sie den Hund auch schon einmal mit Fritz gesehen; sie konnte sich aber nicht mehr daran erinnern. Kali lief oft allein herum, was im Park nicht erlaubt war. Hunde sollten grundsätzlich an der Leine bleiben. Sie hatte mit Charlie darüber gesprochen, aber man wußte ja, wie diese Burschen waren. «Jawohl, Ma'am ... *fuck you, Ma'am.*»

Ob Charlie das gesagt hätte?

Nein, aber gedacht.

Ja, sagte Maggie jetzt, sie sei ziemlich sicher, daß sie Charlie und den Hund an jenem Tag gesehen habe, als Fritz von Jaggers Huf gestreift worden war.

Nach dem Essen, für das sie ihn nicht bezahlen lassen wollte, machten sie einen Stadtbummel. Das Wetter war sehr angenehm. Sie führte ihn durch die Prince und die Spring Street, damit er sich die Schaufenster anschauen konnte, in denen viele Bilder ausgestellt waren. Sie tranken Kaffee in einem Café am West-Broadway. Um fünf Uhr nahm sie ihn mit zu einem Videoverleih.

«Haben Sie heute abend frei?»

Er rief von dem Videoladen aus im Cavendish an. Der Commissaris hatte sich nach dem Vortrag hingelegt. «Sind Sie noch bei der berittenen Dame, Brigadier?»

«Ich kann jederzeit kommen», entgegnete de Gier hoffnungsvoll. «Wollten Sie nicht heute abend in Tribeca nach dem Rechten schauen, dort, wo Termeer gelebt hat?»

Der Commissaris hatte Charlie erreicht, dessen Telefonnummer er von O'Neill erhalten hatte. «Morgen abend, Brigadier. Sie haben heute abend frei. Viel Spaß. Bringen Sie die Dame zum Reden. Vielleicht erfahren wir auf diese Weise etwas Neues.»

«Geht es Ihnen gut, Mijnheer?»

Dem Commissaris ging es etwas besser. Er wollte sich ausruhen, versuchen, das Fieber herunterzubekommen. Der Hotelboy Ignacio hatte ihm ein Buch von einem mexikanischen Kriminalschriftsteller geliehen. «‹No Happy Ending› von Ignacio Paco Taibo II. Ein bedeutungsvoller Titel, Brigadier.»

«Ein Mexikaner, der auf englisch schreibt?»

Der Commissaris schaute im Buch nach. «Übersetzt. Es ist wirklich gut. Der mexikanische Background macht es noch interessanter. Gut geschrieben ist es auch. Möchten Sie es auf spanisch lesen? Ignacio hat gesagt, es gebe hier einen spanischen Buchladen. Vielleicht kann er Ihnen ein spanisches Exemplar besorgen.»

De Gier klang müde. «Ich lese keine Kriminalromane.»

«Snob.» Der Commissaris erhob einen belehrenden Finger. «Sie versäumen es, sich mit ethischen Fragen zu beschäftigen, mit der Spannung zwischen Libido und Über-Ich, der Suche nach essentiellen Werten – sofern es solche gibt, natürlich –, mit der Relativität unserer Wertvorstellungen, den andersartigen und oft kontroversen moralischen Anschauungen gesellschaftlich isolierter Gruppen, mit psychologischen Erkenntnissen, Studien über Tiere und Stammesbräuche, mit dem Konzept der Polizei als einer uniformierten Mafia, dem Gebrauch von Magie beim Verbrechen...»

«Über all das schreibt Taibo?»

Der Commissaris klopfte auf das Buch. «Über einiges davon. Eine ganze Menge sogar. Es gibt auch eine Verbindung zu unserem Fall, glaube ich, aber ich habe das Buch noch nicht zu Ende gelesen...»

«*No Happy Ending?* Glauben Sie, daß unser Fall nicht gut ausgehen wird, Mijnheer?»

Der Commissaris hustete.

«Aber wenn Sie Fieber haben», sagte de Gier, «sollte ich vielleicht doch zu Ihnen kommen.»

«Ach, das ist nicht der Rede wert», wehrte der Commissaris ab. «Machen Sie sich einen schönen Abend. Sie können ja zum Frühstück herüberkommen.»

«Ja», antwortete de Gier unglücklich.

Er hängte ein. «Ich habe frei.»

«Gut.» Maggie grinste. «Möchten Sie sich einen Film anschauen? Meine Zimmergefährtin ist heute abend nicht da. Sie besucht ihre Mutter in Brooklyn.»

Maggies Lieblingsheld war Mel Gibson. Sie und de Gier schauten sich gemeinsam das Sortiment des Ladens an. Sie empfahl «Ein Jahr in der Hölle», und de Gier stimmte zu, doch dann fand er «The Road Warrior» und las den Covertext. Bizarr–Action–Australischer Outback–Surrealistisch.

«Möchten Sie das sehen?»

De Gier versuchte sich zu erinnern, wer derjenige gewesen war, der bizarre australische Actionfilme besonders mochte. Johan Termeer! De Gier glaubte nicht, daß er den gleichen Geschmack hatte wie der junge Termeer. Der Kerl war Friseur und außerdem schwul. Aber er war auch Polizist. Stark. Jemand, der es mit einem jugoslawischen Gangster aufgenommen hatte. De Gier zögerte. Warum sollte er sich einen zweifelhaften Film anschauen, wo es doch genügend gute gab... Er war hier in Woody Allens Heimat, und er hatte noch nie «Der Stadtneurotiker» gesehen.

Maggie sagte, sie könne sich unmöglich noch einmal «Der Stadtneurotiker» anschauen. Sie lieh «The Road Warrior» aus. «Da geht's zur Sache. Es macht mir nichts aus, ihn noch einmal zu sehen. Er wird Ihnen gefallen.» Sie lachte. «Da gibt es ein Paar, das es im Zelt treibt, und dann heult ein Auto auf, und weg ist das Zelt. Sie sollten die Gesichter der beiden sehen. Und dann ist da so ein Kerl, der Hundefutter aus einer Dose ißt, in einem toten Baum sitzt und den Feind durch ein altes Messingteleskop beobachtet. Mein kleiner Bruder hat sich von dieser Szene inspirieren lassen. Er fand ein Teleskop, besorgte sich eine Kiste Chappi, und dann mußte ihn die Feuerwehr aus einem Baum holen.»

15

«Der Commissaris möchte mehr über Termeers Vergangenheit wissen», sagte Adjudant Grijpstra zu Simon Cardozo. «Der Mann hat seine Heimat vor zwanzig Jahren verlassen und ist nach Amerika übergesiedelt. Er ist nie wieder zurückgekommen. Du bist doch ein intelligenter junger Mann, Cardozo. Wo sollen wir anfangen?

Cardozo grinste.

«Vielleicht hat Termeer Golf gespielt?»

Grijpstra tippte Cardozo leicht gegen den Arm. «Bist du immer noch sauer darüber, daß wir dich nicht zum Golfclub in Crailo mitgenommen haben?»

«Erstens hätte ich euch darauf hingewiesen, daß im Central Park kein Golf gespielt wird», sagte Cardozo, «und außerdem hätte ich...»

«Bert Termeers Vergangenheit», brüllte Grijpstra. «Du hast die Akte doch gelesen. Ich möchte, daß du *dazu* einen klugen Vorschlag machst, okay?» Grijpstra ließ seine behaarten Fäuste über Cardozos Kopf schwingen. Dann ließ er die behaarten Fäuste fallen und fragte sanft: «Okay?»

«Okay», antwortete Cardozo.

«Was machen wir?» flüsterte Grijpstra.

Cardozo fuhr mit den Fingern durch sein zerzaustes Haar. «Jemanden finden, der den alten Bert Termeer kannte.»

«Der junge Termeer», sagte Grijpstra, während er de Giers Notizen über dessen Vernehmung von Termeers Neffen durchlas. «Bert Termeer hatte eine Freundin, eine gewisse Carolien, seine Vermieterin... hm... haben nicht das Bett geteilt?... hatten getrennte Wohnungen... sie trieb es gern mit dem Postboten und einem...» Er schaute zu Cardozo hinüber. «Was soll man davon halten?»

«Vielleicht eine intellektuelle Beziehung?» schlug Cardozo

vor. «Aber diese Frau ist tot. Erinnerst du dich? Selbstmord wegen fortgeschrittener Multipler Sklerose.»

Grijpstra wollte etwas Positives hören.

«Wen kennen wir, der Bert Termeer kennt und der nicht tot ist?» resümierte Cardozo intelligent.

Nur Jo Termeer, den Neffen. Der war schon von de Gier vernommen worden. Die Befragung sollte klarstellen, ob die Beschwerde Termeers ernst zu nehmen war. Um die Vergangenheit des Toten war es dabei nur in zweiter Linie gegangen.

«Ich rufe an», sagte Cardozo.

Grijpstra schaute auf die Uhr. «Erst essen.»

Sie gingen in ein Sandwich-Café an der Rozengracht. Während Grijpstra sich Shrimps und geräucherten Aal (mit weißen Brötchen, weich, bitte, die Zwiebeln können Sie behalten), dazu Pommes frites *ohne* und Kaffee *mit* bestellte, rief Cardozo von der Telefonzelle gegenüber an. Jo Termeer war am Apparat.

«Guten Abend, hier spricht Hoofdagent Cardozo von der Kriminalpolizei. Ich möchte Ihnen nur ein paar Routinefragen stellen. Ich hoffe, Sie haben ein bißchen Zeit.»

Jo Termeer hatte *keine* Zeit.

«Es wird höchstens eine Minute dauern. Es geht um Ihren Onkel.»

Jo sagte, er habe de Gier bereits alles gesagt, was er wisse. Er empfahl Cardozo, sich die Bandaufzeichnung des Gesprächs anzuhören.

«War Ihr Onkel Mitglied der Buchhändler-Gesellschaft?»

Jo wußte es nicht.

«Hatte er Hobbys?» fragte Cardozo weiter. «Nein? Verbindungen zur Kirche oder zu einer Investmentgesellschaft? Nein? Er handelte doch mit spirituellen Büchern, nicht wahr? Hatte er Kontakte zu buddhistischen oder hinduistischen Kreisen? Nein? Freimaurer, Rosenkreuzer, Rotary Club, Theosophen, Anthroposophen? Hatte er astrologische Interessen? War er Mitglied irgendeiner Gemeinschaft? Freunde? Nein?

Hat er gern ein bestimmtes Café besucht? Hatte er irgendwo Verwandte? Außer Ihnen, natürlich.»

«Nicht, daß ich wüßte», sagte Jo. «Guten Abend.» Er hängte auf.

Cardozo ging zum Sandwich-Café zurück, um Adjudant Grijpstra davon in Kenntnis zu setzen, daß Jo Termeer seiner Meinung nach ein Arschloch sei.

Grijpstra und Cardozo aßen die letzten Shrimps, die der Besitzer des Cafés noch servieren würde. Jetzt, wo die Nordsee leer gefischt sei, könnten seine Kunden die Preise dafür nicht mehr bezahlen. Die Minimalmenge bei Großhandelseinkauf sei für ihn einfach zu groß, und tiefgekühlt hielten sich die Dinger auch nicht ewig. Ob er etwa ein Vermögen investieren solle, um am Ende die Ratten und Möwen mit dem Kram zu füttern?

Der Besitzer schrieb die Rechnung und schob sie über den Marmortresen. «Tut mir leid, Mijnheers. Nächstes Mal müssen Sie leider mit Rinderzunge vorliebnehmen.»

«Cardozo, du lebst immer noch bei deinen Eltern», sagte Grijpstra, nachdem er den Gesamtbetrag gesehen hatte. «Du zahlst.»

Cardozo blätterte Banknoten in leuchtenden Farben auf den Tisch.

«*Ich* hätte den jungen Termeer anrufen sollen», fuhr Grijpstra fort. «Wahrscheinlich hast du wieder mit deiner hohen Fistelstimme gesprochen. Du weißt doch, daß das deine Gesprächspartner auf die Palme bringt!»

«Adjudant, wir versuchen, dem Burschen zu *helfen*», verteidigte sich Cardozo.

«Ach, der arme Kerl hat wahrscheinlich einen schlechten Tag gehabt», sagte Grijpstra. «Vielleicht hat einer seiner Kunden sich die Dauerwelle unter der Trockenhaube verbrannt. Oder er hat jemandem die falsche Haarfarbe verpaßt, und dann wollte dieser Schweinehund nicht bezahlen und hat einen Riesenkrawall veranstaltet oder hat vielleicht sogar verlangt, Termeer solle *ihm* etwas bezahlen, Schadensersatz. Wegen Fahrlässigkeit oder so. Und in diesem ganzen Schlamassel quiekst *du* ihm dann *auch noch* die Ohren voll.»

«Da laufen wir uns die Hacken ab, um das Problem von diesem Idioten zu lösen, und er will nicht mal ein paar simple Fragen beantworten?» entgegnete Cardozo entrüstet.

Grijpstra beschwichtigte: «Ich kenne ihn. Ich habe ihn in der Polizeischule unterrichtet. Drei Abende die Woche. Glaub mir, Simon, er ist aufmerksam, korrekt, hat eine angenehme Art, ist kooperationsbereit...»

«Ach, komm», fiel Cardozo ihm abwehrend ins Wort, «als Polizeischüler hatte er allen Grund, sich von seiner besten Seite zu zeigen. Schließlich wollte er Polizist werden. Und du warst sein Lehrer. Natürlich war ihm klar, daß du ihn beurteilen würdest.»

«Du hast recht.» Grijpstra stieß Cardozo aus der Bar auf die Straße. «Alle haben recht. *Nellie* hat recht.» Seine Stimme erhob sich bedrohlich.

Sie gingen um einen riesigen Hund herum, der mitten auf dem Gehweg gerade sein Geschäft erledigte. Grijpstra knurrte den Hund an. «Hör sofort auf damit! Das ist verboten. Wo ist dein Herrchen? Hat Herrchen auch die vorgeschriebene Schaufel und die Plastiktüte bei sich? Weißt du eigentlich, welche Strafe es dafür gibt?»

Der Hund knurrte zurück.

Cardozo winkte ein Mitglied der mechanisierten Schnellreinigungsbrigade heran, die ständig durch Amsterdams Innenstadt patrouilliert. Ein Uniformierter mit einem strahlendweißen Motorrad hielt neben ihnen an. Er manövrierte sein Fahrzeug zwischen die penisförmigen gußeisernen Pfeiler am Rand des Gehwegs, die illegales Parken verhindern sollen. «Ei, was haben wir denn da?» begrüßte der Straßenreiniger den Hund. «Nun sieh mal einer an!» Der Mann richtete die glänzende Düse seines Sauggeräts auf den Hintern des Hundes und hielt den Finger am Einschaltknopf in Bereitschaft.

«Nun mach doch schon», sagte Grijpstra. Aber der Hund war

noch nicht fertig. Er schaute über seine Schulter und zeigte seine großen, scharfen Eckzähne.

«Das Ding ist ziemlich stark», brüllte der Straßenreiniger über das stetige Knattern der Kawasaki hinweg. «Es könnte dem Hund den Arsch rausreißen.»

Der Hund war mittlerweile fertig. Er bellte und sprang fröhlich davon. «Na, dann wollen wir mal», sagte der Straßenreiniger und schaltete den Sauger an. Nachdem das Gerät die Hinterlassenschaft geräuschvoll angesaugt hatte, ertönte ein Rumpeln in dem Rohr, das den Saugstutzen mit dem Entsorgungsbehälter verband.

Der Gehsteig war wieder sauber, und das Kopfsteinpflaster glitzerte geheimnisvoll im Licht der untergehenden Sonne.

«Vor so großen Kerlen wie diesem habe ich Angst», sagte der Mann, «obwohl die Arbeit bei denen lohnender ist. Kleine Hunde sind okay. Wenn sie sehr klein sind, warte ich erst gar nicht, bis sie fertig sind.» Er lachte. «Wenn sie in das Rohr passen... dann wusch, und weg sind sie.»

Die Kawasaki brauste davon.

«Der hat doch wohl nur einen Witz gemacht, oder?» fragte Cardozo.

Grijpstra stapfte weiter. «Wir wissen, daß Bert Termeer einmal einen Büchertisch im Oudemanhuispoort am Oudezijds Achterburgwal hatte. Wir könnten mal ein bißchen herumfragen. Vielleicht erinnert sich irgendeiner von den Alten noch an ihn.» Er hielt Cardozo seine Digitaluhr vor die Nase. «Ich kann das ohne Brille nicht lesen. Ist heute Donnerstag?»

In Amsterdam sind die Secondhand- und Trödelstände donnerstags abends geöffnet.

Die Beamten nahmen eine Straßenbahn zum Damplatz und gingen dann über die Damstraat und den Oudezijds Achterburgwal zum Büchermarkt am Oudemanhuispoort, der in einem langen Korridor zwischen alten grauen Gebäuden am Anfang des Rotlichtviertels lag.

Touristen und Studenten drängten sich in dem Korridor, der

durch kunstvolle gußeiserne Tore begrenzt war, um die Tapeziertische, die sich unter der Last des antiquarischen Lesestoffs durchbogen. Cardozo blätterte in einem englischen Kunstbuch aus dem Viktorianischen Zeitalter. Es enthielt Stiche, die viktorianisch-britische Lesbierinnen in den verschiedensten Stellungen zeigten. Grijpstra sprach mit einem Händler, über dessen Stand ein großes Schild mit der Aufschrift «Bieber Vogels» hing. Der alte Buchhändler, der mit gekrümmtem Rücken dastand, erinnerte selbst an einen Vogel, an einen großen Graureiher mit langen dünnen Beinen und einer scharfen, schnabelartigen Nase.

Mijnheer Bieber konnte sich noch sehr gut an seinen Kollegen Bert Termeer erinnern.

Nachdem Grijpstra ihm seinen Dienstausweis gezeigt hatte, erklärte er ihm, weshalb die Polizei sich plötzlich für Termeer interessierte. «Eine Untersuchung, um die ein Mitglied seiner Familie gebeten hat. Mijnheer Termeer ist im Central Park in New York unter nicht allzu verdächtigen Umständen ums Leben gekommen. Wahrscheinlich war es das Herz. Die ganze Untersuchung ist eine Routineangelegenheit.»

O ja, mit Krankheiten kannte sich Buchhändler Bieber gut aus. Den ganzen Tag in dieser zugigen Passage stehen – eigentlich war es schon erstaunlich, daß er das so lange durchgehalten hatte. Natürlich hatte er sich immer bemüht, soweit es die Umstände erlaubten, ein möglichst geruhsames Leben zu führen. Von Termeer hingegen konnte man das nicht behaupten. Den ganzen Tag hatte er hier in der Passage hinter seinem Bücherstand verbracht, und abends, an den Wochenenden, Feiertagen, heißen Sommerabenden und so weiter, wenn die meisten Menschen sich ausruhten, war Termeer immer in der Stadt unterwegs gewesen und hatte vor den Cafés seine Show aufgeführt.

«Show?»

Bieber nickte. «Knochentauchen nannte er das.»

Cardozo, der am Nachbartisch stand und sich üppige weibliche Körper anschaute, die durch doppelseitige Kunstpenisse miteinander verbunden waren, blickte auf. «Ist da eine sexuelle Nebenbedeutung im Spiel?»

Bieber kicherte. «Nein, nein. Damit sind richtige Knochen gemeint.»

Grijpstra sah verwirrt aus. «Termeer hat nach Knochen getaucht?»

Bieber sagte, er habe den Begriff zuerst auch nicht verstanden. Auf Termeers Aushängeschild über dem Büchertisch hatte auch «Knochentaucher» gestanden. Als Termeer mit dem Verkauf begann, hatte Bieber sich wegen dieses Schildes Sorgen gemacht. «Taucher» waren Vögel, und Bieber hatte natürlich kein Interesse daran, auf seinem Spezialgebiet Konkurrenz von einem anderen Händler zu bekommen, und schon gar nicht von jemandem, dessen Verkaufsstand sich direkt neben seinem eigenen befand.

Es war aber kein Problem gewesen. Termeer hatte hauptsächlich mit sogenannten spirituellen Büchern gehandelt und zusätzlich ein wenig mit Erotika.

«Erotika?»

Bieber machte eine abwiegelnde Geste. «Junge Akrobaten und Ringer. Griechische Szenen. Schäferszenen. Kleine Kinder, die herumtollen. Mädchen in einer Badewanne. Alles eher verspielt. Leicht anregend.» Bieber rieb sich die Hände. «Hielt ihn bei Laune, sagte er immer.»

«Pornos?»

«Naaah.» Bieber wischte die Verdächtigung mit einer Handbewegung beiseite. «Sie meinen so richtig hartes Zeug? Das werden Sie hier nicht finden. Termeer hat wirklich hauptsächlich sogenannte spirituelle Literatur verkauft.»

Grijpstra hob seine dicken, borstigen Augenbrauen. «Was soll denn nun dieser Unsinn mit dem Knochentauchen?»

Bieber zuckte die Achseln. «Vielleicht irgendwas Mystisches? Das Beste, was mir je dazu eingefallen ist, war eine Assoziation mit ‹Suppenknochen›, und ‹Tauchen› könnte so etwas bedeuten wie ‹eine Menge Probleme vor sich haben›.»

«Ein Koan», sagte Cardozo. «Wie im Zen. Eine merkwürdig formulierte Rätselfrage. Hier ist überhaupt eine Menge Allegorisches im Spiel.» Er deutete auf die großen gußeisernen Portale. «Tritt ein durch die Tore des Lernens, tauche nach Knochen der Weisheit.»

«Mein belesener Assistent wurde wegen seiner besonderen Intelligenz engagiert», versuchte Grijpstra Bieber zu erklären. «Ich finde, das klingt ziemlich weit hergeholt.»

Bieber war der Meinung, weit hergeholte Ausdrücke zögen Neugierige an. Die Leute wären zu Termeer gekommen, um ihn nach der Bedeutung seines merkwürdigen, zudem noch in Eichenholz geschnitzten Ladenschildes zu fragen, das von quietschenden Ketten herabhing. Darunter stapelten sich dann Bücher über östliche Weisheit, Yoga, Buddhismus, Tao, die Bedeutung der Sufi-Tänze und so weiter.

«Keine christlichen Bücher?»

Bieber antwortete: «Vielleicht manchmal etwas Frühchristliches. Jedenfalls nichts Einfaches, Normales.» Biebers Blick verdüsterte sich. «Aber Termeer hat nie etwas erklärt.» Dann hellte sich sein Gesichtsausdruck wieder auf, und er fuhr fort: «Termeer wollte die Zuschauer durch sein Verhalten zum Nachdenken bringen. Es kam oft vor, daß die Leute zu mir am Nachbartisch herüberschauten, dann wieder beobachteten, was Termeer tat, und anschließend mich fragten, was es mit diesem ‹Taucher› auf sich hätte. Das gab mir die Gelegenheit, ihnen meine Bilder von Wasservögeln zu zeigen. So wie diese hier, sehen Sie?» Bieber öffnete einen Bildband und blätterte die Seiten durch.

«Hier. Wissen Sie, was das für Vögel sind?»

Cardozo versuchte sein Glück. «Riesentaucher ohne Haube?»

Bieber kicherte wieder. «Sie sind wohl ein Neunmalkluger, Mijnheer.»

Grijpstra hielt die Vögel für Seetaucher.

Bieber nickte. «Sterntaucher, Prachttaucher, Eistaucher – davon gibt es nicht mehr viele – und Gelbschnabel-Eistaucher.

Keine Knochentaucher, aber was soll's.» Er zwinkerte. «Entscheidend ist, das Interesse der Kunden zu wecken. Man will doch nicht die ganze Zeit tatenlos herumstehen. Man muß sie ins Gespräch verwickeln und sie zum Kaufen animieren. Ein bißchen was losmachen. Die meisten Leute kaufen gern Vogelbilder.» Bieber wedelte mit den Ärmeln seines Mantels wie ein Reiher, der mit den Flügeln schlägt, bevor er sich schwerfällig vom Boden erhebt. «Vögel sind etwas Spezielles.»

«Abgesehen davon, daß er sein Knochentaucher-Schild nie erklärt hat – tat Ihr Kollege sonst noch etwas, um Aufmerksamkeit zu erregen?» fragte Grijpstra.

«Er war anders», antwortete Bieber. «*Völlig* anders, verstehen Sie?» Er schaute den Adjudanten hoffnungsvoll an, als hielte er es für wahrscheinlich, daß dieser ihn verstehen würde.

Grijpstra verstand, aber er hatte sich nun einmal darauf versteift, daß Bieber sein Verständnis erweitern sollte.

Biebers Theorie, die auf jahrelangem Beobachten von Termeers Schrullen basierte, schloß Verrücktheit aus. Der Handel mit gebrauchten Büchern werfe einfach nicht genug ab, als daß man sich Verrücktheit davon leisten könnte. Deshalb hatte Bieber die Theorie, Termeer passe in die «surrealistische Ecke».

Bieber entblößte sein Gebiß zu einem bekräftigenden Lächeln. «Gewöhnliche Dinge auf ungewohnte Weise zusammenfügen, um etwas anderes zu vermitteln? Ein anderes Wissen?»

Grijpstra gab sich betont geduldig. «Was für normale Dinge hat Termeer denn anders zusammengefügt, Mijnheer Bieber?»

Nun, da war das Ladenschild gewesen, und da waren die Tiere gewesen.

Termeer hatte einen Mischlingshund, der war so klug, daß er genau wußte, wann er dumm dreinschauen mußte. Der Hund biß Leute in ihre Mäntel und zog sie zu Termeers Tisch hinüber.

Außerdem hatte er einen Makak. Bieber mochte den Hund, den Affen hingegen weniger. Affen schissen überallhin. Dieser am liebsten auf Vogelbücher.

«Hat der Affe auch Kunden angelockt?»

Bieber nickte. Der Makak tanzte vor den Leuten und schnitt Grimassen, und außerdem zeigte er immer wieder auf die sogenannten spirituellen Bücher.

Dann habe Termeer sich also Tricks ausgedacht, um den Leuten ein anderes Wissen zu vermitteln?

«Genau», bestätigte Bieber. Termeer habe seine Kunden auch hin und wieder beleidigt. Er empfahl Bücher und weigerte sich dann, sie zu verkaufen. Manchmal verlangte er regelrechte Phantasiepreise, um Interessenten abzuschrecken, oder er zerriß sogar die Bücher, die sie haben wollten, vor ihren Augen. Hin und wieder verschenkte er auch ein Buch, lief aber kurz darauf hinter den Leuten her und versuchte, es zurückzubekommen.

«Wahrscheinlich haben sich ständig viele merkwürdige alte Damen an diesem Tisch herumgetrieben», warf Grijpstra ein.

Nein. Das war nicht der Fall gewesen. Bert Termeer gab sich nicht mit sogenannten spirituellen alten Damen ab. Im Gegenteil, die jagte er immer weg.

«Und trotzdem verkaufte er gut?»

Aber ja. Die Leute kamen von überall her. Amerikaner. Engländer. Termeer war auch im Versandgeschäft aktiv, und er hatte einen guten Katalog.

Cardozo unterbrach: «Sie sagen immer wieder ‹sogenannt spirituell›, Mijnheer. Meinen Sie...?»

«Hören Sie.» Bieber zwinkerte und winkte Cardozo näher heran. «Kann denn irgend jemand schreiben, drucken oder lesen, was die Wahrheit über den Sinn ist? Oder über den Ursprung? Oder über die Zukunft? Oder auch nur über die Gegenwart?» Bieber gackerte diabolisch. «Sie möchten geistigen Frieden?» Bieber kniff Cardozo in die Backe. «Kann der Geist denn friedlich sein? Ist er denn nicht ständig mit Gedanken angefüllt? Und da wollen Sie ihn mit noch mehr Gedanken füllen?»

Bieber richtete seine schnabelartige Nase gen Himmel, ließ die Ärmel seines Mantels flattern und ähnelte nun mehr denn je einem Reiher. «Das ist das Unendliche da draußen. Das große Geheimnis.» Er stieß mit einem seiner Flügel Cardozo an. «Glauben Sie, man kann Unendlichkeit in Büchern festhalten?»

«Aber der Prophet hat doch Bücher verkauft», gab Grijpstra zu bedenken. «Davon hat Termeer gelebt. Heißt das, daß er eine Lüge gelebt hat?»

«Wer tut das denn nicht?» meinte Bieber.

Wie könne man wahrhaftig werden, fragte Bieber sich selbst. Vielleicht, indem man scheinbar verrückte Umstände schafft, antwortete Bieber sich selbst. Indem man dafür sorgt, daß die Welt, mit der normale Menschen sich umgeben, einen Riß bekommt und man durch diesen dann ausbricht.

«Durch den Riß?»

«Genau», sagte Bieber.

«Aber wohin?»

«In die Wirklichkeit.»

«Und welche sogenannten spirituellen Übungen hat Termeer selbst praktiziert, um wirklich zu werden, Mijnheer Bieber?» fragte Grijpstra geduldig.

Bieber runzelte die Stirn.

«Keine sogenannten?»

«Die Übungen nicht», antwortete Bieber.

«Und die waren?»

Bieber zögerte. «Ich habe es Ihnen doch schon gesagt. Termeer streifte an den Abenden und Wochenenden durch die Stadt, immer auf der Suche nach den richtigen Augenblicken, den richtigen Orten.»

«Für dieses Knochentauchen?» fragte Cardozo.

Biebers Augen waren halb geschlossen; seine Arme bewegten sich langsam, als trete er in Trance ein.

«Mijnheer Bieber, ist alles in Ordnung?»

Grijpstra hob eine Hand, um Cardozo zum Schweigen zu bringen.

«Termeer spielte gut Trompete», sagte Bieber nach einiger Zeit. «Er stellte sich vor einem Café, wo vor der Tür viele Menschen im Freien saßen, in Positur. Zu seiner einen Seite saß sein Hund, zur anderen der Affe. Der Affe hatte einen Anzug und einen Hut an. Dann spielte Termeer Trompete. Er spielte ganz gut Jazz. Wie Louis Armstrong. Manchmal sogar den «Saint Louis Blues» oder den «Basin Street Blues», etwas in der Art.»

«Schön», warf Cardozo ein.

Bieber nickte. «Sein Gefühl fürs Dramatische war ausgezeichnet. Und wenn er sich dann die Aufmerksamkeit seines Publikums gesichert hatte, sprach er manchmal ein wenig. Er fragte die Leute, wie es ihnen gehe, und er machte ein paar seltsame, unzusammenhängende Bemerkungen. Der Affe lief herum, schnitt Grimassen und brabbelte vor sich hin. Manche Leute boten ihm Geld an, doch dann verbeugte sich dieses kleine Biest und lief davon. Der Affe nahm niemals Geld. Der Hund bellte Kommas und Fragezeichen und hin und wieder ein Semikolon zu dem, was Termeer sagte. Anschließend spielte Termeer meist wieder Trompete.»

Bieber lächelte. «Das ist schon sehr lange her, müssen Sie wissen. Damals trugen die Polizisten noch Blechhelme und kleine Säbel. Manchmal kam ein Polizist zu Termeer und fragte ihn nach seiner Lizenz, und dann ...»

Bieber lachte. «Haha, der Hund stand hinter dem Polizisten, und der Affe saß auf Termeers Schulter, hatte seine Hände hinter den Ohren, streckte die Zunge heraus, plapperte vor sich hin und brachte den Polizisten zur Weißglut, und dann stieß Termeer ihn ...»

Bieber klatschte in die Hände. «Der Polizist fiel rückwärts, der Hund rannte davon, Termeer schwang sich mit dem Affen in eine vorüberfahrende Straßenbahn – damals gab es noch Trittbretter. Der Hund wartete an der nächsten Haltestelle, und dann gingen sie zusammen nach Hause.» Bieber schaute triumphierend um sich. «Sie waren glücklich, und das Publikum hatte auch seinen Spaß gehabt. Das hätten Sie einmal sehen sollen.»

Grijpstra und Cardozo bedankten sich bei Mijnheer Bieber. Sie wollten sich auf den Rückweg machen.

Grijpstra drehte sich noch einmal um. «Noch eine letzte Frage, Mijnheer Bieber. Es gab da einen Neffen, Jo Termeer, den Bert Termeer wohl teilweise aufgezogen hat. Haben Sie diesen Neffen jemals kennengelernt?»

Bieber konnte sich noch schwach an einen kleinen Jungen erinnern, der manchmal zum Oudemanhuispoort gekommen war und der Bert «Onkel» genannt hatte. Aber er war nicht oft gekommen.

Der Junge hatte scheu gewirkt.

«Hatten der Onkel und der Neffe ein gutes Verhältnis zueinander?»

«Aber sicher», sagte Bieber. «Ja, ich glaube schon. Warum nicht?»

16

Nachdem Maggie mit de Gier eine Besichtigungstour durch das Village gemacht und anschließend mit ihm in einem chinesischen Schnellimbiß gewesen war, brachte sie ihn zu ihrem Apartment in der 12th Street. Sie entschuldigte sich gleich dafür, wie es dort aussehe, aber es gehöre ihrer Mitbewohnerin, und sie hätten beide nicht viel für Hausarbeit übrig.

«Allerdings machen wir hin und wieder einmal sauber.»

«Essen Sie hier?» fragte de Gier.

«Kaum. Frühstücken vielleicht. Dann stecke ich eine Tiefkühlwaffel in den Toaster.» Sie klopfte sich auf ihren bemerkenswert flachen Bauch. «Heute habe ich ziemlich geschlemmt. Deshalb werde ich jetzt eine Woche lang fasten müssen.»

Sie schaltete den Fernseher ein und bot ihm an, auf einer beigefarbenen Plastikcouch Platz zu nehmen, in deren beiden Ecken maschinell bestickte rosa Kissen lagen. Dann drückte sie ihm eine riesige Fernbedienung in die Hand und ging ins Bad, um sich zu duschen und umzuziehen. Ein Nachrichtensprecher erschien auf dem Bildschirm, zog seine Hemdsärmel zurecht und verkündete in dramatischem Ton die Schlagzeilen. Sie klangen alle ziemlich übel. De Gier schaltete den Ton ab. Das erste, was er sah, waren Bilder vom Krieg: ausgehungerte Soldaten in Sommeruniformen, die in einer Winterlandschaft erschossen wurden. Dann plötzlich tanzte eine wunderschöne Frau mit schulterfreiem Kleid auf einem Kreuzfahrtschiff vor fetten Männern, die lachten, während makellos gekleidete Kellner ihnen Essen auf ihre Teller nachlegten. Der Nachrichtensprecher tauchte wieder auf und lächelte kurz. Alte Leute in einem Heim wurden von ihren Pflegern geschlagen. Eine versteckte Kamera hatte die Bilder in Schwarzweiß aufgenommen. Die schwarzen und weißen alten Leute schrien tonlos, während heimtückisch grinsende Pfleger sie zwangen, irgendwelche Papiere zu unterschreiben. Der Nachrichtensprecher nickte. Eine wunderschöne Frau aß auf einer Terrasse mit Ausblick auf einen See Frühstücksflocken. Sie schloß die Augen und zeigte ihre Zungenspitze, nachdem sie zuvor anmutig ihr knuspriges Frühstück genossen hatte. Der Nachrichtensprecher lächelte wieder, bis er ausgeblendet wurde und auf dem Bildschirm ein brennender Bus unter Palmen auftauchte und dann böse zugerichtete Körper von Kindern am Straßenrand gezeigt wurden. Dann wieder der Nachrichtensprecher. De Gier las ihm von den Lippen ab, was er sagte: «Weitere Nachrichten in Kürze.» Ein Kleinwagen, der eigentlich wie jeder andere Kleinwagen aussah, aber sehr sauber und glänzend poliert war, wurde von einer wunderschönen Frau in einem Abendkleid und Handschuhen, die bis zu den Ellbogen reichten, gefahren. Die Frau schürzte ihre Lippen, als erwarte sie einen Kuß, während sie das Fahrzeug mühelos in einer leeren Straße der Innenstadt beschleunigte. Wieder tauchte das Lächeln des Nachrichtensprechers auf, bevor Bilder von einem zweistöckigen Gebäude gezeigt wurden, das einen Steilhang hinabrutschte, an dessen Fuß Autos standen, die bis zu ihren Dächern in Schlamm versunken waren.

De Gier drückte auf den Ausschaltknopf.

Er streckte sich auf der Couch aus und versuchte, seine Augen zu entspannen, indem er sich ein Bouquet von Seidenrosen in einer hellgrünen Vase anschaute, die auf einem Kaffeetischchen mit Spiegelglasoberfläche stand. Dann drehte er sich auf den Rücken, um an die Decke starren zu können.

Maggie weckte ihn. «Sie schnarchen.»

Es waren zwei Stunden vergangen.

De Gier richtete sich auf und entschuldigte sich. «Warum haben Sie mich nicht geweckt?»

«Wahrscheinlich leiden Sie unter Jet-lag. Ich dachte, Sie könnten ein wenig Ruhe gebrauchen, aber Sie haben solch einen Heidenlärm gemacht. Haben Sie auf Ihrem Schnurrbart gekaut?»

Sie brachte Gin-Tonic, dekoriert mit Orangenscheiben. Sie prosteten einander zu.

De Gier erzählte ihr, das Schnarchen könne mit einer Operation zusammenhängen, die kürzlich bei ihm durchgeführt worden sei. Während einer Festnahme vor ein paar Jahren war seine Nase gebrochen worden und nicht gut verheilt. Der Chirurg hatte sie noch einmal gebrochen, um das linke Nasenloch wieder zu öffnen. Jetzt waren manchmal beide Nasenlöcher verschlossen. Er würde wohl noch einmal in die Klinik gehen und sich vielleicht sogar noch einmal operieren lassen müssen.

Der Vorfall interessierte sie. «Wann ist das gewesen?»

Er versuchte, sich zu erinnern. «Vor zwei Monaten?»

«Sie wissen das nicht genau?» Sie schaute ihn besorgt an.

De Gier lachte.

Sie rührte ihren Gin-Tonic um. «Was ist daran so komisch?»

«Nichts», sagte de Gier. «Aber vor jeder Operation wird das Blut des Patienten untersucht. Und wenn er Aids hat, wird er informiert.»

«Das heißt, Sie waren negativ», sagte Maggie.

Er war sich nicht ganz sicher. Der Test konnte den Aids-Virus erst sechzig Tage nach einer Infektion feststellen.

«Und Sie waren während der letzten sechzig Tage vor der Nasenoperation sexuell aktiv?»

Er bestätigte das.

Maggie seufzte. «Ich auch.»

Sie stand da und schaute auf ihn herab. «Mein Freund ist verheiratet. Ein ziemlich solider Bursche. Seine Frau hat Lymphknotenkrebs. Er kann sich unmöglich von ihr scheiden lassen.»

«Ah», sagte de Gier.

«Und mit was für einer Art Frau waren *Sie* zusammen?»

«Mit einer Prostituierten», antwortete de Gier. «Aber mit einer der gehobenen Klasse, dem Typ, der vorsichtig ist.»

Maggie sagte, Prostitution sei illegal. Sie kannte Bullen, die Zuhälter deckten und dafür in Naturalien bezahlt wurden.

De Gier entgegnete, in den Niederlanden sei Prostitution legal. Außerdem habe er bezahlt. Das gefiel Maggie. Niemand wolle schließlich gerne umsonst arbeiten. «Habe ich recht?»

«Sie haben völlig recht», bestätigte de Gier.

«Haben Sie wirklich bezahlt?»

Er nickte. «In besten Gulden.»

«Machen Sie das oft?»

De Gier verneinte. Einmal in drei Monaten. Er wurde älter.

«Und Sie haben keine Freundinnen?»

Er schüttelte den Kopf. «Die wollen immer heiraten.»

«Ja», sagte Maggie. «Wir können schließlich nicht bis in alle Ewigkeit auf hohen Pferden herumreiten.» Sie schüttete Gin nach, schob die *Road Warrior*-Kassette in das Videogerät und setzte sich neben de Gier auf das beige Plastiksofa.

Während des Films, der ihm gefiel, war er sich ihres Körpers in dem leicht durchscheinenden Hausmantel sehr bewußt. Sie hatte ihren Pferdeschwanz gelöst und wirkte sehr einladend und attraktiv auf ihn.

Maggie hielt den Film an, als de Gier sagte, er würde gern noch einmal sehen, wie der Mann in den Longjohns sein Schießgerät betätige. «Was auch immer das war, das Ding mit der Klinge.» Außerdem müsse er ins Bad. «Wenn Sie wollen, können Sie duschen», schlug Maggie vor. «Ich habe ein besonders großes Handtuch rausgelegt, in das Sie sich anschließend einwickeln können. Sie können sich auch rasieren, wenn Sie möchten. Rasierzeug liegt direkt neben dem Waschbecken, auch ein gutes After-shave.»

«Ich könnte mir Sie als *Road Warrior* vorstellen», sagte Maggie, als er zurückkam. «In Leder und mit einer kurzläufigen Schrotflinte und in Stiefeln, während Sie diese Banditen tief in die Wüste hineintreiben. Der einsame Held, der von einer Dame in Weiß getröstet wird.»

Sie hatte die Gläser erneut gefüllt. Sie fingen beide an, leicht schleppend zu reden, während sie das Finale des Films und die spektakuläre Schlacht zwischen den seltsamen Automobilen kommentierten. Als die Dame in Weiß, die auf einem von Mel Gibson gefahrenen Panzerwagen stand und einen Flammenwerfer betätigte, von einem Pfeil getötet wurde, war Maggie traurig.

«Wenn ich das wäre, könnten wir es jetzt nicht mehr tun.»

Der Film war zu Ende. Maggie führte de Gier in ihr Schlafzimmer. Sein Handtuch rutschte herab. Ihr Hausmantel ebenfalls.

«Sind wir nicht schön?» flüsterte Maggie.

Er meinte, sie könnten beide noch einen Drink vertragen.

Als sie mit den wieder aufgefüllten Gläsern zurückkam, fragte er sie, ob sie an dem Tag, als Bert Termeer getötet worden sei, im Park eine *Road Warrior*-Gestalt gesehen habe.

«Sicher habe ich das», antwortete Maggie. «Schade, daß Sie das nicht waren.»

«Wie viele?»

«Nur einen.» Sie lachte. «Es hätten zwei sein sollen, und Sie wären der andere gewesen und hätten etwas Böses getan, und ich hätte Sie festgenommen und Sie hinter Jagger hergezogen.»

De Gier gab sich Mühe, über diese S/M-Phantasie zu lächeln. «Haben Sie ihn aus der Nähe gesehen?»

«Nein.» Sie beugte sich vor, um seine Wange zu küssen, und sog dabei den Duft des After-shaves ein. «Das ist meine Lieblingsmarke. Mögen Sie sie?»

De Gier mochte sie nicht. «Ja.»

«Ich war auf meinem Pferd», erzählte Maggie. «Ich mußte überall gleichzeitig sein. Überall waren diese Kinder. Sie fielen in den Teich, versuchten, Löcher in die Ballons zu stechen, aus denen der Dinosaurier zusammengesetzt war. Und dann spielte da diese laute Tuba, die Jagger völlig verrückt machte.»

Sie saßen auf dem Doppelbett, nippten an ihrem Gin und bewunderten jeweils den Körper des anderen. Sie machte ihm Komplimente wegen seines breiten Brustkorbs. Er beglückwünschte sie zu ihrem wunderschönen Busen.

Sie stellten ihre Gläser ab und legten sich hin, um sich einen Augenblick zu entspannen, bevor es «ernst» würde, wie Maggie sagte.

Er ging noch einmal ins Bad, wo er seine Kleider zurückgelassen hatte.

«Du hast ein Kondom mitgebracht?» fragte Maggie. «Wie rücksichtsvoll.» Sie runzelte die Stirn. «Allzeit bereit, wie?» Dann lächelte sie wieder. «Soll ich es dir überziehen?» Sie berührte ihn und lachte über seine prompte Reaktion. «Instant-Hydraulik!»

«Schön groß.» Sie spielte noch ein wenig damit, aber offenbar zu wild. Das Kondom platzte. «Meinst du, es wäre in Ordnung?» fragte sie. «Ich habe etwas drin.»

Er glaubte, es sei schon in Ordnung. Aber er klang nicht sehr überzeugt.

Ihre Hände rutschten weg. Sie lagen wieder da, ohne sich zu berühren.

Seine Augenlider wurden schwer. Er schnarchte wieder, und sie drehte ihn auf die Seite, so daß ihre Brüste seine Schultern liebkosten, um ihn wieder aufzuwecken. Er wachte auch tatsächlich auf, doch dann schlummerte sie selbst ein.

Er rieb mit seinen Handballen leicht ihre Brüste. Wie großzügig die Natur doch war, eine so vollkommen feste und doch gleichzeitig sanfte, lebendige Form gleich in doppelter Ausführung zu produzieren. Er hob seine Hände und berührte dann erst eine und dann die andere Brust. «Zwei», murmelte de Gier verträumt, runzelte aber dann die Stirn bei dem Gedanken, der zweite *Road Warrior* zu sein, der von einem Pferd zur 12th Street geschleift wurde.

Gute Zwei, schlechte Zwei.

Zwei Straßenkrieger im Central Park.

17

De Gier nahm mit dem Commissaris, der etwas erholt wirkte, ein spätes Frühstück im Cavendish ein. Der Commissaris gab ihm Grijpstras Fax-Bericht über den Besuch am Oudemanhuispoort. Der Hotelboy Ignacio hatte dem Commissaris das Dokument zusammen mit dem Kaffee in die Suite gebracht, außerdem auch die Ersatzbrille, die ein Kurierdienst für viel Geld aus den Niederlanden herbeigeschafft hatte.

Der Commissaris sah nicht gut, weil die Ersatzbrille zehn Jahre alt war und er damals noch wesentlich schwächere Gläser gebraucht hatte. Er klagte, er habe wieder beunruhigende Träume gehabt. «Über die Straßenbahnfahrerin.»

«Was hat sie gemacht, Mijnheer?»

«Ich glaube, sie wollte mir etwas geben.» Der Commissaris zog die nutzlose Brille aus und starrte de Gier traurig an. «Nur Beine, keine Augen.» Er machte eine Handbewegung. «Ach, ist doch egal. Lies mir den Bericht vor, Brigadier. Schauen wir mal, was es Neues aus der Heimat gibt.»

De Gier las den Bericht vor, während der Commissaris Kiwis schnitt und die Scheiben auf seinem Joghurt anordnete.

«Noch etwas Saft?» fragte er de Gier. «Probieren Sie mal den Grapefruitsaft. Noch ein Aspirin? Geht es Ihnen schon besser?»

De Gier fühlte sich schlechter, zwang sich aber zur Aufmerksamkeit. «Was denken Sie, Mijnheer?»

Der Commissaris hatte genug vom Denken. Er fand, de Gier sei nun an der Reihe. Der Commissaris hatte an diesem Tag wieder einen Vortrag vor sich, zum Thema *Selbstgemachte tödliche Waffen.* Chief O'Neill würde ihn in einer Stunde abholen. Natürlich war er immer noch an Termeers Fall interessiert. Er war gespannt darauf zu hören, wie de Gier weitergekommen war.

De Gier war der Meinung, aufgrund des Berichts aus Amsterdam sei Jo Termeer verdächtig.

Der Commissaris, der ein knuspriges Brötchen mit Butter bestrich, betrachtete seine Auswahl verschiedener Käsesorten. «Sehen Sie Möglichkeiten, die uns vorher nicht zur Verfügung standen?»

De Gier erklärte, nach dem, was Bieber gesagt hatte – übrigens ebenso wie zuvor Sara Lakmaker, die Termeer nur kurz gesehen hatte, und auch Antonio, der Partner seines Vermieters Freddie aus der Horatio Street –, sei Termeer eine charismatische Gestalt gewesen, eine Art moderner Prophet. Propheten verbrächten ihre Zeit damit, ihren Mitmenschen ungewöhnliche und tiefgründige Einsichten mitzuteilen. Dabei würden sie manchmal zu merkwürdigen Methoden greifen.

«Erzählen Sie mir über diesen Antonio», sagte der Commissaris.

De Gier berichtete. «Er läßt Modellboote im Central Park fahren. Er hat den alten Termeer stillstehen und herumhüpfen sehen. ‹Der Prophet› beeindruckte ihn. Es ist sogar einmal zu einem Gespräch zwischen beiden gekommen. Antonio ist an New-Age-Ideen interessiert. Er läßt sich gern von Höheren Geistern sagen, was er tun soll. Dadurch wächst er innerlich und berichtet dann anderen über seine Erfahrungen.»

«Machst du dich etwa über ihn lustig? Du bist doch selbst andauernd auf der Suche nach irgendwelchen Lehrern!»

De Gier trank noch mehr Saft.

«Gut», sagte der Commissaris. «Was denkst du über die ganze Sache? Was hast du Grijpstras Bericht sonst noch entnommen?»

De Gier sagte, es tue ihm leid, aber Bert Termeer könne nach dem, was Bieber gesagt habe, und möglicherweise auch nach Ansicht seines Neffen ein Pädophiler sein, jemand, der ein ungesundes Interesse an kleinen Kindern habe.

«Weil er Bilder von jugendlichen griechischen Ringern und von häuslichen Badezimmer-Szenen verkauft hat? Sollten wir nicht berücksichtigen, daß Grijpstra überprüft hat, ob Termeer irgendwelche Eintragungen ins Strafregister hatte?»

Daß Grijpstra keinerlei Eintragungen gefunden hatte, hielt de Gier nicht davon ab, seine Position zu verteidigen. Der alte Termeer hatte allein gelebt, und seine Beziehung zu der Vermieterin und Reisegefährtin Carolien schien ein frühes Beispiel für das heute so beliebte Getrennt-Zusammenleben zu sein, das besonders von Paaren bevorzugt wurde, die abstrakte, aber keine fleischlichen Interessen miteinander teilten. Jo Termeer hatte Carolien als eine attraktive Frau beschrieben, die gern in französischer Unterwäsche herumlief, intelligent und eine gute Reisegefährtin war und die außerdem Humor hatte. Bert Termeer verbrachte trotzdem nicht die Nächte mit ihr zusammen.

«Bist du pädophil?» fragte der Commissaris.

De Gier verstand. Einfach nur die Tatsache, daß jemand es vorzog, allein zu leben, sprach nicht unbedingt für ein sexuell abweichendes Verhalten. «Aber Termeer hat pädophile Literatur verkauft, Mijnheer. Und er lebte nicht allein. Da war dieser kleine hilflose Neffe.»

Der Commissaris nickte.

Was Termeer wirklich Spaß gemacht habe, seien sexuelle Spiele mit kleinen Kindern gewesen, versuchte de Gier es noch einmal.

Da er vom Commissaris keine Einwände hörte, fuhr de Gier nun fort mit seinen Vermutungen, wahrscheinlich habe der Onkel seinen Neffen sexuell mißbraucht. Deshalb könnte dieser sich mehr als dreißig Jahre später gerächt haben. Jo Termeer sei dem Onkel im Alter von acht Jahren in die Hände gefallen, und im Alter von vierzig Jahren habe der Neffe nun den Onkel in Stücke zerrissen.

«Das Zerreißen haben die Waschbären besorgt, Brigadier.»

De Gier, dem sofort wieder das schreckliche Foto von Termeers Überresten vor Augen stand, stimmte dem zu.

«Was mir auch noch Kopfzerbrechen bereitet, ist dieser mordende Neffe», sagte der Commissaris. «Grijpstra war sein Lehrer, und Jo hat seine eigenen Vorgesetzten, fähige Kriminalisten, auf die Sache aufmerksam gemacht.» Dem Commissaris fiel wieder ein, daß er seine Assistenten zum Golfclub in Crailo geschickt hatte. «Nun ja, einigermaßen fähige zumindest, was mich betrifft jedenfalls...»

Auch de Gier erinnerte sich an die Golf-Geschichte. Er erwähnte, daß Baldert zuerst den Inspecteur der *Rijkspolitie* von Crailo und später auch ihn belästigt hätte. De Gier beschrieb, wie Baldert ihm pathetisch seine Handgelenke hingehalten hätte, als würde er um Handschellen betteln.

Der Commissaris brachte seine Kiwischeiben in eine neue Ordnung. «Siehst du da eine Parallele?»

Vielleicht war Baldert ebenso wie der junge Termeer über seine Untaten entsetzt und sehnte sich nun nach Bestrafung, doch waren beide zu ihrem eigenen Glück zu schlau gewesen.

Der Commissaris nickte. Soviel also zum Motiv.

«Der Neffe hatte Gründe, seinen Onkel zu ermorden. Du hast sicher auch über die Frage der Gelegenheit nachgedacht, oder?»

War Jo Termeer im Central Park gewesen, als sein Onkel dort starb? Das könnte Grijpstra überprüfen, sagte de Gier und machte sich eine Notiz auf seiner Papierserviette. Er entschuldigte sich und ging zum Büffet, um sich neuen Saft zu holen. Diesmal nahm er Apfel- und Kirschsaft, den er in zwei riesigen Gläsern zum Tisch brachte. Außerdem hatte er Joghurt gefunden.

Der Commissaris brachte sein Bedauern zum Ausdruck, als de Gier den Joghurt nicht hinunterbekam. «Armer Kerl, was hast du nur letzte Nacht getrieben, Rinus?»

De Gier wirkte sehr leidend. «Was ich letzte Nacht nicht getrieben habe?»

«Mit der Polizistin?»

«Nicht mit der Polizistin, Mijnheer.»

«Aber du warst doch die ganze Nacht bei ihr?»

De Giers Mund blieb trotz all der gesunden Flüssigkeiten, die er unentwegt trank, trocken. Er machte ein schmatzendes Geräusch mit seinen ausgetrockneten Lippen und antwortete: «Ja, Mijnheer, das stimmt. Wir haben es versucht, aber wir haben es nicht getan.» Er starrte auf seinen Saft. «Wir sind eingeschlafen.»

«Und heute morgen?» fragte der Commissaris weiter.

«Sie war schon weg, als ich aufwachte.»

«Keine Nachricht?»

«Eine Kanne Kaffee.»

«Abgestanden?»

«Nun, ja», antwortete de Gier. «Sie mußte zum Dienst. Ich habe ausgeschlafen.»

«Du meine Güte!» sagte der Commissaris.

Er war froh, daß er seine besten Jahre in einer anderen Zeit verbracht hatte, die noch nicht so stark von Ängsten geprägt gewesen war. «Die Jahre der Brüste und Penisse», flüsterte der Commissaris lustvoll und schloß die Augen, während er sich offenbar an zahlreichen Erinnerungen erfreute.

«Fühlen Sie sich jetzt besser, Mijnheer?» fragte de Gier verdrießlich.

Der Commissaris entschuldigte sich.

De Gier beschäftigte sich damit, abwechselnd verschiedene Säfte zu trinken.

«Die Einwanderungsbehörde der USA stempelt alle fremden Pässe», sagte der Commissaris, unvermittelt. «Dein Verdächtiger hat mir gesagt, er sei zweimal hier gewesen, einmal mit einer Reisegruppe, das zweite Mal, um Nachforschungen wegen des mutmaßlichen Mordes an seinem Onkel anzustellen. Wenn er mehr Stempel als diese beiden in seinem Paß hat, wird er erklären müssen, woher sie stammen. Weshalb glaubst du eigentlich, daß Jo hier war?»

De Gier zögerte. Dann erwähnte er den *Road Warrior*, die Gestalt aus dem Film. Nach dem, was die Polizistin Maggie gesagt hatte, hatte ein *Road Warrior* an dem Imitatoren-Wettbewerb teilgenommen, der an dem besagten Sonntag im Central Park stattgefunden hatte.

«Ich weiß nicht, was ein *Road Warrior* ist, Brigadier.»

«Das ist ein Rächer, Mijnheer.»

«Erzähl mir den Film», sagte der Commissaris und lächelte. «Das kannst du doch so gut. Erinnerst du dich noch daran, wie du mir Filme erzählt hast, als ich einen ganzen Monat lang krank war? Jeden Dienstag- und Donnerstagabend? Und als ich sie mir später selbst ansah, waren sie auch nicht annähernd so gut, wie du sie mir erzählt hast.»

Da Chief O'Neill schon unterwegs war, blieb keine Zeit für Details. De Gier faßte die Geschichte so knapp wie möglich zusammen. Die Zivilisation ist nach einem weltweiten Krieg, der ungeheure Verwüstung angerichtet hatte, vernichtet worden. Homo sapiens ist nun eine gefährdete Spezies. Aus irgendeinem Grund ist die australische Wüste vom atomaren Desaster verschont geblieben. Zwei kleine Gruppen von Desperados durchstreifen die Weiten der Sand- und Felslandschaften des Outback in den noch übriggebliebenen Automobilen.

Die eine Bande ist gut, die andere böse.

Einen Kampf um die letzten Benzinvorräte verlieren die Guten gegen die Bösen.

Mel Gibson spielt die Rolle eines einsamen Kriegers, unabhängig von den beiden Gruppen, der zusammen mit einem wilden Hund in einem ramponierten Rennwagen umherfährt und die Greueltaten rächt, die die Bösen an den Guten begehen.

Jo Termeer hatte de Gier erzählt, er liebe «australische futuristische bizarre Actionfilme».

«Aber er hat nicht speziell den Film *Road Warrior* erwähnt?»

De Gier machte sich erneut eine Notiz auf seiner Papierserviette.

«Was schreiben Sie da, Brigadier?»

«Daß ich Grijpstra sagen muß, er soll Termeers Interesse an dem *Road Warrior* nachgehen, Mijnheer.»

«Ist dieser unabhängige Krieger schwul?» fragte der Commissaris.

Maggie hatte de Gier von einem früheren *Road Warrior*-Film mit dem Titel *«Mad Max»* erzählt, in dem der gleiche Akteur als heterosexueller Mann dargestellt wurde, dessen Frau und Kind von bösen schwulen Bandenmitgliedern getötet wurden. Im zweiten Teil der Saga, demjenigen, den de Gier sich angeschaut hatte, stand *Road Warrior* zu sehr über den Dingen, um irgendwelches Interesse an Sex zu zeigen. Allerdings interessierte sich eine weißgekleidete Frau für ihn, aber sie starb. «Böse schwule Typen in beiden Filmen, Mijnheer», sagte de Gier in triumphierendem Ton. «Und *Road Warrior* gelingt es, die meisten dieser Fucker zu töten. Verzeihung, Mijnheer.»

«Aha, aha», sagte der Commissaris, der eine Mandarine schälte.

«Alles paßt zusammen», sagte de Gier triumphierend.

«Vorausgesetzt», sagte der Commissaris, «Jo war im Central Park und hat sich als *Road Warrior* verkleidet. Sieht dieser Schauspieler Mel Gibson gut aus?»

«Ja», antwortete de Gier.

«Nun, das gilt auch für Jo Termeer. Wahrscheinlich trägt er schwarzes Leder und Stiefel? Diese Art? Ziemlich abgerissen? Gefährlich aussehende Waffen?»

«Er hat eine abgesägte Schrotflinte.»

Der Commissaris trank seinen Kaffee. «Ich könnte mir noch einen anderen Verdächtigen vorstellen, der wesentlich schlechter dasteht, Brigadier. Ich glaube, Sie wissen, wen ich meine.»

Da de Gier sich schon seit vielen Jahren in der Kunst der Kriminalistik übte, machte es ihm keine Schwierigkeiten, von einem Augenblick auf den anderen die Spur zu wechseln. Er ließ Termeer augenblicklich fallen.

«Charlie», sagte de Gier strahlend. «Termeers Nachbar. Charlie ist oft im Central Park. Der Mann ist ziemlich bekannt. Ich habe drei zuverlässige Informanten, die ihn als einen älteren muskulösen Typen beschreiben, der ein Bein hinter sich herzieht. Er soll freundlich und wohlhabend wirken. Er trainiert in der Nähe des Natural History Museums und wird gewöhnlich von einem Blindenhund begleitet, einer Schäferhündin. Ein Informant hat mir erzählt, Kali, die Hündin, sei auch zusammen mit Bert Termeer gesehen worden.»

«Aha», sagte der Commissaris. «Termeer war doch nicht sehbehindert? Ist Charlie sehbehindert?»

«Das werden wir heute abend erfahren, Mijnheer.»

«Erzähl mir über deine Informanten.»

De Gier beschrieb sie:

1. *Antonio, Ex-Alkoholiker, homosexuell, Krankenpfleger. Ein intelligenter Mann, der zusammen mit seinem Freund ein geordnetes Leben in einer Bed & Breakfast-Pension in der Horatio Street führt. Er besucht den Central Park regelmäßig, um sein Modellboot auf einem Teich fahren zu lassen. Antonio hat Charlie oft gesehen und auch den Hund Kali.*

«Aha», sagte der Commissaris. «Ich mag Ex-Alkoholiker. Kennt Antonio die beiden mit Namen? Besteht eine Freundschaft?»

«Nein, Mijnheer, die Namen habe *ich* hinzugefügt.»

«Hat Antonio Charlie an Termeers Todestag im Park gesehen?»

«Er glaubt, das wäre möglich.»

«Ah, der gute Antonio wieder. Hast du nicht gesagt, Antonio habe auch Termeer gekannt? Ihn einen ‹Propheten› genannt?»

«Ja, Mijnheer, die beiden haben einander kennengelernt. Termeer hat Antonio aufgefordert, ‹es zu beobachten›. Das hat irgendeine philosophische Bedeutung.»

«Bitte fahre fort», sagte der Commissaris. «Vielleicht erst noch einen Kaffee? Ich mach das für dich. So, das hätten wir. Keinen Zucker, ein bißchen Milch. Ich rühr ihn für dich um.»

De Gier nippte dankbar an seinem Kaffee und fuhr fort:

2. *Der uniformierte Sergeant an der Rezeption des Central Park Precinct, der sehr effizient und intelligent wirkt, spricht oft im Central Park mit Charlie. Er kennt auch Charlies Hund Kali. Er hat die beiden an Bert Termeers Todestag* nicht *gesehen.*

3. *Die berittene Polizistin Maggie McLaughlin, eine ausgeglichene und intelligente Person, kannte sowohl Charlie als auch Kali mit Namen. Sie hatte Charlie angewiesen, die Hündin an der Leine zu halten, woran er sich aber nicht hielt. Sie ist sich ziemlich sicher, daß sie Charlie und Kali an Termeers Todestag im Park gesehen hat.*

«Jetzt haben wir die umgekehrte Situation», sagte der Commissaris. «Wir haben die Gelegenheit, aber haben wir auch ein Motiv?»

18

Der Commissaris hatte in früheren, positiveren und restriktiveren Zeiten zuweilen gesagt: «Glück haben die, die nicht aufhören, sich zu bemühen.» In letzter Zeit hörte man ihn gelegentlich sagen: «Glück haben die Glücklichen.»

Während an jenem Nachmittag der Commissaris an einem Diavortrag über selbstgebastelte tödliche Waffen teilnahm und de Gier durch das Metropolitan Museum schlenderte und sich die wunderschöne Ausstellung papuanischer Kunst anschaute (hölzerne Dämonen, die anderen hölzernen Dämonen aus dem Kopf herauswuchsen), passierten zwei bedeutsame Dinge. Das eine war, daß Trevor, der Mörder des Madenmädchens, von Detective Tom Tierney im Central Park erschossen wurde.

Dazu war es gekommen, nachdem Detective Jerry Curran, als Stadtstreicher verkleidet, ein Telefongespräch Trevors von einem öffentlichen Fernsprecher aus belauscht hatte. Trevor hatte die Botschaft des Gesprächspartners wiederholt und dabei die Codewörter «Zabar's», «Nynex» und «Alice» und die codierten Buchstaben-Zahlen-Kombinationen «1K», «2P» und «4P» benutzt. Detective Sergeant Hurrell hatte keine Probleme damit, Trevors Code zu knacken. Völlig korrekt, wie sich später herausstellte, vermutete er, daß Trevor seinen Gesprächspartner um 14.00 Uhr an der Bronzestatue von «Alice im Wunderland» im Central Park treffen wollte.

Beide Parteien würden Einkaufstüten von dem berühmten New Yorker Delikatessengeschäft «Zabar's» tragen, und beide Tüten würden ein Nynex-Telefonbuch enthalten. Die beiden Beteiligten würden einander nicht begrüßen, sondern sich wortlos nebeneinander auf die gleiche Bank setzen. Nach einer Weile würden sie dann mit der Einkaufstüte der jeweils anderen Partei wieder aufstehen.

Falls die Luft rein blieb und keine Polizei auftauchte, würden sie sich um 16.00 Uhr erneut an der Alice-Statue treffen. Diesmal enthielte Trevors Tüte den aktuellen Großhandelspreis für ein Kilo Heroin in Dollar und die Tüte der anderen Partei das Produkt.

Als Hurrell und seine beiden Assistenten versuchten, Trevor festzunehmen, nachdem dieser die Einkaufstüte mit dem Heroin an sich genommen hatte, zog Trevor eine Pistole unter seiner Jacke hervor. Später stellte sich heraus, daß Trevors Waffe nicht geladen gewesen war.

Detective Tom Tierneys Waffe war geladen.

Als Sergeant Hurrell später an jenem Nachmittag sichtlich zufrieden durch den Park ging, bemerkte er ein menschliches Wrack, das auf einer Bank zusammengesackt war. Merkwürdigerweise trug der Mann einen dunkelbraunen Tweedanzug mit Weste, ein gutes Hemd, das einmal weiß gewesen war, eine Krawatte, cremefarbene Wollsocken und Lederschuhe, die noch Spuren von Politur aufwiesen.

Hurrell ließ den Mann mit einem Streifenwagen zum Central Park Precinct schaffen, wo er gestand, er habe die Kleider von einem Toten, über den er zufällig gestolpert sei. Der Mann, der betrunken und stoned war, konnte sich nicht mehr daran erinnern, wann und wo er jenen Toten gefunden hatte. «Ist schon ’ne Weile her.» Er sagte, der, den er gefunden habe, sei tot gewesen und habe «geblutet».

Dann schien er sich seiner früheren Umgangsformen zu erinnern, stand umständlich auf und berichtete «mit theatralischen Gesten», wie Hurrell in seinem Protokoll geschrieben hatte, daß der Tote uriniert habe und daß er ihn «in den frühen Morgenstunden» gefunden habe.

Chief O’Neill, der den Commissaris nach dem Vortrag zum Hotel zurückfuhr, hörte die Neuigkeiten im Polizeifunk. Er hielt an der 85th Street/Transverse an, wo Hurrell ihnen auf dem Central Park Precinct die beschlagnahmten Kleidungsstücke zeigte.

«Keine Geldbörse?»

«Nein», sagte Hurrell. «Aber schauen Sie sich die Hose einmal genau an.» O'Neill bemerkte eingetrocknetes Blut um den Hosenschlag. Sofort erfand er eine Geschichte dazu. «Bert Termeer mußte also pinkeln. Der arme Kerl ist hingefallen, verspürte ein Bedürfnis, öffnete den Schlag, pinkelte, bekam einen Herzanfall, schlug um sich, warf den Kopf herum, das Gebiß flog durch die Gegend, und dann starb er.»

Sichtlich angeekelt rümpfte O'Neill die Nase. «Ein Waschbär spürt sein Nachtmahl auf und reißt ab, was Termeer entblößt hat. Anschließend findet Hurrells Penner die Leiche, zieht ihr die Kleider aus und zieht sie sich selbst an. Seine eigenen Klamotten und die schmutzige Decke läßt er zurück. Dann rückt der Waschbär mit seiner ganzen Familie an. Durch die ständige Unruhe werden allmählich auch die Raubvögel im Park angelockt. Habichte hacken auf den Kopf ein, während die Waschbären sich den Unterleib vornehmen. Hab ich recht, Yan?»

«Warum nicht, Hugh?» Der Commissaris schaute sich das Blut auf der Tweedhose an, die Sergeant Hurrell emporhielt, damit er sich selbst ein Bild machen konnte. «Sicher, Hugh, so könnte es gewesen sein.»

Hugh klopfte Hurrell auf die Schulter. Er lächelte. «Ich glaube, damit ist unser Fall nun endgültig abgeschlossen. Gute Arbeit, Hm, Irk?»

19

Der Hotelboy Ignacio hatte gesehen, daß de Gier gekommen war, um den Commissaris abzuholen. Er hatte auch bemerkt, wie die beiden Männer sich über einen Stadtplan beugten, um die Watts Street in Tribeca zu suchen. Deshalb war er zu ihnen hingegangen, hatte sie begrüßt und darauf bestanden, daß sie den Gratis-Limousinen-Service des Cavendish in Anspruch nahmen.

Die Limousine, die selbst für diese Art von Fahrzeugen ausgesprochen lang und schwerfällig wirkte, blieb auf der Canal Street im Stau stecken. Der Commissaris sagte dem Fahrer, sie könnten die kurze restliche Strecke auch zu Fuß gehen. Nachdem sie ausgestiegen waren, löste sich der Stau auf, die Limousine verschwand und mit ihr de Giers Stadtplan, den der Commissaris auf dem Rücksitz hatte liegenlassen.

«Watts Street kann doch nicht so schwer zu finden sein», meinte der Commissaris. «Hier gibt es doch viele Passanten. Die werden alle wissen, wo sie liegt.»

De Gier, der in Gedanken immer noch bei den Geistermasken und Seelenbooten war, die er sich am Nachmittag im Museum angeschaut hatte, ging verträumt nebenher.

Da sie sich nun auf der Ostseite der Canal Street befanden, würden sie nach Westen gehen müssen, vom East River zum Hudson, und dann nach Süden, auf die Türme des World Trade Centers zu, die man nach Ansicht des Commissaris gar nicht verfehlen konnte.

«Watts Street, Tribeca», sagte der Commissaris, «ist eine Abkürzung für *Triangle Below Canal.*»

«Aha», sagte de Gier.

«Charles Gilbert Perrin», las der Commissaris in seinem Notizbuch. «Er erwartet uns», sagte er. «Ich habe ihn angerufen. Am Telefon wirkte er sehr freundlich.»

«Gut», sagte de Gier.

«Weißt du, warum Hurrell Charlie nicht in Tribeca besucht hat, sondern ihn auf dem Precinct vernommen hat? Weil Tribeca bekannt ist für seine Transvestiten-Huren. Hurrells Kind ist in Tribeca umgekommen.» Der Commissaris seufzte.

De Gier seufzte auch.

Beide Seiten der Canal Street wurden von einer schier endlosen Reihe von Marktständen gesäumt. Menschentrauben drängten sich um die Verkaufsstände, so daß für den Autoverkehr nur noch eine enge Gasse in der Mitte frei blieb. Essensgerüche vermischten sich mit dem Qualm von verbranntem Dieselöl. Riesige Lastwagen und Busse ignorierten Verkehrsampeln und donnerten zwischen den Marktständen hindurch. Polizisten versuchten, eingekeilte Autos durch Pfiffe mit der Trillerpfeife wieder in Bewegung zu setzen.

«Watts Street?» fragte der Commissaris Menschen verschiedenster Hautfarbe, die alle völlig unterschiedlich gekleidet waren.

«Vots Stjiet? Trots Strit? Zlotz Striet?» fragten sie zurück.

Die Menschenmenge drückte den Commissaris und de Gier in eine Ecke, wo die beiden plötzlich vor einem Stand mit chinesischem Aufziehspielzeug standen: Käfer, die auf andere Käfer krochen, Clowns, die ungelenk umherstolperten, flammenspeiende Monster, die tanzten, Kaninchen, die versuchten, Kartonwände zu erklettern, aber zurückfielen und dann knatternd auf dem Boden lagen, als litten sie unter Verdauungsstörungen.

Ein kleines schwarzes Mädchen mit kunstvoll geflochtenem und perlengeschmücktem Haar nahm die Spielzeugfiguren, die stehenblieben, und gab sie einem Jungen, der sie wieder aufzog und sie ihr dann zurückgab.

Am nächsten Stand unterhielt eine Suppenverkäuferin ein Holzkohlefeuer unter großen Aluminiumbehältern. Braune Kinder warfen welkes Gemüse, blutige Knochen und Fischköpfe in die blubbernde Flüssigkeit, die sich bereits in den Behältern befand.

«Sopa?» fragte die Verkäuferin und hielt den beiden eine Suppenschüssel und einen Löffel hin.

«Nein, vielen Dank. Kennen Sie die Watts Street?»

De Gier lauschte dem Stimmengewirr, das ihn umgab. Das linguistische Interesse des Brigadiers war erwacht. Kaum jemand sprach hier Englisch. Alle diese Leute waren vermutlich noch nicht lange hier. Amsterdam war auch eine internationale Stadt, und de Gier hatte gelernt, fremdartige Laute voneinander zu unterscheiden und ihren Ursprung zu erraten. Hier hörte er Chinesisch, sowohl Kantonesisch als auch Mandarin, außerdem Arabisch und Spanisch. Große Frauen in fremdartigen Gewändern hielt er für Tibeterinnen. Andere große Frauen in andersartigen Gewändern konnten seiner Meinung nach Zulus sein. Zwei weiße Käufer, die vorübergingen, hielt er für Finnen.

«Vot Street you vont?» fragte die Suppenverkäuferin.

«Watts.»

Die Frau dirigierte sie zu einem kleinen Klapptisch, der in einer Toreinfahrt stand. Ein Mann mit einem wunderschönen schwarzen Bart, der einen Turban und ein langes fließendes Gewand trug, verkaufte Glühbirnen. Eine Geruch von gutem Marihuana hing in der Luft und vermischte sich mit dem Duft von Räucherstäbchen, die vor dem Ölgemälde eines Gurus brannten, der im Lotossitz abgebildet war.

«Watts Street?»

«What Street?»

Sie bogen in südlicher Richtung in die nächste Seitenstraße ein, folgten einer Gasse, in der sie keinen Straßennamen fanden, und gingen dann im Zickzack, bis sie den Fluß sahen.

«Vielleicht ist es hier?»

«Ich frag mal.» De Gier ging zu einer großen weißen Prostituierten, die unter einem Mantel aus imitiertem Luchsfell einen Minirock und eine Seidenbluse trug. «Wir suchen die Watts Street.»

«Die ist hier», antwortete die Prostituierte in kräftigem Bariton. «Bis runter zum Hudson River. Aber da finden Sie nichts als Industriegebäude und mich. Mein Minivan steht gleich um die Ecke. Ich arbeite im Auto. Kann ich Ihnen gefällig sein?»

«Nein, danke.» De Gier schaute sich nach den Hausnummern um. «Wo ist Nummer zwei?»

«Bert und Charlie?» fragte der Transvestit.

Der Commissaris war näher getreten. Er sagte erfreut: «Ja, richtig. Kennen Sie die?»

Der Transvestit schaute die beiden Fremden mißtrauisch an. «Ihr könnt keine Bullen sein. Nicht mit diesem Akzent.»

«Wir sind Bullen aus den Niederlanden», erklärte der Commissaris. «Wir stellen hier nur Nachforschungen an. Lebt Bert Termeer hier?»

Der Transvestit klopfte eine Zigarette aus der Packung. «Haben Sie Feuer?»

«Wir rauchen nicht mehr», sagte de Gier.

Der Transvestit hustete stark. «Gut für Sie. Ich rauche wegen des Wetters, aber das Wetter wird immer schlechter.» Schließlich fand er in seiner Handtasche ein Streichholz. Er saugte gierig den Rauch ein, hustete, und rauchte dann wieder. «Euer Termeer ist tot.»

«Das wissen wir», sagte der Commissaris. «Deshalb sind wir ja hier.» Er streckte die Hand aus und stellte sich mit seinem Namen vor.

Der Transvestit lachte und entschuldigte sich dann gleich deswegen. «Was ist *das* denn für ein komischer Name?» Er schüttelte dem Commissaris die Hand. «Ich heiße Teddy.»

De Gier gab ihm auch die Hand.

Teddy brachte sie zu einem dreistöckigen Lagerhaus, an dem der Putz abbröckelte. Zwischen Reihen von Fenstern, die mit Brettern vernagelt waren, lächelten weißhäutige Apostel mit schwarzen Bärten freundlich auf sie herab. Vögel hielten Fahnen empor. Auf den Fahnen stand:

Gib deine Zeit
Arbeite für Gott
Gib dein Geld

«Euer Geld könnt ihr *mir* geben», war Teddys Kommentar. «Ich brauche dringend welches. Muß mir unbedingt Hustentropfen kaufen.»

De Gier gab ihm einen Zwanzigdollarschein.

Teddy dankte ihm. «Wollen Sie sich meine Wohnung in der Bowery einmal ansehen? Ich habe die beste Sammlung von Peitschen und Ketten in Downtown.»

«Nein, danke», sagte de Gier, «wir haben wirklich keine Zeit.» Er deutete auf die zwanghaften Lächler und auf die Texte tragenden Vögel.

«Haben Termeer und Charlie das hier angebracht?»

Teddy lachte. «Nein, das war der Good Lord Club. Der hat Pleite gemacht. Die Bank hat das Gebäude übernommen, und Charlie hat es gekauft. Hier ist für solche Sekten nicht viel zu holen.» Er deutete auf die düsteren Lagerhäuser, die die ganze Watts Street säumten. «Hier gibt es niemanden zu bekehren.»

Zwei Reihen von Steintreppen führten zu einer Metalltür. Der Commissaris versuchte, das kleine handgeschriebene Türschild neben der linken Tür zu lesen, doch seine Brille war und blieb zu schwach.

Teddy half ihm. *Bert, der Buchhändler.*

«Haben Sie Bert Termeer gekannt?» fragte der Commissaris Teddy.

Teddy schnitt eine Grimasse. «Klar.»

«War er Ihnen sympathisch?»

«Ich mag Charlie», sagte Teddy. «Charlie bittet mich ins Haus, wenn es regnet. Manchmal essen wir zusammen Nudeln im Restaurant.» Er hob eine Schulter. «Einfach Freunde, verstehen Sie. Getrennte Rechnungen. Alltägliche Konversation. ‹Gib mir doch bitte die Sojasauce.› Ich mag das. Einfach freundlich sein.» Er deutete auf seinen Stammplatz an der Ecke der Watts Street. «An dem Lampenpfahl dort ist man verdammt einsam. Ich mache immer eine Mittagspause. Wenn Charlie Nudeln essen möchte und zufällig vorbeikommt, gehen wir zusammen essen.»

«Und Termeer hat Sie nicht zu sich eingeladen, wenn es regnete?»

«Doch, sicher», sagte Teddy. «Oft sogar. Bei jedem Wetter.» Er schaute über seine Schulter. Am Ende der Straße wartete ein Mann. «Oh, die Pflicht ruft. Entschuldigen Sie mich bitte.»

Teddy ging auf seinen langen, in Seidenstrümpfe gehüllten Beinen davon und schwang seine schmalen Hüften.

Der Commissaris und de Gier schauten sich die Tür auf der rechten Seite des unfreundlich wirkenden Gebäudes an. Charlies Namensschild bestand aus einem Streifen gelben Papiers, das mit einer abblätternden Plastikschicht bedeckt war. Der Name war mit einem schwarzen Kugelschreiber geschrieben.

charles gilbert perrin

Der Commissaris drückte auf den oxidierten Messing-Klingelknopf. In unmittelbarer Nähe seines Ohrs ertönte aus einem verborgenen Lautsprecher ungewöhnlich klar eine ruhige, tiefe Stimme.

«Ich brauche nichts. Haben Sie vielen Dank. Leben Sie wohl.»

Der Commissaris nannte seinen Namen.

«Die niederländische Polizei?» fragte Charlie. «Einen Augenblick, bitte, ich komme sofort.»

Der Commissaris schaute die Watts Street hinunter und fragte sich, wie Grijpstra dieser Ausblick wohl gefallen hätte. Vielleicht hätte er ihn eines Sonntagmorgens gemalt, einfach um einmal ein anderes Motiv als seine ewigen toten Enten zu haben. Der Commissaris fand, daß die enge, leere Gasse – nicht einmal Autos schienen sich hineinzuverirren – einen Künstler hätte inspirieren können, der auf der Suche nach ungewöhnlichen Motiven war. Die Leere der Watts Street wirkte sehr ungewöhnlich, vielleicht wegen des geisterhaften Lichts, das vom schimmernden Hudson gespiegelt wurde.

Auch de Gier hatte die merkwürdige Atmosphäre gespürt. «Eine Straße am Ende der Zeit. Niemand hier außer den Toten, Mijnheer. Aber sie könnten zurückkehren.»

Die riesigen grauen und braunen Gebäude lagen wie ausgestorben da. Lagerhäuser für gestohlene Waren? Fabriken, in denen illegale Einwanderer für Hungerlöhne arbeiteten? Gewaltige Stahltore versperrten jedem Neugierigen den Weg.

Hinter der Tür des Gebäudes mit der Nummer zwei hörten sie Geräusche. Schlösser wurden entriegelt.

Der Mann, der auftauchte, wirkte gepflegt, freundlich und gesund. Ein Mann Mitte Fünfzig. Die Muskelpracht, die Mounted Maggie und der diensthabende Sergeant auf der Central-Park-Wache erwähnt hatten, war unter dem blauen Rollkragenpullover kaum zu erkennen. Charlies dunkelblondes Haar war auf eine sehr altmodische Weise frisiert; die Ohren waren freirasiert, und das kurzgeschnittene, anliegende Haar war sorgfältig gekämmt. Charlies Gesicht hatte eine natürliche Bräune, und offenbar hatte er sich gerade erst rasiert. Seine braunen Augen funkelten hinter seiner randlosen Brille. Seine große Nase war leicht gebogen. Er hatte gute, gepflegte Zähne und nur eine einzige Goldfüllung. Die Armbanduhr an seinem Handgelenk konnte von der Canal Street stammen; es war eine Digitaluhr mit einem einfachen Metallarmband, wie man sie für zwanzig Dollar bekam.

Der Commissaris reichte Charlie seinen Dienstausweis. De Gier nannte seinen Namen. Charlie las den Nachnamen des Commissaris mühelos und ohne jeden Akzent vor.

Charlie lächelte. «Bitte, treten Sie doch ein.»

«Sprechen Sie Niederländisch?» fragte der Commissaris, der überrascht war, daß Charlie die vielen Konsonanten seines langen Namens richtig aussprechen konnte.

«Ich habe eine Zeitlang in Aachen gelebt», erklärte Charlie. «Direkt an der Grenze. Manchmal bin ich hinübergefahren; so habe ich gelernt, eure niederländischen Wörter richtig auszusprechen.»

«Sprechen Sie viele Sprachen?» fragte de Gier.

«Wer so aufwächst wie ich, kann gar nicht anders, als Sprachen zu lernen. Ich spreche Jiddisch, Polnisch, Deutsch, Französisch und natürlich Englisch. Englisch...» Charlie lächelte, «...ist am Anfang leicht, aber man lernt es nie richtig.» Er führte seine Gäste in einen sauberen und leeren Korridor mit roten Backsteinwänden. «Es ist immer gut, sich fließend in der jeweiligen Sprache ausdrücken zu können, wenn man durch feindliche Hände gereicht wird.»

«Ist Perrin ein polnischer Name?» fragte der Commissaris.

«Früher hieß ich anders, aber an meinem alten Namen klebte zuviel Blut. In Amerika konnte ich mir selbst einen Namen aussuchen. Ich heiße ‹Charles› nach Charles Willeford, meinem Lieblingsautor, einem fröhlichen Nihilisten. ‹Gilbert› ist eine Hommage an einen Lehrer, den ich als Schüler sehr geliebt habe. Und ‹Perrin› ist eine kleine Stadt in Maine, von der ich träume, wenn der Wind in die falsche Richtung bläst und die Watts Street erbärmlich stinkt. Ich fahre manchmal nach Perrin, um den Seetauchern zuzuhören.»

«Die Seetaucher singen manchmal mit den Kojoten zusammen», sagte der Commissaris. «Ihr Gesang bringt einen dazu, sich von abgestandenen Ideen zu trennen.»

Charlie lachte. «Genau.» Er schaute dem Commissaris in die Augen. «Genauso ist es. Offensichtlich sind Sie auch schon dort gewesen.»

Sie folgten Charlie, der durch sein krankes Bein ein wenig behindert war, in einen uralten Industrieaufzug, einen Käfig, der wie ein Wohnraum möbliert war. Die Niederländer setzten sich auf zwei Stühle mit gerader Rückenlehne, während Charlie zwei lange Hebel betätigte. Auf einem Kartentisch ragte eine einzelne langstielige Rose elegant aus einer schlanken Vase empor. Ein Orientteppich bedeckte den Boden.

«Warum nicht?» bemerkte Charlie. «Niemand mag Käfige. Dieser Aufzug ist schon alles mögliche gewesen. Ich gehe gern zu Auktionen, oder ich verwende Dinge, die ich auf der Straße finde. Vorigen Monat war dies ein Kabinett für Alben mit westafrikanischen Kolonialbriefmarken, die ich vor ein paar Tagen wieder verkauft habe.» Er machte eine ausholende Armbewegung. «Ein reines Hobby. Es hat mir Freude gemacht, diese Briefmarken eine Zeitlang um mich zu haben. Sie hatten wundervolle Farben, und es waren wunderschöne kleine Bilder. Für mich war das eine Möglichkeit, mich in die Kolonialzeit zurückzuversetzen. Ich hatte auch einmal eine Ausstellung mit Fotos von Laurel und Hardy in diesem Lift. Ich habe sie jahrelang gesammelt und sie dann einem Museum überlassen. Davor habe ich versucht, einen Maori-Tempel zu rekonstruieren, mit bemalten Bambuswänden und einem Rattanboden. Und davor, lassen Sie mich überlegen... ja, richtig, da hatte ich hier vollständige Werke von René Daumal. Auf diesem Tisch.» Er schaute seine Gäste an. «Kennen Sie René Daumal? Nein?»

Der Aufzug hielt an, aber Charlie öffnete die Ziehharmonikatür noch nicht. «Daumal war ein französischer Essayist und Dichter, der im Jahre 1943 mit sechsunddreißig Jahren starb.» Charlie schnippte mit den Fingern. «Daumals tiefer Nihilismus hat mich sehr aufgemuntert. Haben Sie seine Schriften wirklich nicht gelesen?» Er schaute den Commissaris an. «*A night of Serious Drinking* oder *La Grand Beuverie*? Nein?»

Er schaute de Gier an. «*Le Mont Analogue*? Das ist unvollendet, weil Daumal kurz vor der Fertigstellung an Tuberkulose starb. Genau wie die Eltern von Willeford. Eine sehr nützliche Krankheit. Sie wirft uns plötzlich auf uns selbst zurück. Meinen Sie nicht?»

De Gier holte seinen Notizblock hervor und schrieb den Namen des Dichters und die Buchtitel auf.

«Aha, Sie sind also interessiert», stellte Charlie fest, während er lautlos die Aufzugtür öffnete. Offenbar war sie gut geölt.

Der Commissaris sagte, de Gier verstünde Französisch, und außerdem suche er ständig nach Nichts, «... und wie Sie sagten, Daumal verneine...»

Charlie konzentrierte sich auf de Gier. «Wissen Sie, was mir an dem, was Daumal geschrieben hat, am besten gefällt? Nein? Dann werde ich es Ihnen sagen.»

Er hielt eine Hand empor, bis er sicher war, daß de Gier ihm wirklich zuhörte. «Ich finde das wunderschön. Daumal sagt: ‹*Je vais vers un avenir qui n'existe pas, laissant derrière moi à chaque instant un noveau cadavre.*› Können Sie das übersetzen?»

De Gier bat Charlie, den Satz zu wiederholen.

Charlie sagte ihn noch einmal.

«Ich gehe auf eine Zukunft zu, die nicht existiert, und lasse in jedem Augenblick eine Leiche hinter mir», übersetzte de Gier.

«Wundervoll», sagte Charlie. Er deutete auf den Aufzug. «Ich hatte alle acht veröffentlichten Bücher Daumals hier. In verschiedenen Ausgaben. Ich habe sie nicht mehr. Nur *Le Mont Analogue* habe ich behalten, das Buch, das Daumal nicht mehr vollenden konnte.»

Der Commissaris schaute auf die Aufzugkabine zurück, die wie ein Viktorianisches Boudoir aussah. «Wird es so bleiben, wie es jetzt ist?»

«Bleibt denn irgend etwas so, wie es ist?» fragte Charlie zurück.

«Und was ist Ihr nächstes Projekt?»

«Ich stelle mir Regale voller Menschenschädel vor», antwortete Charlie. «Ich habe ein paar in der Canal Street gefunden. Partydekoration für Halloween, aber aus gutem, solidem Plastik. Ich habe Löcher hineingeschlagen, sie zusammengebunden und sie in den Fluß gehängt. In einem Monat werde ich sie wieder herausholen. Dann lege ich sie in die Regale, möglichst unordentlich, ein paar verkehrt herum, ein paar auf der Seite liegend. Es soll aussehen wie Guatemala. Und dazu wird von einem Kassettenrecorder jedesmal, wenn der Aufzug in Bewegung gesetzt wird, eine Ballade von Charlie Haden ertönen.» Er schaute de Gier ins Gesicht. «Gefällt Ihnen Charlie Haden?»

De Gier bejahte das.

«Was spielt er?»

«Charlie Haden spielt Kontrabaß, Sir.»

Charlie legte de Gier liebevoll eine Hand auf die Schulter. «Sie bewerben sich aber nicht als Schüler bei mir, oder? Ich lehre nicht, müssen Sie wissen.» Er lächelte und zwinkerte de Gier zu.

«Ich mache nur Spaß. Vielleicht mache ich das mit den Totenköpfen auch gar nicht und lasse sie im Fluß verrotten.» Er wirkte gut gelaunt. «Was halten Sie von meiner anderen Idee: Eine Ausstellung von Hampelmännern, diesen flachen, zweidimensionalen Figuren ohne Tiefe – genau wie die meisten Menschen – mit einem Stück Schnur zwischen den Beinen. Wenn man daran zieht, bewegen sie die Arme und Beine und lachen.»

Der Commissaris, der immer noch zur Aufzugkabine zurückschaute, hatte darin ein gerahmtes Farbfoto von einer rothaarigen Frau mit grünen Augen und milchweißer Haut entdeckt, das von einer Metallstange herabhing.

«Carolien», erklärte Charlie. «Berts Freundin. Jetzt, wo Bert tot ist, habe ich mir gedacht, ich hänge es auf, Berts bessere Hälfte...»

Der Commissaris ging in die Aufzugkabine zurück, um sich das Bild genauer anzuschauen.

«Das ist nicht die echte Carolien», erklärte Charlie. «Ich habe das Bild an dem Tag, als ich Berts Überreste im Leichenschauhaus identifizieren mußte, bei einem Trödler gefunden. Ich dachte mir, es würde ihm vielleicht gefallen.»

Charlie führte die beiden Besucher durch einen weiteren leeren Gang zu seiner Wohnung. «Hier lebe ich, auf dem obersten Stockwerk. Bert hatte den Rest des Gebäudes gemietet. Entweder werde ich seinen Teil wieder vermieten, oder ich werde ihn als Obdach zur Verfügung stellen.»

«Ich habe gehört, Sie hätten ihm bei seinem Buchversand geholfen», sagte de Gier. «Haben Sie nicht vor, ihn weiterzuführen?»

Charlie machte eine abwehrende Geste. «Ach, nein.»

Ein Hund erwartete Charlie an der Eingangstür zu seiner Wohnung.

«Hallo, Kali», begrüßte de Gier ihn.

Die Schäferhündin wedelte bedächtig mit ihrem buschigen Schwanz, hielt dem Commissaris eine Pfote zur Begrüßung hin und bellte zweimal würdevoll und klar. Sie zog die Pfote wieder zurück und ging vor den Besuchern her, wobei sie sich immer wieder umschaute, um sich zu vergewissern, daß die beiden ihr auch wirklich folgten.

Charlie erklärte, seine Wohnung sei früher eine Fabriketage gewesen. Er hatte das Parkett selbst verlegt. In einem Bauholzgeschäft in der Nähe hatte er günstige Restbestände aufgekauft. Die verputzten Wände hatte er etwas ausgebessert und dann geweißt. Die soliden Mahagoni-Deckenbalken hatte er mit Stahlwolle gebürstet und sie dann gebeizt. Das glänzende alte Holz bildete einen schönen Kontrast zu den schweren Eichendielen, die von Balken gehalten wurden.

Mehrere große Sessel, eine Couch und ein runder Eßtisch mit Stühlen, die alle unterschiedlich waren, wirkten wie Museumsstücke, die die verschiedensten Stile repräsentierten. Ein Küchenofen, zwei Kühlschränke und eine Wasch- und Trockenmaschine sowie Schränke und offene Regale, alle unterschiedlich, jedoch in der gleichen weißen Farbe gestrichen, waren an der rückwärtigen Wand des langgestreckten Raums aufgereiht. Alle Möbelstücke und Einrichtungsgegenstände waren sauber und funktionsfähig.

«Ich habe das alles gefunden», erklärte Charlie. «In Tribeca braucht man nichts weiter als einen Handkarren und ein wenig Zeit. Den Handkarren habe ich auch gefunden.»

Das Schlafzimmer war eine Art Galerie am Ende des Raums, die man über eine Wendeltreppe aus Metall erreichen konnte. Auf einer Plattform aus schweren Versandkisten stand eine eiserne Badewanne. Über der Wanne hing eine Leselampe. Auch ein Fernseher und ein Videogerät standen bereit, so daß man von der Wanne aus fernsehen konnte.

«Das ist die Unterhaltungsecke», sagte Charlie.

Der Commissaris ging in Begleitung von Kali durch den Raum – den man eigentlich als Halle bezeichnen mußte. «Mögen Sie leere Wände?»

«Wände der Seele», sagte Charlie.

«Wie bitte?»

«Es ist besser, sie leer zu lassen.»

Der Commissaris sah verblüfft aus.

«Aber leer kann auch beängstigend wirken», sagte Charlie. «Das ruhelose Auge, verstehen Sie. Es braucht immer etwas, worauf es schauen kann.» Er schaute de Gier an. «Können Sie Sanskrit lesen?»

De Gier verneinte das.

«Ich auch nicht», sagte Charlie. «Vielleicht sollte ich die Wände mit arabischen Schriftzeichen verzieren. Die sind ziemlich kunstvoll, all diese Schnörkel und schwungvollen Kurven. Aber Sanskrit wirkt noch fremdartiger.»

Der Commissaris sah verwirrt aus.

«Arabisch», sagte Charlie. «Texte aus dem Koran. Ich weiß nicht viel über den Islam. Und je weniger, desto besser. Unlesbare Hieroglyphen zu schreiben war übrigens Termeers Idee.»

«Ah.»

«Ja», fuhr Charlie fort. «Es wäre nicht schwierig. Ich kopiere in der Columbia University oder in der Asia Society ein paar schön aussehende arabische Texte, vergrößere sie und male die Schriftzeichen dann mit der Hand auf die ganze Wand.» Er machte eine weitausholende Handbewegung. «Wirklich ganz groß. Ich habe ja Platz genug hier.»

«Inspiriert Sie das?» fragte de Gier.

«Ein blasser Purpurschatten auf diesem gedämpften Weiß», sagte Charlie. «Inspirieren? Ja, sicher. Das will ich meinen.»

«Aber Sanskrit-Texte würden Sie auch inspirieren?»

«Solange ich sie nicht lesen kann», antwortete Charlie. «Sonst würde ich mich in ihrem oberflächlichen Sinn verfangen.» Er schaute den Commissaris besorgt an. «Verstehen Sie, was ich meine?»

Der Commissaris kraulte Kali zwischen ihren pelzigen Ohren. Die Hündin knurrte, nicht unfreundlich, und drückte ihn sanft in einen Sessel. «Und dann würden Sie diese inspirierenden, aber vor allem unverständlichen Texte irgendwann wieder übertünchen?»

Charlie schaute sich nachdenklich die weiße Mauer an. «Ja, nach einiger Zeit. Vielleicht erst nach Jahren. Aber auf keinen Fall würde ich sie ewig so lassen. Sie würden dann alt werden.»

«Vielleicht würden Sie ja auch irgendwann lernen, den Text zu lesen.» Der Commissaris lachte. «Das Problem hat de Gier übrigens auch. Wie kommst du mit deinem spanischen Buch voran, Rinus?»

De Gier hatte am Morgen in der Subway Alvaro Mutis *Novella* gelesen, ohne allzuviel von dem, was der Schriftsteller sagte, zu verstehen. Da ihm der Sinn verschlossen blieb, hatte er die Poesie von Mutis ausgewogenem und musikalischem Satzbau würdigen können. «Aber als ich mir die Seiten noch einmal anschaute, merkte ich, daß ich doch etwas von dem Sinn aufgeschnappt hatte.»

«Genau.» Charlie nickte. «Wahrscheinlich ginge es mir auch so, wenn ich mir meine Sanskrit-Texte von der Badewanne aus anschauen würde. Ich würde neugierig werden, mich in die Bibliothek setzen und studieren. Darüber reflektieren.» Er schüttelte traurig den Kopf. «Wie ich schon sagte, ich würde mich in ihrer – wie sagt man doch gleich – allgemeinverständlichen Seite verlieren.»

«Und was dann?» fragte der Commissaris.

Auch de Gier schaute ihn an. «Übermalen. Die Bücher verschwinden. Die Wände werden überstrichen.»

Charlie schaute verträumt auf seine riesige, weiße Wand.

«Würden Sie die Wand dann wieder leer lassen?» fragte der Commissaris.

«Das sollte ich eigentlich», antwortete Charlie, «aber ich glaube, ich würde dann zukünftige Lebensformen daraufmalen.» Er nahm ein Skizzenbuch vom Regal. Die Seiten des Buchs waren mit Zeichnungen von Käfern gefüllt. Einige der Insekten waren vollständig abgebildet, von anderen nur der erhobene Unterkörper, bereit zur Kopulation. Wieder andere Zeichnungen zeigten lange, anmutig geschwungene Antennen, Facettenaugen, Kiefer mit vorstehenden Fühlern, Flügelsegmente.

«Die Zukunft», sagte Charlie. «Wenn ich dort drüben im Bad sitze und mir die Nachrichten anschaue, weiß ich, genauso wie Sie das auch wissen und wie es eigentlich jeder weiß, daß wir uns auf das Ende von gewissen Dingen zubewegen.»

«Wir Menschen», sagte der Commissaris.

«Wir Menschen, Sir. Wir kommen einfach nicht mit unseren unbegrenzten Fortpflanzungsmöglichkeiten in Verbindung mit einer destruktiven Technologie zurecht.» Charlie zuckte die Achseln. «Ist nun mal so.» Charlie lächelte. «Es wird immer etwas anderes folgen.»

Charlie sagte voraus, daß die nächste Evolutionswelle die Käferartigen bevorzugen werde. «Die Käferartigen werden ihre Sache eine Weile gut machen, und dann passiert wieder das gleiche: Die Intelligenz nimmt zu, der Egoismus bleibt, die Wissenschaft verdoppelt die Lebenszeit, wodurch das Bevölkerungswachstum explodiert, und schließlich zerstören sich die Käferartigen selbst, so wie die Menschen es vor ihnen gemacht haben.»

«Es wären ja auch Veränderungen denkbar», wandte de Gier ein.

Charlie wechselte geschickt die Richtung. «Was passiert, wenn es das nächste Mal anders wird? Was ist, wenn die Käferartigen es schaffen, wenn sie lernen, in Harmonie miteinander zu leben? Duldet das Chaos Zufriedenheit? Würde dann nicht irgendwann wieder ein Meteor den Planeten der intelligenten Käferartigen treffen und sie vernichten wie einst die Dinosaurier?»

«Ah», sagte der Commissaris, dem diese Aussichten kein größeres Unbehagen zu bereiten schienen.

«Glauben Sie an das Ende der Menschheit, Sir?»

Der Commissaris glaubte an viele kleine Enden von vielen kleinen Wesen, unter anderem auch an das Ende der Menschen.

«Schon bald?»

Es gebe gewisse Anzeichen dafür, oder etwa nicht?

Charlie zeigte sich überrascht. «Dann sind Sie also kein Optimist, Sir? Was meinen Sie, was passieren wird? Werden wir uns gegenseitig stupide abschlachten, oder wird das ein Meteor für uns erledigen?»

Der Commissaris meinte, was ihn beträfe, sei ihm beides gleich recht, aber es sei schon so, wie Charlie gesagt habe: Es gebe immer etwas, was danach komme. Er persönlich glaube eher an Quallenartige als zukünftige Formen bewußten Lebens. Angesichts der Tatsache, daß die Polkappen schmelzen, die Meere sich ausbreiten und die Landmassen schrumpfen, könne man durchaus die Entwicklung höherentwickelter Wasserlebewesen vermuten.

«Die so aussehen wie Quallen?»

«Hast du was dagegen, wenn ich aufstehe?» fragte der Commissaris die Hündin. Kali trat zurück.

Der Commissaris wandelte durch den gigantischen Wohnraum, wobei er sorgsam darauf achtete, nicht mit der Spitze seines Gehstocks das Parkett zu verkratzen. Er sagte: «Warum sollen sich zukünftige Lebensformen den Mustern entsprechend entwickeln, die der menschliche Geist sich leicht vorstellen kann? Wir stellen uns deshalb Insektenartige vor, weil diese uns im Grunde sehr stark ähneln. Sie haben ein Gesicht, Augen, Arme und Beine. Vielleicht brauchen die Kreaturen der Zukunft nichts von alldem.»

Charlie saß auf dem Rand seiner Badewanne. «Nein?» Er nickte. «Ich verstehe. Ja. Vielleicht.»

«Ganz bestimmt», sagte der Commissaris. «Denken Sie doch nur einmal an die Qualle. Eine halbflüssige Kuppel. Sie geht nicht, sie bewegt sich in Wellenbewegungen. Sie sieht nicht, sie fühlt mit Tentakeln. Völlig anders als wir. Und sie funktioniert wundervoll. Warum sollten sie wie wir sein?»

«Mhree», sagte Charlie bedächtig. «Ja. Eerhm.»

«Wie bitte?»

«Das hat Bert immer gesagt», sagte Charlie. «Daß die Wirklichkeit weit über unsere Vorstellungskraft hinausgeht. Je unheimlicher, desto wahrscheinlicher.»

«Die Zukunft könnte völlig anders aussehen», sagte der Commissaris. «Sie könnte nicht nur unsere Vorstellungskraft übersteigen, sondern auch unser Erinnerungsvermögen. Unsere Erinnerung wäre dann nicht da. Sie wäre wie weggewischt, ebenso wie wir.»

Charlie hörte nicht zu. Er beugte sich in Richtung des Commissaris. Dabei hielt er die Arme ausgestreckt, die Handflächen nach oben, als ob er ein wertvolles Geschenk entgegennehmen wolle. «Und diese Quallenartigen? Wie würden sie sich fortpflanzen?»

Der Commissaris stand jetzt auf der anderen Seite von Charlies riesigem Wohnraum. Er mußte laut rufen, um die Distanz zu überbrücken. «Quallen können sich wie Pflanzen vermehren, wenn sie wollen», rief er. «Diese Geschöpfe wachsen wie Früchte auf baumartigen Gebilden, aber sie haben auch Sexualorgane, die sich miteinander verbinden können, wenn sie im Wasser treiben. Die Zukunft wird ebenso aufregend werden, wie die Gegenwart es ist und die Vergangenheit es war.»

«Bert», schrie Charlie zurück, «hat prophezeit, wir würden über alle drei Stufen hinausgelangen.»

«Berts Penis wurde abgerissen», schrie der Commissaris. «Eine üble Art, mit einem Propheten umzugehen.» Er schwang seinen Stock. «Wissen *Sie*, warum das passiert ist?»

20

Um 17.00 Uhr niederländischer Zeit, als Adjudant Grijpstra gerade nach Hause in sein leeres Apartment gehen wollte, erhielt er de Giers Fax, das dieser nach dem Frühstück in Cavendish losgeschickt hatte. Er piepte Cardozo an.

Cardozo hörte sich gerade zusammen mit einem verängstigten türkisch-holländischen Übersetzer eine Bandaufnahme von einem Streit zwischen den Anführern zweier rivalisierender Banden von Schutzgelderpressern an, die im Stadtteil Oud-West, dem neuen Türkenviertel, operierten. Zu hören war nur eine Kakophonie exotischer Flüche, die keinerlei brauchbare Information enthielt. Cardozo war froh, von dieser Zeitverschwendung abberufen zu werden.

«Neuer Mist von unserem rasenden Hochstaplerbrigadier», sagte Grijpstra. «Was hältst du davon?» Er las de Giers Fragen vor.

Wo war Jo Termeer am 4. Juni?
Was interessiert Jo Termeer am Film Road Warrior?

Cardozo verspürte keinerlei Lust, Jo Termeer noch einmal zu vernehmen, nicht einmal auf die Gefahr hin, daß Grijpstras behaarte Hände wieder bedrohlich über seinen Locken schweben würden. Er schlug vor, sie könnten sich ja zuerst einmal den Film anschauen. «Vielleicht bringt uns das auf Ideen. Jo können wir uns dann immer noch vorknöpfen.»

Cardozo erhielt den Auftrag, den Film auszuleihen. Er fuhr per Fahrrad zu drei verschiedenen Videotheken, doch *The Road Warrior* war offenbar zur Zeit nirgendwo erhältlich. Er fuhr mit dem Fahrrad zurück zum Präsidium, wo es mittlerweile still geworden war – bis auf Grijpstras Schlagzeuggeballer.

«Na schön», sagte Grijpstra und legte die Trommelstöcke

weg. «Wenn Jo Termeer besonderes Interesse an diesem Film hat, wird er ihn vermutlich besitzen. Also, such ihn, und schaff den Film heran. Ruf mich an, wenn du ihn hast. Wir werden ihn uns zusammen anschauen.»

Jo Termeer war nicht aufzutreiben, nicht an seinem Arbeitsplatz, dem Haarpflegesalon in der schicken Vorstadt Buitenveldert, und auch nicht in seinem Luxusapartment über dem Salon.

«Mit wem hast du gesprochen?» fragte Grijpstra.

«Mit seinem Partner», sagte Cardozo. «Einem gewissen Peter.»

Grijpstra zerdrückte den Pappbecher, den er gerade eben aus dem Kaffeeautomaten auf dem Korridor vor seinem Büro gezogen hatte. Er hatte den Kaffee noch nicht getrunken. Während er ruhelos in seinem Büro umherging, betrachtete er seine dampfenden Oberschenkel.

Cardozo brachte ihm ein Handtuch.

«Du grinst», sagte Grijpstra. «Grinse gefälligst nicht. Peter? Das ist doch Termeers Liebster, oder? Wo ist die Abschrift von der ursprünglichen Beschwerde? Das Ding, mit dem dieser ganze Schwachsinn angefangen hat.»

Cardozo und Grijpstra lasen den Bericht gemeinsam. «Naturmensch», sagte Grijpstra. «So hat Termeer Peter genannt. ‹Naturmensch Peter›. Ein Schwarzer. De Gier mochte ihn. Komm, Simon, wir schauen uns diesen Peter an.»

Es war die Zeit, in der man in Amsterdam anfing, sich mit dem ausufernden Verkehrsproblem zu beschäftigen. Um Fahrzeuginhaber davon abzuhalten, daß sie die ständig verstopften Grachtenränder als Parkplätze benutzten, hatte man die Gebühren für die Parkuhren verdreifacht. Unberechtigt parkende Fahrzeuge wurden blitzschnell abgeschleppt oder durch stählerne Radkrallen fahrunfähig gemacht. Diese Sperren wurden nur nach Zahlung einer hohen Strafe in bar wieder entfernt. Auch Polizeifahrzeuge waren, sofern sie nicht eindeutig als solche zu erkennen waren, von dieser Regelung nicht mehr ausgenommen. Deshalb benutzten jetzt auch die Kriminalbeamten mehr und mehr die öffentlichen Verkehrsmittel.

Weil es regnete, kam der Bus erstens zu spät und war zweitens auch noch langsam. Grijpstra summte an der Haltestelle ein Lied, und während sich der Bus gemächlich seinen Weg durch den Verkehr bahnte, machte er ein Nickerchen.

«Erst essen», sagte Grijpstra, als er neben dem Haarpflegesalon «Jo und Peter» ein elegantes Bistro entdeckte.

Cardozo warf ihm einen nervösen Blick zu.

Grijpstra ließ Cardozo den Tisch wählen. Der Adjudant erinnerte sich daran, daß Cardozo gerne Linsensuppe und Kalbskroketten auf Baguettebrot mit Apfelmus aß, daß er zum Essen gerne Hero-Fruchtsaft trank und danach einen doppelten Espresso. Grijpstra bestellte all dies. Dann machte er Cardozo Komplimente wegen seines kürzlich gereinigten Kordsamtanzugs und des nagelneuen Haarschnitts.

«Sieht gut aus, Simon, wirklich sehr gut.»

Grijpstra nahm die Rechnung an sich. Er bezahlte und gab auch noch ein Trinkgeld dazu.

«Alles in Ordnung mit dir?» fragte Cardozo.

«Ich will dir eine Lektion erteilen.» Grijpstra legte eine beschützende Hand auf Cardozos Schulter. «Du mußt selbst herausfinden, welche.»

Cardozo wußte es. «Man sollte sich nicht darauf verlassen.»

«Schhhhh, mein lieber Simon.»

Grijpstra und Cardozo schlenderten in den Haarpflegesalon und trafen dort auf Peter.

Peter entsprach in allen Einzelheiten de Giers Beschreibung: «ein schlanker, aktiver, intelligenter vierzigjähriger Schwarzer in modischer Kleidung». Er hatte zu tun. Zwei Kunden saßen bereits auf den Stühlen, und weitere warteten. Peter kam mit einer Schere in der einen und einem Kamm in der anderen Hand zu ihnen. «Was kann ich für Sie tun, meine Herren?»

Grijpstra zeigte ihm seinen Ausweis. «Wir möchten mit Jo Termeer sprechen.» Cardozo sagte hallo.

«Mit meinem Partner?» Peter schaute Cardozo an. «Sie haben doch eben erst angerufen? Ich habe Ihnen gesagt, was los ist. Jo ist nicht hier.» Er deutete auf die wartenden Kunden. «Er müßte eigentlich hier sein. Was soll ich machen?»

«Ausfall wegen Krankheit?»

Peter seufzte. «Mehr aus privaten Gründen, würde ich sagen.»

«Probleme?» fragte Grijpstra.

Peter nickte. «Es hängt mit Ihrer Untersuchung zusammen, glaube ich. Wegen des Onkels in Amerika. Daß es so lange dauert, macht Jo völlig fertig. Er möchte wissen, was los ist, aber er weiß auch, daß er Geduld haben muß. Ich habe ihm geraten, er soll seine Polizeiarbeit machen, bei der Reserve, aber mir scheint, er zieht es vor, sich herumzutreiben.» Peter lachte. «Unartig zu sein.»

Die Kunden wurden unruhig.

«Kann ich noch irgend etwas für Sie tun?» fragte Peter und schaute über seine Schulter. «Ich komme sofort.»

«*Road Warrior*», sagte Cardozo. «Haben Sie diesen Film zufällig? Wir würden ihn uns gerne anschauen.»

Die Frage schien Peter nicht zu überraschen. Er gab den Beamten die Schlüssel zu dem Apartment über dem Laden, das er mit Peter bewohnte, und bat sie, sich selbst zu bedienen, wenn sie etwas bräuchten. Die Videos stünden alphabetisch geordnet auf einem Regal. Kaffee und Plätzchen fänden sie in der Küche. Die Fernbedienung liege auf dem Fernseher. «Ich komme in ungefähr einer Stunde hoch.»

Die beiden schauten sich den Film im Wohnzimmer des Apartments an, das fast ausschließlich in Glas und Leder gehalten war. Auf einem großen Gemälde über dem falschen Kamin waren schlanke Cowboys in engen Jeans und Lederwesten abgebildet, die an einem Tresen lehnten. Das Video war an manchen Stellen ziemlich abgenutzt. Als der Film etwa zur Hälfte abgelaufen war, betrat ein junger Mann das Apartment. «Hallo?»

Grijpstra hielt das Band an. «Hallo. Wer sind Sie?»

«Eugene», antwortete der langhaarige, leicht orientalisch

wirkende junge Mann. Er zeigte Grijpstra sein Adonis-Profil, als er sich Cardozo zuwandte. «Und wer zum Teufel sind Sie, wenn ich fragen darf?»

Die beiden Beamten standen auf und zeigten ihre Ausweise.

«Peter hat uns hereingelassen», erklärte Cardozo. «Er wird gleich kommen. Wohnen Sie auch hier?»

Eugene sagte, er wohne anderswo, aber er sei ein Freund der Familie, «sozusagen». Er deutete auf den Fernseher. «Haben Sie nichts anderes gefunden? Jedesmal, wenn ich hierherkomme, guckt Jo sich den *Road Warrior* an. Ich kenne schon jede Szene vorwärts und rückwärts.»

Grijpstra schaltete das Gerät ein. «Sie mögen keine australischen futuristischen bizarren Actionfilme?» Er stellte den Ton ab, als die röhrenden Motoren aufheulten, weil Mel Gibson plötzlich seinen Rennwagen beschleunigte, um die Skinheads auf ihren Motorrädern auszutricksen. Die Bösen, die den einsamen Rächer von beiden Seiten angegriffen hatten, beschossen sich jetzt gegenseitig mit kleinen Pfeilen. So sah es zumindest aus. Breite, gewellte Streifen liefen nun durch die Bilder und machten es schwer, der Handlung zu folgen.

«Der Film ist schon okay», sagte Eugene, der sich Kaffee genommen hatte, «aber wenn man ihn ein dutzendmal gesehen hat, weiß man allmählich, wie das Gute über das Böse siegt. Und nach den zweiten Dutzend Malen fragt man sich, was am Guten eigentlich so gut ist.»

«Joes Lieblingsfilm, nicht wahr?» fragte Cardozo.

Eugene seufzte. «Das kann man wohl sagen.»

Der Film war zu Ende, als Peter kam. Eugen und Peter umarmten einander zärtlich und küßten sich.

«Ziemlich viel los, heute», sagte Peter und umarmte immer noch seinen Freund. «Wie hat Ihnen Jos Alter ego gefallen? Wissen Sie eigentlich, daß Jo sich ein *Road-Warrior*-Kostüm gemacht hat? Und daß er ein Auto hat, das genauso aussieht wie das Ding in dem Film?»

Grijpstra und Cardozo standen auf und bedankten sich bei Peter für seine Gastfreundschaft. «Ach, das war doch selbstverständlich», entgegnete Peter. «Nicht der Rede wert. Wollen Sie noch etwas wissen?»

Grijpstra sagte, jetzt, wo er ihn frage, fielen ihm noch zwei Kleinigkeiten ein. Ob Peter wisse, wo Jo am 4. Juni gewesen sei, und ob er ihm Jo Termeers Paß zeigen könne?

«Also, wirklich...» sagte Eugene entrüstet. «Was *wollen* Sie eigentlich? Ist ein Paß nicht eine Privatsache? Kommt jetzt die Gestapo zurück? Warum...»

Cardozo trat vor. «Wir können auch mit einem Durchsuchungsbefehl wiederkommen. Wenn...»

Peter trat zwischen die Kampfhähne. Seine Stimme und seine Gesten wirkten besänftigend.

«Nun setzt euch doch mal hin. Hört zu. Hört ihr die Drossel im Park singen?»

Alle lauschten. Tatsächlich, da sang eine Drossel.

«Adjudant, würden Sie so freundlich sein, Kaffee nachzugießen? Möchte noch jemand ein Stück Kuchen? Ich habe ihn selbst gebacken. ‹Nein, danke› akzeptiere ich nicht als Antwort.» Peter reichte ihnen das Tablett mit dem Kuchen. «Okay? Kann ich jetzt gehen und den Paß holen, den Jo zwischen seinen Hemden versteckt hat, ohne daß ihr wieder anfangt, euch zu streiten? Kann ich? Das ist nett.»

Jo Termeers Paß enthielt zwei Paar Einreise- und Ausreisestempel. Das eine Paar war zwei Jahre alt, das andere frisch, vom 7. und 10. Juni.

«Also», setzte Grijpstra an. «Peter, sagen Sie, war Jo am 4. Juni hier? Hat er unten mit Ihnen zusammen gearbeitet? Hat er hier im Apartment gewohnt?»

«Aber natürlich», antwortete Peter.

«Haben Sie diesen perversen Kuß gesehen?» fragte Cardozo Grijpstra, als sie wieder an der Bushaltestelle standen. «Ich dachte, Jo und Peter wären ein Paar?» Er schnaubte. «Peter betrügt seinen Partner! Ich finde diese Kerle ziemlich übel.»

«Nun ja, betrügen, betrügen...», sagte Grijpstra, «ich fürchte, diese Idee ist mittlerweile ziemlich überholt, Simon.»

Cardozo sprach von akzeptablem sozialem Verhalten, von gewissen Grenzen, davon, daß Liebe etwas mit Vertrauen zu tun habe, daß es schließlich so etwas wie Anstand gebe. Selbst in solchen unnatürlichen Beziehungen. Ich bitte dich...

Der Bus kam. Grijpstra schob Cardozo vor sich her. «Du bist ein guter Junge», sagte Grijpstra, nachdem sie sich gesetzt hatten. «Altmodisch, nicht auf der Höhe der Zeit, etwas beschränkt – ich meine damit nicht geistig zurückgeblieben, verstehe das nicht falsch, ich meine, etwas begrenzt, wohlmeinend auf nutzlose Weise...»

21

Der Commissaris konnte an jenem Abend nicht mehr einschlafen, nachdem die langbeinige straßenbahnfahrende Dämonin wieder einmal versucht hatte, ihn dazu zu bringen, etwas zu tun, was er nicht verstand und was er auch kaum würde tun wollen, *wenn* er es verstanden hätte. Er griff zu seinem elfenbeinfarbenen Telefon neben dem Bett und weckte Katrien.

Katrien blinzelte in das erste Sonnenlicht, das durch die Fenster in das Schlafzimmer am Koninginneweg fiel, und sagte, sie wolle zuerst einmal einen Kaffee machen und sich schnell frisch machen und würde dann von der Veranda aus zurückrufen.

Dazu brauchte sie zwanzig Minuten. Der Commissaris war inzwischen eingenickt. Die Straßenbahnlinie mit der ‹2› bahnte sich ihren Weg durch den Verkehr, und ihr Klingeln verwandelte sich in das Läuten des Telefons auf dem Nachttischchen.

Er brauchte eine Weile, um die Veränderung zu akzeptieren.

Katrien klang ganz unglücklich. «Jan, weshalb hast du nicht abgenommen?»

«Ich habe eine Straßenbahn nicht erwischt, Liebling.»

«Träumst du wieder? Geht es dir besser?»

Jetzt, wo er die bemutternde Stimme seiner Frau hörte, ging es ihm tatsächlich besser.

Er beschrieb kurz und bündig, was ihn und de Gier auf die Idee gebracht hatte, daß es noch einen anderen Verdächtigen gab, und wie er sich einen Trick ausgedacht und ihn auch angewandt hatte, um Charles Gilbert Perrin so zu schockieren, daß er mit der Sprache herausrückte.

«Ein abgerissener Penis», sagte Katrien, «ist das nicht das Schlimmste, was denen, die einen haben, passieren kann? Und wird das Abschneiden oder Abreißen desselben deshalb nicht als abscheuliches Verbrechen angesehen? Wie hat der Verdächtige deine Schocktaktik aufgenommen?» Sie betrachtete eine Reihe Tulpen, die von Schulze, der Schildkröte, noch nicht umgeknickt worden waren. «Erzähl mir alles, Jan.»

Charlie hatte die Information sehr ruhig aufgenommen. Aber die ganze Atmosphäre hatte sich plötzlich verändert, und Charlie hatte versucht, sie wiederherzustellen.

Er bat seine Gäste, am Eßtisch Platz zu nehmen, wobei er sein krankes Bein nachdrücklicher nun hinter sich herzog. Dann servierte er ihnen mit der Hingabe eines Priesters, der die Messe liest, Eistee und Algenplätzchen.

Kali nahm auf einem Stuhl Platz und schlappte Wasser aus einer Schüssel, nachdem sie die glasierten Plätzchen sanft mit ihrer Nase weggestoßen hatte. Charlie sagte, er bedauere, was mit seinem Mieter geschehen sei, der ihm ein guter Freund gewesen sei.

Er habe Bert Termeer einige Jahre lang gekannt, und niemand verliere gern einen Freund. Doch was passiert sei, habe so kommen müssen.

Warum?

Weil Bert Termeer sich selbst für schlecht hielt.

Wieso?

Weil Bert Termeer wußte, daß Bert Termeer ein hinterhältiges Spiel spielte.

Charlie fügte hinzu, daß «Externalisierung der Beginn der Befreiung sei» und daß wir außerdem «offen für das sein müssen, was wir sind». Zumindest, wenn wir das Problem lösen wollten.

«Das persönliche Problem?»

Das sicher auch. Warum nicht. Aber Charlie meinte insbesondere das allgemeine Problem. Er hatte sich zu Termeer hingezogen gefühlt, weil es diesem ernst gewesen war mit der Suche nach – Charlie lächelte Kali an, die ihre Ohren gespitzt hatte, als ob sie etwas Wichtiges hören würde – ja, wonach hatte Termeer eigentlich gesucht? Danach, den menschlichen Zustand zu durchschauen? «All diese Aktivitäten, der Handel mit Büchern, das Spielen des Narren, des ‹Narren Gottes›, wie diese Rolle in den Religionen genannt wird...»

Die Eistee-Zeremonie ging zu Ende, und sie begaben sich nun auf die Besichtigungstour durch das Gebäude.

Charlie schloß riesige Türen auf und ging mit den beiden Kriminalbeamten durch hallende Korridore, die zu Termeers Privatbereich führten. Sie benutzten den Aufzug (diesmal einen leeren Käfig), und sie mußten sogar eine Leiter hinaufsteigen, um den Speicher des Gebäudes zu inspizieren.

Charlie ging voran, während Kali die Nachhut der Expedition bildete.

Kali wollte unbedingt auch die Leiter hochsteigen. Charlie fand, daß die Leiter für die Hündin zu steil sei, doch gab Kali de Gier einen Stups und brachte ihn dazu, sie zu tragen. Dazu mußte er der Leiter den Rücken zukehren und die Sprossen mit den Fersen erklettern.

De Gier hielt die Hündin, die völlig ruhig blieb und ihre Schnauze auf seine Schultern legte, in beiden Armen. Der Speicher war angefüllt mit Stapeln von unsortierten Büchern und losen Blättern.

Der Commissaris schaute sich Bert Termeers Privaträume an, die leer wie eine Mönchszelle waren, unbequem bis auf das riesige Wasserbett. Termeers Arbeitsraum enthielt uralte Druckmaschinen, mit denen er seinen monatlichen Katalog produziert hatte.

Massen von Versandkartons und Packpapierrollen lagen herum.

«Glauben Sie, daß das der Mühe wert war?» fragte der Commissaris und nahm nacheinander eine Trompete, Kleider und einen Hut für einen Affen in die Hand.

«Eine Show aufführen, die die Leute aus ihrer tödlichen Routine befreit?» Charlie wurde enthusiastisch. «Aber sicher.» Er nickte. «Deshalb habe ich Termeer ja hier aufgenommen. Ich dachte, wir könnten zusammen unseren Spaß haben. Ein paar Theorien erproben. Ein wenig zusammen philosophieren. Zusammen schwerelos werden. Eine Zeitlang habe ich mir ernsthaft überlegt, bei seiner Show mitzumachen.»

Der Commissaris grinste. Charlie grinste zurück. «Sie würden das sicher auch gerne, habe ich recht? Es ist ungefähr so, wie wassergefüllte Ballons auf die Leute werfen, nur daß das hier ein Spaß für Erwachsene ist.

Und außerdem», fügte Charlie noch hinzu, «war Bert kein Weltverbesserer wie der Verein, von dem ich dieses Gebäude gekauft habe. Dieses *Gib-Zeit-gib-Geld-tu-Gutes-für-Gott*-Volk. So war er nicht.» Charlie bedeckte sein Gesicht mit den Händen. «Nein. So war er nie.»

«Sie machen sich nichts daraus, Gutes zu tun?» fragte de Gier.

«Ich bitte Sie!» antwortete Charlie. «Nach dem, was ich in Polen erlebt habe?» Er zuckte die Achseln. «Ja, sicher, für kurze Zeit vielleicht. Leuten ein bißchen auf die Beine helfen, bis sie wieder allein zurechtkommen. Ich würde aber niemandem helfen, sein Unglück zu verlängern. Soll ich etwa die Depression fördern?» Er schlug mit einer geballten Faust gegen die Handfläche seiner anderen Hand. «Sie befreien und dann gehen lassen. Niemandem ist damit geholfen, von der staatlichen Fürsorge durchgezogen zu werden.»

«Haben Sie Bert Termeer hierhergeholt?» fragte der Commissaris.

Charlie legte den Kopf zur Seite. «Ja. Als ich Bert vor Jahren im Central Park kennenlernte, unterhielten wir uns. Ich hatte ein paar Äpfel bei mir. Ich fragte ihn, ob er einen wolle. Er sagte, er würde einen nehmen, wenn ich ihm den Apfel geben würde, ohne meine Hände zu benutzen. Ich sagte zu ihm, er könne den Apfel haben, wenn er ihn nehmen würde, ohne dazu *seine* Hände zu benutzen.»

«Zen», kommentierte de Gier.

Charlie nickte. «Wir hatten beide das gleiche Buch über Zen-Koans gelesen.»

«Das gleiche Verständnisniveau», sagte der Commissaris.

«Richtig. Aber das hat nicht viel zu bedeuten. Durch Austausch von Buchwissen stößt man nicht zum Wesentlichen vor. Ich dachte, wir hätten einen Anfang gemacht. Bert wollte sich damals in New York niederlassen. Er lebte in einer Art Absteige, und ich hatte so viel Platz hier – ich habe das Gebäude ziemlich billig von diesen gottgefälligen Nichtsnutzen bekommen –, und mein Gefühl war, daß Bert Dinge erforscht hatte, deren Existenz ich mir nicht einmal vorstellen konnte. Deshalb lieh ich ihm Geld und nahm nur eine sehr geringe Miete.»

«Hat er das Geld zurückgezahlt?» fragte der Commissaris.

«Einen Teil», antwortete Charlie. «Nach und nach.»

«Und Bert hat Sie beeindruckt?»

«Schauen Sie sich das hier einmal an», sagte Charlie und deutete auf eine lange Reihe lebensgroßer Puppen, die an der Wand des Raums aufgereiht waren und die physischen Veränderungen ein und desselben Menschen darstellten – die von Bert Termeer. «Sehen Sie den Teller da ganz links? Darauf befindet sich ein mikroskopisch kleines Objekt, ein befruchtetes menschliches Ei. Und sehen Sie den Teller ganz rechts? Darauf liegen die Überreste menschlicher Knochen.»

Staub zu Staub.

«Natürlich ist ‹Staub zu Staub› immer noch etwas», sagte Charlie. «Eigentlich sollte man links von dem Embryo nichts sehen und rechts von dem Knochenstaub wieder nichts – Nichts zu Nichts.»

Charlie erzählte, Termeer habe die Figurenshow sonntags morgens in öffentlichen Parks in Boston, Massachusetts, und Bangor, Maine, aufgebaut – eine ziemlich anstrengende Angelegenheit, denn einige der Puppen seien ziemlich schwer. Er habe damit zeigen wollen, daß zwischen den beiden Endpunkten, den beiden Nichts, auch nichts war. (Die Verwaltung des Central Park hatte die Show übrigens verboten.)

Termeers Show – dem Nichts folgten Embryos in verschiedenen Wachstumsstadien, ein Baby, ein Kleinkind, ein Kind, ein Jugendlicher, ein junger Erwachsener, ein mittelalter Mensch, ältere Menschen in verschiedenen Verfallsstadien, eine Leiche, ein Skelett, zerbröckelnde Knochen und schließlich wieder Nichts – wies auf einen gemeinsamen Nenner hin: Das Fehlen eines Wesenskerns.

Der Körper hatte keinen Wesenskern. Der Geist auch nicht.

«Würden Sie Ihre Schmerzen als Ihren Wesenskern bezeichnen?» fragte Charlie den Commissaris.

«Würden Sie Ihre Schuldgefühle und Depressionen als Ihren Wesenskern bezeichnen?»

«Was sind wir dann also?» Charlie lachte. «Mir gefiel die Art der Fragestellung, die in allen Shows Termeers zum Ausdruck kam. Selbst hier in New York. Ein gutsituierter älterer Herr, der in übertriebener Pose auftrat. Ein gutsituierter älterer Herr, der in kindlicher Freude umherhüpfte.»

Sie alle schauten sich noch einmal die verschiedenen Termeers an, die mit bleichen Gesichtern am anderen Ende des Raumes standen. Sie veranschaulichten den Alterungsprozeß, jeweils mit entsprechender Kleidung, die Gestalten wurden dicker, das Haar wurde dünner, bis schließlich gar nichts mehr davon übrig war. Alle diese unterschiedlichen Formen hatten nur eines gemeinsam: den Namen.

Der Commissaris sagte das. «Sie sind alle Bert Termeer.»

«Ich habe früher Paulie Potock geheißen», sagte Charlie. «Würden Sie sagen, daß ich ein verängstigter kleiner Junge in Polen bin? Würden Sie sagen, daß ich ein verängstigter alter Mann bin, dem der Arzt gesagt hat, er leide an Alzheimer?»

«Glauben Sie, daß Sie diese Krankheit bekommen könnten?»

Charlie machte eine gleichgültige Bewegung mit dem Arm. «Gehirntumor, Darmkrebs, alles, woran wir heutzutage sterben; irreparabel blockierte Arterien ...»

«Aber Ihr Freund, Bert Termeer», fragte der Commissaris. «War er nicht nur irgendein Betrüger?»

Charlie tätschelte Kalis Kopf. «Nein. Ganz sicher nicht. Ich glaube, Bert hatte echte Erkenntnisse. Heh, was meinst du,

Kali? Du mochtest Bert, nicht wahr? Wenn du mit ihm im Park warst, hast du herumgetollt und mit ihm gespielt, ja?»

«Ein Prophet?» fragte der Commissaris.

«Ja, ganz sicher.»

«Was haben Sie uns *nicht* gezeigt?» fragte der Commissaris, nachdem er seine schmerzende Hüfte so gedreht hatte, daß er den Verdächtigen anschauen konnte.

«Was hat er dir *nicht* gezeigt?» fragte Katrien am Telefon.

«Aber er *hat* es mir gezeigt», sagte der Commissaris. «In den feuchten Verliesen des gleichen Gebäudes.»

Was Charlie den Detectives im schlecht beleuchteten Kellergeschoß zeigte, war Bert Termeers zweites berufliches Standbein, ein weiterer Versandhandel, auch mit allem notwendigen Zubehör: einer uralten Druckmaschine, einer schlecht funktionierenden Adressiermaschine, Regalen, Behältern, Packpapier, Klebebandrollen und Stapeln von Produkten.

Die Stapel importierter Magazine, die Charlie im Kellerraum herumwarf, während Kali in einer Ecke kauerte, knurrte und sogar manchmal wütend aufheulte, die importierten Videos, die Charlie von den Regalen fegte, die Poster und Bilder, die er aufhob und wütend zerriß, zeigten fast alle kleine Kinder, die gefoltert wurden.

22

De Gier, der wie der Commissaris der Meinung war, die Arbeit sei erledigt, ging in der Horatio Street zu Bett, nachdem er mit Antonio und Freddie eine Runde Darts gespielt und verloren hatte. Er rief vorher noch Maggie an und entschuldigte sich dafür, daß er eine vielversprechende Situation so gründlich verdorben hatte. Er lud sie ein, am nächsten Tag mit ihm in dem italienischen Restaurant essen zu gehen. Sie sagte, ihr sei wahrscheinlich nicht danach, aber er solle sie doch am nächsten Morgen noch einmal anrufen. Er schlief gut, rief Maggie morgens wieder an und erhielt vom Anrufbeantworter die Nachricht, wenn er es sei, ginge die Sache in Ordnung. Er ging zur Bleecker Street und nahm von dort die Subway. Der Commissaris lud ihn zum Frühstück ins *Le Chat Complet* ein, wo diesmal keine Katzen an den Fenstern hoch oben vorbeiliefen und auch niemand sang.

Der Commissaris hatte Grijpstras Bericht über Termeers Alibi, den dieser zum Cavendish gefaxt hatte, mitgebracht, weil de Gier ihn vorlesen sollte – der Commissaris konnte die undeutlichen Buchstaben auf dem Fax nicht lesen. Jo Termeer war kein Verdächtiger mehr.

De Gier sagte, ihm sei klargeworden, daß Charlie etwas mit der Sache zu tun habe, als Charlie ihn, den Untersuchungsbeamten, gebeten habe, Daumals poetische Formulierung *Ich gehe auf eine Zukunft zu, die nicht existiert, und lasse in jedem Augenblick eine Leiche hinter mir* zu übersetzen.

«Eine Leiche, Mijnheer.» De Gier zerteilte seinen *French Toast*. «Warum zum Teufel muß er von einer Leiche anfangen, und *er* läßt sie hinter sich, und auch noch *in jedem Augenblick*, als könnte er sie nicht loswerden, als würde er Termeers Leiche ständig mit sich herumschleppen?»

Der Commissaris nickte, obwohl er sich auch noch eine andere Interpretation vorstellen konnte. Das Zitat konnte auch auf eine völlig andere Ebene anspielen. Möglicherweise bezog sich der Dichter Daumal auf die ständige Veränderung des Menschen, der verbrauchte Gedanken und Handlungen hinter sich ließ. Das wollte der Commissaris de Gier gerade erklären, als Mamère an den Tisch kam, um Kaffee nachzugießen.

«Träumen Sie jetzt besser?» fragte sie. Doch bevor er antworten konnte, war sie schon wieder weg. Der Commissaris seufzte. Tatsächlich waren seine Träume schlimmer geworden. Die Straßenbahnfahrerin war ihm auch letzte Nacht wieder erschienen, so wie jede Nacht, und ihre höllische Präsenz war hartnäckiger als je zuvor. Obgleich er sich körperlich besser fühlte – die Husten- und Niesanfälle hatten aufgehört, und auch das Hüftgelenk schmerzte nicht mehr so sehr –, fürchtete er sich vor dem Schlaf, weil er wußte, daß die Straßenbahnfahrerin ihn dann erwarten, infantiles Zeug schwatzen, ihm ihre langen Beine zeigen und ihre vollen Lippen verführerisch spitzen würde. Das Kauderwelsch, das sie von sich gab, klang mittlerweile hysterischer. Das Phantom wurde offenbar ungeduldig. Das Opfer, das sie forderte, war längst überfällig.

Der Commissaris mußte noch einen Vortrag besuchen und lud de Gier ein, ihn zum Police Placa Nummer eins zu begleiten. Das Vortragsthema war diesmal «Mißhandlung von Kindern». Der Vortrag wurde von einer Ärztin gehalten, die gleichzeitig klinische Psychologin war. Die Expertin aus Philadelphia, eine Schwarze, begann mit den einfacheren Fällen, bei denen es zu Hautverletzungen und Knochenbrüchen gekommen war. Schwieriger wurde die Sache, wenn man in den nebulösen Bereich merkwürdiger Geschichten vorstieß, die im Zusammenhang mit Infektionen des Urogenitaltrakts und Bettnässen erzählt wurden. Sie sprach von der Unfähigkeit der Opfer, über die Vorgänge, in die sie verwickelt waren, zu sprechen. Sie erwähnte auch, daß die Familie und die Betroffenen gewöhnlich nicht kooperationsbereit seien.

«Das meiste von dem, was da draußen passiert», sagte die

Ärztin, «werden wir nie erfahren, wenn wir nicht lernen, wachsam zu sein.»

Nach dem Vortrag verbrachte de Gier den Nachmittag im Metropolitan Museum bei den Papua-Statuen, von wo aus er direkt zu der Verabredung mit Maggie gehen wollte, und Chief O'Neill und Detective Sergeant Hurrell luden den Commissaris zum Lunch in ein koreanisches Restaurant auf der Columbus Avenue ein.

O'Neill hatte den Fall Bert Termeer abgeschlossen, «sofern es je einen solchen Fall gegeben hat». Er bedauerte, wie übel die Leiche von den Waschbären zugerichtet worden sei. O'Neill erwähnte, er habe gehört, daß die Urban Park Rangers nun anfangen wollten, Jagd auf Waschbären zu machen. Er hob sein Glas. «Auf die Rangers.»

Der Commissaris erhob sein Glas noch einmal, nachdem Hurrell den neuesten Schwank aus dem Central Park zum besten gegeben hatte.

Hurrell erzählte, der Central Park sei bekannt für seine bettelnden Eichhörnchen. Die Eichhörnchen hatten gelernt, Männchen zu machen, um zur Belohnung Erdnüsse zu bekommen, und einige hatten sogar die Kunst des Pfötchengebens gemeistert.

Der Central Park war aber auch für seine Ratten bekannt. Ratten ähnelten Eichhörnchen; daß sie keinen buschigen Schwanz hatten, fiel alten Damen nicht auf, wenn die Tiere frontal vor ihnen saßen. Die Ratten mochten auch Erdnüsse, und sie hatten gelernt, sich unter die Eichhörnchen zu mischen, wenn die alten Damen ihre Erdnüsse verteilten.

Aber Ratten geben nicht Pfötchen. Ratten beißen zu.

Inzwischen waren so viele alte Damen von Ratten gebissen worden, daß man nun eine neue Warnung an die Hinweistafeln im Park geheftet hatte:

Geben Sie Ratten nicht die Hand

Der Commissaris wurde von seinen Gastgebern zum Cavendish zurückgebracht. Er dankte den beiden Beamten für ihre Gastfreundschaft und Hilfe.

«Jederzeit zu Diensten, Yan», sagte O'Neill.

«Freut mich, wenn ich behilflich sein konnte», fügte Hurrell hinzu.

Während er im Hotel sein heißes Bad genoß, ließ sich der Commissaris noch die neuesten Schlußfolgerungen, zu denen er zusammen mit de Gier gekommen war, durch den Kopf gehen.

Aufgrund des psychologischen Motivs kam Charlie als Mörder von Termeer in Frage. Termeers Schattenseite hatte Charlie angeekelt. Charlie hatte irgendwann herausgefunden, daß sein Mieter nicht nur im Versandhandel tätig war, sondern daß er sich auch aktiv an Perversionen beteiligte.

Nachdem Charlie den beiden Ermittlern die Kellerräume gezeigt hatte, erzählte er ihnen, der Transvestit Teddy habe sich darüber beklagt, daß Termeer sadomasochistische Handlungen von ihm verlangt hätte, die ihm auch für gutes Geld zu extrem gewesen seien. «Dieser Mann ist ein Scheusal», hatte Teddy gesagt.

Teddy hatte auch gesehen, daß Halbwüchsige in Termeers Privateingang verschwunden waren. Er hatte versucht, sie zu warnen, aber diese Burschen brauchten offenbar Geld für ihre eigenen kostspieligen Gewohnheiten. Schließlich fand Charlie heraus, warum Kali heulte und knurrte, wenn Termeer in seinem Teil des Gebäudes Besucher empfing.

Nach dem Gespräch mit Teddy hatte Charlie mit Hilfe seiner Zweitschlüssel Termeers Privaträume durchsucht.

«Wir haben gehört, Sie hätten Termeer manchmal bei seinem Versandgeschäft geholfen», sagte der Commissaris. «Und trotzdem haben Sie keine Ahnung gehabt, was da im Keller vor sich ging?»

Charlie hatte in den letzten Jahren nicht mehr viel mit Termeer zu tun gehabt. Seine Vorstellung, mit einem Gleichgesinnten zusammenzuarbeiten, hatte er schon längst aufgegeben.

Möglich, daß Termeer einiges mehr gesehen hatte als die meisten Menschen, aber er war im Laufe der Zeit zu einem mürrischen, in sich gekehrten Zeitgenossen geworden, der die meiste Zeit über nicht besonders umgänglich, sondern launisch oder ganz einfach langweilig gewesen sei.

«Und Sie hatten Termeers Schattenseite vorher nicht wahrgenommen?» Charlie hatte keinerlei Ahnung davon gehabt, bis er zusammen mit Teddy im New Noodletown in der Bowery zu Mittag gegessen hatte.

«War das vor kurzem?»

«Ja.»

«Wie lange vor Termeers Tod?»

Charlie überlegte. «Eine Woche vielleicht? Zehn Tage?»

«Haben Sie Ihren Mieter danach zur Rede gestellt?»

Er hatte darüber nachgedacht, dies zu tun, doch dann erübrigte sich die Sache.

«Wo waren Sie, als Termeer starb?»

Möglicherweise war er im Park oder auf dem Weg nach Hause gewesen. Im Park war ihm an jenem Tag zuviel losgewesen.

«Haben Sie Termeer an jenem Sonntag morgen im Park gesehen?»

«Ja.»

«Haben Sie mit ihm gesprochen?»

«Nein.»

«Warum haben Sie am darauffolgenden Montag auf dem Central Park Precinct nach Termeer gefragt?»

Weil Kali die ganze Nacht über unruhig herumgelaufen war und geheult hatte. Auch Charlie hatte ein ungutes Gefühl gehabt. Er war früh am nächsten Morgen in Termeers Wohnung gegangen. Es war niemand dort gewesen, und das war ungewöhnlich, weil Termeer gern in seinem Wasserbett lag und lange schlief.

«Warum haben Sie gesagt, Termeers Tod sei unvermeidlich gewesen?» fragte de Gier.

Charlie seufzte. «Weil er es nicht zulassen konnte, daß seine Persönlichkeit ihn noch weiter korrumpierte.»

«Hat er sich selbst umgebracht?»

«Nein.»

«Er ist also getötet worden.»

«Ja.»

«Haben Sie ihn getötet?»

«Nein.» Charlie lächelte. «Nein, ich war's nicht. Ich würde nie jemanden umbringen. Ich gehöre nicht zu denjenigen, die die Welt durch Gewalt zu retten versuchen. Ich ziehe es vor zu fliehen.»

«Tatsächlich?» sagte der Commissaris. «Was Sie nicht sagen. Und wenn Sie nicht mehr entfliehen können? Würden Sie dann springen?»

Charlie lächelte. «Aber natürlich.»

«Und Sie würden auch niemanden mit sich nehmen? Vielleicht ein paar besonders üble Burschen? Um sich besser zu fühlen?»

«Wohl kaum», sagte Charlie. Er zuckte die Achseln. «Zum Teufel mit den üblen Burschen.»

De Gier hielt immer noch an seiner Theorie fest. «*Warum* haben Sie Bert Termeer nicht umgebracht? Sie waren doch wohl zutiefst enttäuscht von diesem Mann, dem Sie geholfen hatten. Sie waren rasend vor Wut. Sie hatten ausreichend Gelegenheit, es zu tun. Sie sind ein sehr intelligenter Mensch, Mr. Perrin. Sie hätten sich einen ausgezeichneten Plan ausdenken können. Sie...»

Charlie sagte, er habe darüber nachgedacht, die Polizei zu informieren und ihr Termeers Kellerräume zu zeigen.

«Und wenn die Polizei nichts unternommen hätte?»

Charlie war sicher, *daß* sie etwas unternommen hätte.

Hätte Charlie seinen Mieter umgebracht, so hätte er dies sorgfältig geplant, überlegte der Commissaris, der immer noch in der Badewanne saß.

Charlie war klar, daß Termeer an jenem Sonntag morgen im Park seine Statuen-und-Herumhüpf-Show abziehen würde. Charlie wußte auch, daß Termeer ein schwaches Herz hatte. Während seiner Show war Termeer in Gefahr, sich zu überanstrengen. Charlie hätte deshalb nichts weiter tun müssen, als sich in der Nähe herumzutreiben und zu warten, bis sich die Aufmerksamkeit der Menge etwas anderem zugewandt hätte. Dann hätte er Termeer nur packen, ihn in die Büsche schleifen, ihm Anschuldigungen ins Gesicht brüllen, ihn gewaltsam schütteln und ihn so erschrecken müssen, daß er einen erneuten Herzinfarkt bekommen hätte.

Man hatte das Gebiß etwas entfernt von Termeers Leiche gefunden. Das Gebiß war Termeer vermutlich aus dem Mund geflogen, als er geschrien und um Vergebung gebettelt hatte...

Glück haben die Glücklichen, dachte der Commissaris, betätigte den Wasserhahn mit einem ausgestreckten Zeh und ließ so warmes Wasser in die Wanne nachlaufen. Das «Glück» hatte in diesem Fall darin bestanden, daß Maggies großes braunes Pferd einen unerwarteten Beitrag geleistet und Termeer mit einem Huf getroffen hatte.

Jetzt kam der Schwachpunkt dieser ganzen Theorie.

Der Commissaris war ebenso wie de Gier der Meinung, es sei nur zu verständlich, wenn Charlie einen Kinderschänder, der sich als Prophet ausgab, hätte bestrafen wollen. Schütteln und Schlagen? Das war in Ordnung. Aber einen früheren Freund kastrieren?

Aber auch da wieder konnte man argumentieren, daß das Glück die Glücklichen verfolge. Die Leiche war von einem Stadtstreicher ausgeraubt und anschließend von Tieren zerstükkelt worden.

Keine Zeugen, Wunden, Kleider, Abdrücke, Spuren.

«Lassen Sie die Sache doch auf sich beruhen, Mijnheer», sagte de Gier auf dem Rückweg in der Subway. «Wir haben hier sowieso nichts zu melden. Die hiesige Polizei hat eine andere Theorie über den Vorfall. Beweise existieren nicht mehr. Unser

Verdächtiger ist intelligent, nicht bereit, die Tat zu gestehen, und sympathisch. Und das Opfer war verrückt und verdorben.»

«Und er ist tot.» Der Commissaris verspürte wenig Lust, Paulie Potock Schwierigkeiten zu machen, einem der wenigen jüdischen Kinder, die die Nazigreuel in Polen überlebt hatten. Nachdem Charlie den beiden Kriminalbeamten die Kellerräume gezeigt hatte und sie sich wieder in Charlies ansprechenden Wohnräumen befanden, hatte der Commissaris Charlie nach seiner schmerzlichen Vergangenheit und seinem gegenwärtigen Wohlstand gefragt.

Charlie hatte bereitwillig Auskunft gegeben und wieder Gebäck angeboten. «Das ist japanisch», hatte er gesagt. «Avantgardistische Nahrung. In Soho gibt es einen schönen Laden für so etwas. Algen sind die Zukunft.»

«Wie haben Sie es geschafft, aus Polen herauszukommen?»

Die Kriminalbeamten erfuhren, daß Paulchen zusammen mit achtundvierzig anderen polnisch-jüdischen Kindern, von zwei SS-Soldaten bewacht und in Begleitung von ein paar noch lebenden Müttern, zum Bahnhof von Nowogrodziec marschiert war.

März 1945. Die 3. Russische Armee rückte näher. Die Nazis räumten alle Todeslager. Ein Zug wartete. Güterwaggons, mit Stacheldraht verschlossen, sollten die Juden zum Sterben nach Deutschland bringen. Doch sowjetische Flugzeuge beschossen den Zug und setzten ihn in Brand.

Es hatte stark geschneit. Die Kinder und die Mütter gingen im Gänsemarsch. Paulie versuchte, sein Hinken zu verbergen. Eine Mutter, die an der Spitze der Reihe ging, sang: «Eins, zwei, drei.»

Um den Bewachern Gehorsam vorzuspielen, das Erreichen des Bahnsteigs aber trotzdem möglichst lange hinauszuzögern, weil es dort keinen Zug nach Deutschland mehr gab und man sie mit Sicherheit erschießen würde, bewegte sich die Kolonne bei «eins» und «zwei» vorwärts, ging aber bei «drei» jeweils wieder einen Schritt zurück.

Die SS-Männer, ältere Soldaten, die ziemlich erschöpft waren, stolperten achtlos hinterher.

Die deutschen Truppen hatten längst kein Benzin mehr.

Als die SS-Leute ein Rumoren von mächtigen Motoren hörten, verschwanden sie blitzschnell in den Wäldern.

In der Ferne tauchten kleine schwarze Punkte auf der weiten, schneebedeckten Ebene auf. Die Kolonne hielt an.

Die Punkte waren kleine Panzer, die allmählich größer wurden.

Riesige Panzer kamen schließlich kurz vor der wartenden Kolonne zum Stehen. Aus den Panzern sprangen ältere Kinder, russische Panzersoldaten.

Die jüdisch-polnischen Kinder waren etwa 8 bis 9 Jahre alt, die russischen Kindersoldaten 14 bis 15 Jahre.

März 1945: Die russische Armee hatte Millionen junge und mittelalte männliche und weibliche Soldaten verloren. Die Älteren fertigten tödliche Waffen an, die von Kindern bedient wurden.

Nach der Befreiung lebte der kleine Paul, der keine Verwandten mehr hatte, aber mittlerweile in der Lage war, für sich selbst zu sorgen, hier und dort, und schließlich zog er nach Amerika. Dort arbeitete er bei einer Bank. Er erhielt von der deutschen Regierung «Wiedergutmachungsgeld», einen ziemlich hohen Betrag, den er gut anlegte. Irgendwann wurde er verrückt. Er kam wegen Depressionen in eine psychiatrische Anstalt. Eine chinesisch-amerikanische Krankenpflegerin schlug dem Patienten vor, er solle eine Liste von Dingen aufschreiben, die ihm gefielen. Sie brachte ihm einen Stift und ein Blatt Papier. Paul zerbrach den Stift und zerriß das Papier.

Die Pflegerin brachte ihm jeden Tag ein neues Blatt Papier und einen neuen Stift, und Paul zerriß jedesmal das Papier und zerbrach den Stift, bis eines schönen Morgens ein Spatz auf seinem Fenstersims saß. Paul beobachtete den Spatz eine Weile und schrieb dann eine Liste von Dingen nieder, die er gern tun würde: An der Küste von Maine Robben beobachten wäre schön. Einen Hund haben wäre schön. Einen eigenen Entwicklungsfonds aufbauen wäre schön. Viel Privatraum besitzen wäre schön. Kurzzeitig besessene Dinge ordnen wäre schön. Ein Hartholzparkett aus Resten legen, sich einen anderen Namen zulegen, draußen im Central Park trainieren wäre schön. Außerdem wäre es schön, darüber nachzudenken, was mit seinem Geist passieren würde, wenn es ihm gelänge, den Zynismus jenseits aller Selbstsucht zu leben. (Paul hatte mittlerweile etwas Nietzsche gelesen und versuchte, sich am Existentialismus zu orientieren.)

Der Commissaris wollte nun gehen, doch de Gier, der von Kali zur Toilette und wieder zurück gebracht worden war, fragte Charlie, wie er zu dieser Blindenhündin gekommen sei.

Es sei umgekehrt gewesen, korrigierte ihn Charlie. Die Hündin sei zu ihm gekommen, als er im Central Park trainiert habe. Sie sei auf dem Hintern herumgerutscht, um das Jucken an ihren entzündeten und verstopften Analdrüsen zu lindern.

Sie war eine Schäferhündin, und in den Todeslagern hatte die SS die Insassen mit Hilfe von Schäferhunden terrorisiert.

Charlie war weggegangen, doch die Hündin lief hinter ihm her, setzte sich ihm in den Weg und hielt ihm eine Pfote hin.

Charlie brachte die Hündin in eine Tierklinik. Ein Tierarzt hatte die Drüsen ausgedrückt und ein Medikament verschrieben. Charlie hatte dann eine Tüte Hundefutter gekauft und sie mitten auf der Straße ausgeleert. Die Hündin hatte das Futter gegessen und anschließend zum Dank gebellt.

Auf dem Weg nach Hause hatte Kali – so hatte er sie genannt – nicht zugelassen, daß Charlie die Straße bei Rot überquerte. Sie hatte ihn auch gegen das Bein gestoßen, wenn er sich dem Rand des Gehwegs genähert hatte oder wenn Rollerskaters ihm zu nahe gekommen waren.

Charlie hatte sich bei der Blindengesellschaft gemeldet, wo man ihm versprochen hatte, Nachforschungen anzustellen, ob irgend jemand einen Blindenhund vermißte. Eine Woche später hatte eine Frau angerufen, die ihren Namen nicht nennen wollte, und gesagt, ihr blinder Mann sei gestorben, und sie habe die Hündin im Central Park ausgesetzt. «Behalten Sie sie. Ich habe sie nie gemocht.»

Dann hatte die Frau aufgehängt.

23

Der Commissaris, der in seiner Badewanne eingenickt war, sah sich der langbeinigen Straßenbahnfahrerin gegenüber.

De Gier betrachtete gedankenversunken im Metropolitan Museum eine Papua-Dämonenskulptur.

Beide Kriminalisten wurden etwa zur gleichen Zeit von einer Woge schwerwiegender Bedenken erfaßt, die ihre Schlußfolgerung wegfegte, Charles G. Perrin sei möglicherweise vom Bösen besessen. Das war er mit Sicherheit nicht. Deshalb konnte er auch nichts Böses tun. Charlie sollte Bert kastriert haben? Niemals.

Der Commissaris, der nun hellwach war, stieg aus der Badewanne, trocknete sich ab und zog sich schnell an.

De Gier verließ das Museum und ging ins nahe Cavendish-Hotel.

Der Commissaris hatte sich vorgenommen, der augenlosen Straßenbahnfahrerin direkt gegenüberzutreten, das Phantom aus seiner verschwommenen Traumlandschaft herauszuzerren.

Der Commissaris und de Gier trafen sich in der Eingangshalle des Hotels, wo sie von Ignacio begrüßt wurden. *«A sus ordenes, Señores.»*

Die beiden Kriminalbeamten suchten sich bequeme Lehnsessel.

«Charlie ist ein guter Mensch», begann de Gier. «Meinen Sie nicht auch, Mijnheer. Dieser Hund. Wie er den Hund behandelte – und was noch wichtiger ist: Wie der Hund Charlie behandelte. Ich hätte das gleich merken müssen.»

«Ja», sagte der Commissaris.

«Außerdem die ganze Atmosphäre in Charlies Wohnung», fuhr de Gier fort. «Ich habe mich da sehr wohl gefühlt.»

Der Commissaris hatte sich auch wohl gefühlt.

«Und dann die Teezeremonie und die ganze Sache mit dem Aufzug. Das war doch wirklich nett, meinen Sie nicht auch? In einer Ausstellung umhergehen, die sich bewegt? Und dann die nackte Wand mit dem unsichtbaren, unverständlichen Sanskrit...»

«Arabisch», korrigierte der Commissaris.

«Arabisch», verbesserte sich de Gier, «und die Art, wie er dieses Parkett gelegt hat. Wirklich wunderschön. Wenn man sich nicht gut fühlt, kann man sich die Muster anschauen und fühlt sich dann gleich wieder besser. Und dann diese Geschichte in Polen, eins, zwei, vorwärts und drei rückwärts...»

Der Commissaris stimmte ihm zu.

«Dann hat er es also nicht getan», sagte de Gier.

Der Commissaris hielt das für möglich, aber er hätte nur zu gern gewußt, warum dieser augenlose Engel ihn nicht in Frieden ließ, und jetzt wollte er deswegen die Voodoo-Dame aufsuchen.

Er bat Ignacio, für ihn Mamère anzurufen. Der Hotelboy kehrte kurz darauf zurück und sagte, Mamère sei zu Hause und erwarte den Commissaris in einer Stunde.

«Hundert Kröten», fügte Ignacio noch hinzu. «Böse Träume sind nicht billig.»

De Gier schaute auf seinen Stadtplan. Ignacio half ihm, Brooklyn, Flatbush und Nostrand Avenue jenseits von Flatbush zu finden, und er erklärte es ihm auch, wo man in die Subway-Linie 5 einsteigen konnte.

Die Kriminalbeamten saßen schweigend in der Subway.

Der Block der Nostrand Avenue, in dem Mamère lebte, bestand aus dreistöckigen Gebäuden, in deren Erdgeschoß sich Läden befanden und von denen einige durch kleine Gassen voneinander getrennt waren.

Mamère wohnte in einem der besser erhaltenen Gebäude. De Gier wartete in einem Café, während der Commissaris klingelte und die Treppe hinaufstieg.

Nachdem Mamère die Jalousien an den Fenstern ihres kleinen Wohnzimmers heruntergelassen hatte, um ein Licht zu erzeugen, das den Geistern behagte, setzte sie sich in einen großen gelben Sessel mit weit nach hinten gestelltem Rückenpolster, und der Commissaris nahm in einem ebensolchen, aber orangefarbenen Sessel Platz. Mamères Hund, der, wie sie erzählte, der Großenkel des Hundes auf dem Gemälde im *Le Chat Complet* war, ließ eine lange rote Zunge aus seinem haarigen, schwarzen Gesicht heraushängen.

«Les dol-lars?» fragte Mamère.

Er gab ihr den Betrag: zwei Zwanziger, einen Zehner und einen Fünfziger.

«Merci. Entspannen Sie sich jetzt, und kümmern Sie sich um nichts.»

Nichts tat der Commissaris lieber. Er sank in einen Halbschlaf, während Mamère summte und dann einen ziemlich langen Gesang anstimmte. Afrikanische Westküste, vermutete der Commissaris, obwohl er noch nie dort gewesen war. Als der Gesang zu Ende war, hatte der Commissaris seinen Geist verloren, obwohl dieser sich immer noch im Raum befand, denn er sah, wie er um Mamères Topfpflanzen und die Wellensittiche in ihrem riesigen, mehrstöckigen Bambuskäfig herumschwebte, durch die Augenhöhlen eines Alligatorschädels auf das Sideboard flog und dann im Rauch schwelender Kräuter wirbelte.

Es gefiel ihm überaus gut, ohne Geist zu sein.

Ohne Geist sah er, wie der *Road Warrior* einen weißbärtigen Mann zwischen ein paar Büsche zog. Es war gleichgültig, daß der Commissaris den Film gar nicht gesehen und Bert Termeer nie kennengelernt hatte. Da waren sie. Der *Road Warrior* brüllte Flüche, und Bert Termeer winselte um Gnade.

Der *Road Warrior* schüttelte den alten Mann, wie ein Hund ein Eichhörnchen schüttelt. Termeer verlor sein Gebiß. Der Commissaris sah, wie sich der *Road Warrior* über den hilflosen Körper seines Feindes beugte, und dann sah er eine scharfe Klinge aufblitzen und eine Blutfontäne emporschießen. Er sah, wie der *Road Warrior* zwischen den blühenden Azaleen auftauchte, ein Zombie, der einem Grab entstieg, wie er einen Fuß, dann den anderen, dann wieder den einen, und wieder den anderen Fuß vor sich setzte.

Den augenlosen langbeinigen wunderschönen blonden Engel sah er nicht. Er fragte Mamère, als diese ihn zur Tür brachte, danach. «Jemand, den Sie kennen?» fragte Mamère. «Mehr Dol-lars bringen, irgendwann bald?»

«Sie fährt eine Straßenbahn, Mamère.»

«Engeln kann man nicht trauen», sagte Mamère.

«Ich habe *Road Warrior* gesehen, und er war nicht Charlie», sagte der Commissaris, «so wie ich es schon die ganze Zeit wußte und es die ganze Zeit nicht wissen wollte, weil mir der Bursche leid getan hat, und außerdem war ich natürlich geschmeichelt, daß er zu mir, dem großen alten Mann des Kriminalkommissariats, gekommen war. Was habe ich kommen sehen? Was hast du kommen sehen? Hast du den Neffen gesehen, der seinen Onkel über alles liebte, den Kollegen, den tapferen Straßenkämpfer, Grijpstras Starschüler?» Er starrte de Gier an. «Die Wahrheit, Rinus, starrt mir ins Gesicht, und mein Geist läuft davor weg und sucht nach Lügen. Wie oft ist das schon so gewesen!»

Er saß neben de Gier im Café, trank dünnen Kaffee und aß ein Donut, als ob das die normalste Sache auf der Welt wäre, nachdem man seinen Geist abgegeben und ihn dann wiederbekommen hatte. Man sitzt in einem Café, zwischen großen schwarzen Männern auf kleinen Stühlen, und man bestellt sich noch einen zweiten schwachen Kaffee und einen weiteren Donut.

«Weißt du eigentlich, was du hast, wenn du ein Donut gegessen hast?» fragte ein Mann, der eine Baseballmütze falsch herum aufhatte, einen anderen. «Du hast eine Null, von der der Ring entfernt worden ist.»

Während der Commissaris und de Gier mit der Subway-Linie 5 nach Manhattan zurückfuhren, schrieb de Gier auf, was der

Commissaris ihm diktierte. De Gier stieg an der 14th Street aus, um zu seiner Dinnerverabredung mit Maggie zu gehen; der Commissaris stieg an der 86th Street aus, um seinen Bericht nach Hause zu faxen.

24

«Was soll *das* denn jetzt wieder?» fragte Grijpstra, während er das neueste Fax des Commissaris las. «Noch mehr vierte Junis, häh?»

Er legte das Papier hin und starrte es wütend an, doch dann hellte sich seine Miene plötzlich auf. «Cardozo!»

Cardozo grunzte.

Grijpstras Lächeln wurde breiter. «Paß auf, ich erkläre dir jetzt genau, was du machen sollst. Dieser Eugene stinkt dir doch ziemlich, habe ich recht?» Grijpstra strahlte Cardozo an, der sich hinter de Giers Schreibtisch herumlümmelte.

Plötzlich verfinsterte sich Grijpstras Blick wieder. «Der hat dir doch *überhaupt nicht* gepaßt!»

Grijpstra tippte rhythmisch mit dem Daumen auf seinen Schreibtisch. «HABE ICH RECHT?»

Cardozo öffnete seine langwimprigen Augen. «Mir stinken *alle* Arschlöcher.»

Grijpstra nickte. «Guuuut. Gut, gut. Ich sage dir jetzt genau, was du tun sollst. Du suchst dieses Arschloch Eugene und verabredest dich mit ihm irgendwo... Warte mal, wo kann man sich mit Arschlöchern am besten treffen...» Grijpstra schaute aus dem Fenster, direkt in die grausamen gelben Augen einer vorbeifliegenden Möwe. «... wie wär's mit dem Vondelpark?»

Cardozo starrte ihn entgeistert an. «Wozu soll ich ihn denn eigentlich treffen?»

«Um Informationen aus ihm herauszubekommen.»

Cardozo grunzte.

«Informationen darüber, wo sich Jo Termeer am 4. Juni dieses Jahres herumgetrieben hat.»

Cardozo richtete sich auf. «Das haben wir doch schon geklärt, erinnern Sie sich? Sie haben Peter danach gefragt.»

«Ruf Peter jetzt an», sagte Grijpstra. «Peter wird wissen, wo sich Eugene aufhält. Ruf anschließend Eugene an und sag ihm, du wolltest ihn im Vondelpark treffen. Heute. Bei Sonnenuntergang.»

«Sie wollen, daß ICH IHNEN etwas über meinen guten Freund Jo Termeer erzähle?» fragte Eugene. «Ein SS-Mann verhört eine Fee? Werden Sie mich SCHLAGEN?»

Cardozo und Eugene schlenderten den Hauptweg des Vondelparks entlang. Das letzte Tageslicht fiel durch die Bäume.

Cardozo fiel ebenfalls, weil Eugene ihm ein Bein gestellt und mit der Hand gegen seine Brust gedrückt hatte. Eugenes Bein zog, die Hand drückte.

Cardozo fiel hintenüber. Cardozo stand.

Eugene und Cardozo lachten. Zwei Karateschüler, die in Amsterdams schönstem Park übten, zwischen Teichen, in denen exotische Enten umherschwammen, gigantische Karpfen behäbig ihre Bahn zogen und Kraniche im Schatten riesiger Bäume auf einem Bein standen.

Eugene, der Gewinner, gab Cardozo, dem Verlierer, die Hand.

Eugenes große starke Hand kniff mit voller Kraft zu. Cardozo bewegte seinen Daumen zur Mitte des Handrückens von Eugenes rechter Hand, ließ seine linke Hand unter Eugenes rechten Ellbogen gleiten, stieß Eugenes Ellbogen nach oben und die zudrückende Hand nach unten.

«Auaauaaua», schrie Eugene.

«Das war der Schwanen-Handgelenksgriff», sagte Cardozo. «Ich hätte dir den Arm brechen können. Jetzt erzähl mir alles, was du über Jo Termeer weißt.»

Cardozo fiel wieder, weil Eugene seinen Beinstelltrick wiederholt hatte. Doch diesmal zog Cardozo im Fallen an Eugenes Arm und trat gleichzeitig gegen sein Knie. Cardozo sprang wieder auf, und Eugene lag am Boden.

«Das war das Paviansknie», erklärte Cardozo.

«Habt ihr denn nichts Besseres zu tun?» fragte eine alte Dame.

Sie half Eugene hoch. «Ihr solltet euch mal besser hinsetzen und Rudolf Steiner studieren!»

«Ja, Mevrouw», sagten Cardozo und Eugene.

«Aber jetzt könnt ihr mir erst mal helfen, die Karpfen zu füttern.»

Am südlichen Teich des Vondelparks verfütterten die alte Dame, Cardozo und Eugene gemeinsam ein ganzes Baguettebrot an die Riesenkarpfen. Auf den schnell heranschwimmenden Karpfen standen Enten, die sich zurücklehnten und sich mit leicht gespreizten Flügeln im Gleichgewicht hielten.

Die Fische öffneten ihre rosa Mäuler. Die Enten versuchten, sich die zugeworfenen Brotstückchen zu schnappen, fielen von den Fischen herunter und wurden von anderen Karpfen gerammt. Manche Enten fielen sich wie Freunde, die sich lange nicht gesehen hatten, gegenseitig in die geöffneten Flügel. Ein Karpfen, der zwischen Entenfüßen eingeklemmt war, schlug wütend mit seinem langen Körper um sich.

«So, und jetzt benehmt ihr beiden euch», sagte die ältere Dame. «Ich kann schließlich nicht überall zur Stelle sein, um euch arme Kerle zu retten.»

Eugene und Simon saßen auf einer Bank und rollten sich Zigaretten.

«Erzähl mir alles, was du über Jo Termeer weißt», sagte Cardozo.

«Sag erst mal ‹bitte›», verlangte Eugene.

Cardozo bot ihm Feuer an. «Sag ‹danke›.»

Der Commissaris erhielt Cardozos Bericht, nachdem er zusammen mit de Gier die KLM-Boeing verlassen hatte. Darin stand, daß Eugene Jo Termeer und Peter vor etwa einem Jahr in einer Schwulenbar in der Langen Leidsedwarsstraat kennengelernt hatte. Die drei waren zusammen ausgegangen und hatten ihre Urlaube gemeinsam im Ausland verbracht. Peter bevorzugte feste Bekanntschaften. Jo zog Abwechslung vor. Peter hatte eine ausgeglichene Wesensart. Jo war sehr nervös.

Nach Eugenes Aussagen war Jo nach seinem Gespräch mit dem Commissaris unerträglich geworden. Er hatte sich nur noch selten im Haarpflegesalon blicken lassen und auch seine Pflichten auf der Wache in der Warmoesstraat vernachlässigt. Die meiste Zeit war er in seinem Apartment geblieben. Als er dann gehört hatte, daß der Commissaris nach New York gereist war, hatte er angefangen, stark zu trinken und sich nachts herumzutreiben.

Was den 4. Juni betraf, Bert Termeers Todestag, so hatte man Eugene gesagt, Jo sei allein zu einem Wanderurlaub in die Ardennen gefahren. Ein paar Tage lang. Ein paar Tage lang hatten weder er noch Peter von Jo ein Lebenszeichen erhalten, weder Telefonanrufe noch Postkarten. Und Jo hatte von seiner Auslandsreise auch keine Erinnerungsstücke mitgebracht.

Interessant war noch die Information, daß Jo während eines Urlaubs, den er vor etwa einem Jahr zusammen mit Peter und Eugene an der französischen Riviera verbracht hatte, seinen Paß verloren hatte. Das niederländische Konsulat in Marseille hatte ihm einen neuen ausgestellt.

Auf die Frage, warum er plötzlich so mitteilsam sei, hatte Eugene geantwortet, er und Peter hätten sich Gedanken über die ganze Sache gemacht und seien zu der Überzeugung gekommen, daß es für alle Beteiligten das beste sei, Jos Problem anzugehen und zu lösen.

Zwei Tage nach der Rückkehr des Commissaris wurde Jo Termeer festgenommen, nachdem er innerhalb von drei Stunden dreimal auf der Wache in der Warmoesstraat aufgekreuzt war.

Es war die Wache, auf der Jo als Reserve-Hoofdagent Dienst tat. Der diensthabende Brigadier, der Jo als zuverlässigen und fähigen Kollegen kannte, war entsetzt, als dieser betrunken und in einem ziemlich wüsten Aufzug die Wache betrat.

Jo trug einen zerrissenen schwarzen Lederanzug, verdreckte Stiefel, einen zerfledderten Patronengurt aus Leder und die Holzkopie einer abgesägten Schrotflinte, die in einem seltsamen Halfter steckte. Er störte den Brigadier bei der Arbeit.

Bei Jos erstem Auftauchen versuchte der Brigadier, die ganze Sache als Scherz abzutun. Er sagte, der Kollege komme wohl geradewegs von einer Theateraufführung. «Du siehst wirklich gut aus, Jo. Aber jetzt geh mal lieber nach Hause und schlaf dich aus.»

Jo lachte daraufhin und ging tatsächlich. Als er ein paar Minuten später schon wieder in die Wache stolperte, ließ der Brigadier ihn hinauswerfen. Beim dritten Mal wurde er wegen Trunkenheit festgenommen und inhaftiert.

Als man am nächsten Morgen die Zellentür aufschloß, weigerte Jo sich, die Zelle zu verlassen. Dem diensthabenden Beamten fiel ein, daß Jo ein Schüler von Adjudant Grijpstra gewesen war.

Nachdem Grijpstra gekommen war, hatte Jo zuerst nicht mit ihm sprechen wollen, doch dann war es Grijpstra gelungen, ihn durch gutes Zureden und Drohungen in seinen Fiat Panda zu manövrieren und ihn nach Buitenveldert zu bringen, wo Peter sich um ihn kümmerte.

Der Commissaris rief Peter am Nachmittag des gleichen Tages an und bat ihn, am Abend um neun zusammen mit Jo und Eugene zu seinem Haus am Koninginneweg zu kommen.

Katrien machte Kaffee und schnitt einen Kuchen auf, bevor sie aus dem Haus ging, um Nachbarn zu besuchen.

Der Commissaris saß in der Mitte zwischen Grijpstra und de Gier. Cardozo und Eugene saßen außen.

Jo Termeer, der die gleiche adrette Kleidung trug, die er auch bei seinem ersten Treffen mit dem Commissaris angehabt hatte, saß Peter gegenüber.

Trotz der formellen Sitzordnung wirkten alle Anwesenden entspannt, fast fröhlich. Der Himmel war klar, und ein leichter Wind brachte nach einem ziemlich heißen Tag Kühlung. Eine Reihe von Weiden schirmte den Garten von der Straße ab, und die Blätter der Bäume dämpften die Geräusche vorbeifahrender Autos und Straßenbahnen.

«Ist das hier eine Gerichtsverhandlung?» fragte Jo, bevor er sich hinsetzte. Der Commissaris sagte, das könne es sein, wenn Jo dies wünsche.

«Bist du der Ankläger, Peter?» fragte Jo.

Peter antwortete, er werde jede Rolle spielen, die erforderlich sei.

Jo sagte zu Grijpstra, er würde es vorziehen, in einem Gericht mit echten Richtern in Talaren und mit Rechtsanwälten und Sicherheitsbeamten den Prozeß gemacht zu bekommen. Grijpstra erklärte ihm, das sei «aus Mangel an Beweisen» nicht möglich.

«Du weißt das, Jo, nicht wahr?» sagte der Commissaris. «Ich habe mir deine Akte angesehen. Du hast die Prüfung im Strafrecht mit Auszeichnung bestanden.» Der Commissaris lächelte anerkennend. «Jetzt sag *du* mir, was die Polizei vor Gericht vorbringen könnte, um die Mordanklage gegen dich – den Mord an deinem Onkel Bert im Central Park in New York – zu erhärten?»

Jo, der seine Ellbogen auf die Knie und sein Kinn auf die Hände aufstützte, sprach zu den Dielen in der Veranda. «Sicherlich hat jemand gesehen, wie ich Onkel Bert zwischen die Azaleen geschleift habe?» Er blickte ängstlich auf. «Haben Sie mit diesem Sergeant gesprochen?»

«Hurrell?» fragte der Commissaris. «Ja, habe ich. Sergeant Irk Hurrell hat gesagt, niemand habe dich in der Nähe des Tatorts gesehen.»

Jo dachte wieder nach. «Die berittene Polizistin, diese Schönheit mit dem Pferdeschwanz auf dem kastanienbraunen Pferd. *Sie* hat mich gesehen.»

«Aber nicht in der Nähe der Azaleen», sagte de Gier. «Die Polizistin Margaret McLaughlin hat eine als *Road Warrior* verkleidete Gestalt in der Nähe des Podiums gesehen, zu weit entfernt, um jemanden zweifelsfrei zu identifizieren. Ich habe mehrmals mit der Polizistin gesprochen.»

Jo nickte. «Das kann ich mir vorstellen, Brigadier.»

«Ja.» De Gier wich den Blicken der Anwesenden aus, die alle lächelten. Er kratzte sich am Oberschenkel. «Sicher.»

«Hör zu», sagte Jo zu Peter. «Fangen wir doch am Anfang an. Ich war zur Tatzeit in New York. Du weißt, daß ich zwei Pässe habe. Mein neuer Paß hat die entsprechenden Stempel. Das ist doch sicher ein Beweis, oder nicht?»

«Ich glaube, du hast deinen neuen Paß vernichtet», sagte Peter. «Ich glaube, es war der Ersatz für den, den du angeblich an der Riviera verloren hast.»

Jos muskulöse Hände tätschelten seine Knie. «Ja.» Er wandte sich an den Commissaris. «Vielleicht hat die Einwanderungsbehörde auf dem Kennedy Airport eine Notiz über meine Ankunft? Ich bin insgesamt viermal dort gewesen, Mijnheer. Dreimal, um Onkel Bert zu beschatten, um seine Lebensgewohnheiten herauszufinden, und das vierte Mal, um ihn umzubringen. Jedesmal, wenn ich am Kennedy Airport ankam, wurde mein Paß abgestempelt. Die haben doch Computer dort; speichern sie denn die Informationen nicht?»

«Ich glaube nicht», sagte der Commissaris.

Cardozo schaltete sich ein. «Ich habe bei der US-Botschaft nachgefragt. Am Kennedy Airport machen sie es genauso wie hier in Schiphol. Wenn alles in Ordnung zu sein scheint, werden keine Vermerke gemacht.»

Cardozo und Eugene servierten Kaffee und Kuchen.

Schulze tauchte zwischen dem langen Unkraut auf, das den ungeschnittenen Rasen des Commissaris säumte. Die Gäste beobachteten, wie das Reptil zu seiner Salatmahlzeit zockelte.

«Ich habe schon von Ihrer Schildkröte gehört», sagte Jo zum Commissaris. «Ein nettes Tier.»

Der Commissaris lächelte. «Sie ist ein Freund von mir, Jo.»

Peter wartete, bis Eugene und Cardozo aus der Küche zurückgekommen waren. Erst dann fragte er Jo, ob er seinen Onkel ermordet hätte.

«Ja», sagte Jo. «Ich habe es geplant, und ich habe es getan. Alles klappte wie am Schnürchen. Als das Pferd Onkel Bert trat, spielte sein Herz verrückt. Ich brauchte den Zustand nur noch ein bißchen zu verstärken.»

«Es gibt keinen Beweis dafür, daß du irgend etwas von alldem tatsächlich getan hast, Jo», sagte Grijpstra.

«Wie können Sie das sagen, Adjudant?» Jos tiefe Stimme hallte von dem niedrigen Dach der Veranda wider. «Sie hätten sehen sollen, wie es da aussah. Wir rollten auf dem Boden herum. Ich schlug ihm ins Gesicht. Ich drückte ihm mein Knie in die Eier. Ich schüttelte ihn, bis ihm das Gebiß aus dem Mund flog. Ich habe mir einen Fingernagel abgerissen, als ich ihn am Aufschlag seines Jacketts festhielt. Ich habe ihm meinen Kopf ins Gesicht gerammt.»

De Gier schüttelte den Kopf. «Keinerlei Spuren, Jo.»

«Also wirklich!» Jo war entrüstet. «Was ist denn mit all diesen DNS-Tests, von denen man ständig liest. Und was ist mit Fußabdrücken? Ich habe gerade einen Artikel in der Polizeizeitung gelesen, in dem es heißt, ein Ermittler brauche nichts weiter als einen Fußabdruck.» Er hielt einen Finger empor. «*Einen* Abdruck von einem Schuh, Brigadier! Ich muß Hunderte hinterlassen haben.»

«Jo», sagte der Commissaris, «Sergeant Hurrell hat dir die Leiche deines Onkels gezeigt. Tiere haben ziemlich viel davon aufgefressen. Die Kleider, die bei der Leiche gefunden wurden, stammen von einem Dieb. Der Dieb und die Tiere haben deine Spuren verwischt.»

«Hast du deinen Onkel mit einem Messer verletzt?» fragte Peter.

Jo beobachtete, wie Schulze ein Salatblatt verzehrte.

«Sag uns, ob du Onkel Bert mit einem Messer verletzt hast oder nicht», sagte Peter. «Ich glaube, du möchtest uns das erzählen.»

Entweder hatte der Wind die Richtung gewechselt, oder die vorüberfahrende Straßenbahn hatte eine ungewöhnlich laute Klingel, jedenfalls war das Klingelgeräusch plötzlich deutlich im Garten zu hören.

Jo murmelte vor sich hin. Er redete davon, daß es ja wohl in Ordnung sei, dreckige Perverse zu erledigen. Überall seien diese

Perversen, die kleine Jungen mißbrauchten. Jo wiederholte sich unentwegt. Seine Eltern hatten ja vielleicht Probleme gehabt, wegen Liebhabern, Schulden und was nicht noch, aber zumindest waren sie nicht schwul oder dergleichen gewesen. Sein Vater und seine Mutter waren in Ordnung gewesen. Sie hatten ja schließlich ihn bekommen, einen kleinen Jungen. Solche Leute waren das gewesen, die kleine Söhne bekamen, damit sie ihren Namen an diese weitergeben und ihnen den Hof vererben konnten. Und dann war der Onkel gekommen. Der war auch nett gewesen. Ja, verdammt noch mal, Onkel Bert war nett gewesen. Er, Jo, würde niemals sagen, er sei *nicht* nett gewesen. Sie waren zusammen auf der Amstel im Boot gefahren, und sie hatten sonntags morgens zu Hause mit einem Zoo gespielt, den Tante Carolien ihm zum Geburtstag geschenkt hatte. Sie hatte die Gipstiere in Seidenpapier aufbewahrt, damit sie nicht beschädigt wurden, und er und Onkel Bert hatten die Tiere zwischen die kleinen Holzzäune gestellt oder in Eisenkäfige, wo sie hingehörten. Und manchmal hatte Onkel Bert die Modelleisenbahn aufgebaut und sie auf Schienen um den Eßtisch fahren lassen. Das war wirklich schön gewesen. Und zum Mittagessen hatte Tante Carolien kleine Pfannkuchen mit Ingwermarmelade gemacht. Aber wenn sie dann gegangen war, hatte der Onkel diese verdammten Sachen gemacht...

«Jo», sagte Peter ruhig. «Jo? Kannst du mich hören? Schau mich an. Ich bin's, Peter. Eugene ist auch hier.»

«Ich bin hier», sagte Eugene. «Wir sind alle hier, Jo.»

Im Garten war es wieder still geworden, bis im Nachbarhaus der hohle Ton einer Holztrommel ertönte, zu dem ein Sutra in Sanskrit gesungen wurde.

Wie beängstigend, dachte der Commissaris. Ich bin der einzige, der weiß, daß es um Leere geht, daß es weder Weisheit noch Erreichen gibt, daß es nichts gibt, das zu erreichen wäre, daß es keine Hindernisse und deshalb auch keine Furcht gibt, daß es keine Unwissenheit und kein Enden der Unwissenheit gibt, kein Leiden, keine Ursache des Leidens, kein Enden des

Leidens, und auch keinen Pfad. Und da sitzen wir hier herum und tun so, als hätten wir etwas Wichtiges zu tun.

«Hast du ihn mit einem Messer verletzt?» fragte Peter. «Tut es dir leid, daß du deinen Onkel verletzt hast? Macht dir das zu schaffen? Möchtest du, daß wir dir vergeben?»

Jo war jetzt *Road Warrior*, der in seinem Superauto durch die australische Wüste raste und nach Perversen suchte, der die Hoffnung aufgegeben hatte, jemals eine Frau und ein Kind zu haben wie all die guten Menschen auf dem Land nördlich von Amsterdam, wo sein Vater und seine Mutter ihn bekommen hatten und wo die Welt – eine Zeitlang zumindest – in Ordnung gewesen war.

«Ein bißchen psychologische Beratung», flüsterte Eugene Grijpstra ins Ohr. «Mehr hätte er nicht gebraucht. Ich habe ihm das gesagt, aber er war immer so verschlossen. Vielleicht hat er tatsächlich nie eine Chance gehabt. Wenn man so streng aufgewachsen ist und dann plötzlich in einer so weltoffenen Stadt landet und dann auch noch Mißbrauch verkraften muß und alles, was das mit sich bringt – Schuldgefühle, Lügen, um die Schuldgefühle zu unterdrücken...»

Jo schaute den Commissaris an. «Mein Onkel lebte noch, als ich ihn abschnitt.» Jo richtete sich zu seiner vollen Länge auf und schaute aus der Höhe auf den Commissaris herab. «Ich wollte, daß *Sie* es herausfinden, und jetzt möchte ich, daß Sie mir sagen, was Sie deswegen zu tun gedenken, Mijnheer.»

Peter stand neben Jo. Er hatte einen Arm um Jos Schultern gelegt. Er fragte Jo, *was* der Commissaris ihm denn sagen solle. Seit wann ein Polizist ein Richter sei. Jo solle dem Commissaris dafür danken, daß er alles getan habe, was er habe tun können. Er habe ein Verbrechen untersucht und den Schuldigen gefunden, aber er könne nicht Recht sprechen.

Jo heulte auf. Dann weinte er.

Eugene stand auf. «Weißt du was. Du mußt selbst mit dir ins reine kommen, Jobo. Du hast es getan, und du hast dich dumm angestellt. Du wolltest von der kleinen alten Vaterfigur verhaftet werden, nun ja...» Eugene schaute den Commissaris an, «...von der kleinen alten Großvaterfigur.» Eugene puffte Jo Termeer sanft in den Bauch. «Deine Dummheit war aber zugleich deine Klugheit. Du hast ein paar psychologische Spuren hinterlassen, aber wir befinden uns nun einmal in einer Welt, in der das Physische die Hauptrolle spielt, Jobo. Bei Gericht dreht sich alles um Sperma und Blut.» Eugene rieb Jo liebevoll die Wange. «Schau, wenn du Beifall für deine selbstgestrickten Moralvorstellungen haben willst, Applaus für die *Road Warriors* des Guten, die dem Onkel den Schwanz abschneiden und ihn töten...» Eugene tätschelte Jos andere Wange. «Weißt du was? Ich suche für dich einen schönen Platz auf dem Land, wo es ruhig ist, wo du über die Dinge nachdenken kannst, und Peter und ich werden dich dort besuchen kommen.»

«Sie sind Psychologe, nicht wahr?» fragte Cardozo Eugene.

«Ist er», antwortete Peter. «Eugene arbeitet für das Top-Job-Institut. Er hilft mit, die zukünftigen Führungskräfte auszuwählen.»

Jo setzte sich. Er hatte sich beruhigt, war im Augenblick Herr seiner Gefühle – so meinte de Gier. Er hatte so etwas schon früher erlebt. Mordverdächtige wurden während intensiver Befragung manchmal unerwartet klar.

«Wenn ich das Richtige getan habe», sagte Jo freundlich, «dann bin ich meiner Zeit voraus. Die heutige Moral kennt keine Entschuldigungen dafür, wenn jemand einen perversen Onkel kastriert, der Kinder mißbraucht. Commissaris?»

«Jo?» fragte der Commissaris zurück.

«Können Sie nicht dafür sorgen, daß ich einen richtigen Prozeß bekomme? Können Sie wirklich nichts anderes tun, als ein solches inoffizielles Treffen von mitfühlenden Autoritätspersonen zu arrangieren, in Anwesenheit meiner Freunde?»

«Ich fürchte, nein, Jo.»

«Aber dadurch, daß ich böse war, habe ich meine Dämonin geschaffen», sagte Jo. «Ich kann meine Dämonin nicht mehr ertragen. Sie macht mich verrückt.»

«Die Dämonin des schlechten Gewissens», erklärte Eugene Cardozo, nachdem alles vorüber war und de Gier kühlen Genever aus einem Steinkrug ausschenkte, Katrien Erdnüsse herumreichte, der Commissaris mit Peter und Grijpstra mit de Gier sprach und Schulze zwischen seinen Lieblingssteinen schlief. «Haben Sie sich schon einmal mit Hieronymus Boschs Gemälden beschäftigt?» fragte Eugene Cardozo. «Da wimmelt es nur so von Dämonen des schlechten Gewissens. Das sollten Sie als Polizist sich unbedingt einmal ansehen. Wir leben in einem bestimmten Moralsystem, den Regeln unserer Zeit entsprechend, und dann brechen wir diese Regeln, und dadurch erzeugen wir unsere Dämonen. Sie sind völlig irreal, aber nichtsdestoweniger haben wir das Gefühl, wir müßten sie besänftigen.» Eugene blickte finster drein. «Oder wir leiden für alle Zeit darunter.»

Dies war Stunden später, nachdem eine Straßenbahnklingel an der Haltestelle hinter den Weiden ertönt war, Jo aufgesprungen war, sich bei allen bedankt und gesagt hatte, er müsse nun gehen.

26

Der Bericht über den Unfall, durch den Jo Termeer ums Leben gekommen war, wurde von der Besatzung eines Streifenwagens übermittelt, den die Straßenbahnfahrerin über Funk angefordert hatte.

In dem Bericht hieß es, nach der Aussage der Augenzeugen sei das Opfer hinter der Straßenbahnlinie Nummer 2 hergelaufen, nachdem diese bereits an der Haltestelle am Koninginneweg angefahren sei.

Die modernen Sicherheitsvorrichtungen verhindern, daß eine Straßenbahn losfahren kann, wenn die Türen noch offen sind. Doch ist kein Sicherheitssystem absolut narrensicher. Die Türen hatten sich noch nicht völlig geschlossen, als die Bahn anfuhr.

Dem Opfer war es gelungen, sich durch die sich schließenden Türen in die Bahn zu zwängen, war dann aber auf irgend etwas ausgerutscht. Was das war, hatte man nicht feststellen können; vielleicht Spucke, Fruchtsaft oder Essensreste. Das Opfer war hingefallen, und da sich die Tür immer noch nicht ganz geschlossen hatte, war sein Körper zwischen der Tür eingeklemmt worden. Der Kopf befand sich außerhalb der Bahn und schlug gegen den Betonsockel des Lichtsignals, das das Ende der Haltestelle anzeigte.

Die Fahrerin der Linie zwei, die 29jährige Agatha Franken, eine zuverlässige Fahrerin, die sich noch nie etwas hatte zuschulden kommen lassen, hatte nicht bemerkt, daß irgend etwas nicht stimmte, bis die Fahrgäste schockiert gerufen hatten. Mevrouw Franken mußte wegen eines Schocks im Krankenhaus behandelt werden.

In der folgenden Nacht träumte der Commissaris nicht. Wie gewöhnlich, wenn er – dank seiner fähigen Mitarbeiter und weil er nicht mit dem Unmöglichen konfrontiert worden war, vor allem aber dank einer guten Portion Glück – einen Fall gelöst hatte, schlief er gut.

Am Montag morgen um 8.30 Uhr stand der Commissaris an der Straßenbahnhaltestelle. Er fühlte sich wesentlich besser, wie er seiner Frau gesagt hatte. Doch als die Straßenbahn kam, drehte er sich um und ging nach Hause zurück.

Er hatte vergessen, daß seine Anwesenheit im Polizeipräsidium nicht mehr erforderlich war, denn von diesem Tag an war er pensioniert.

Janwillem van de Wetering

«Seine Helden sind eigensinnig wie Maigret, verrückt wie die Marx-Brothers und grenzenlos melancholisch: Der holländische Krimiautor **Janwillem van de Wetering**, der mitten in den einsamen Wäldern des US-Bundesstaats Maine lebt, schreibt mörderische Romane als philosophische Traktate.»
Die Zeit

Der blonde Affe
(thriller 2495)

Der Commissaris fährt zur Kur
(thriller 2653)

Eine Tote gibt Auskunft
(thriller 2442)

Der Feind aus alten Tagen
(thriller 2797)

Inspektor Saitos kleine Erleuchtung
(thriller 2766)

Die Katze von Brigadier de Gier
Kriminalstories
(thriller 2693)

Ketchup, Karate und die Folgen
(thriller 2601)
«... ein hochkarätiger Cocktail aus Spannung und Witz, aus einfühlsamen Charakterstudien und dreisten Persiflagen.»
Norddeutscher Rundfunk

Massaker in Maine
(thriller 2503)

Kuh fängt Hase *Stories*
(thriller 3017)

Outsider in Amsterdam
(thriller 2744)

rororo thriller

Rattenfang
(thriller 2744)

Der Schmetterlingsjäger
(thriller 2646)

So etwas passiert doch nicht!
Stories
(thriller 2915)

Ticket nach Tokio
(thriller 2483)
«Dieses Taschenbuch macht süchtig: nach weiteren Krimis von Janwillem van de Wetering und nach Japan.»
Südwestfunk

Tod eines Straßenhändlers
(thriller 2464)

Der Tote am Deich
(thriller 2451)

Drachen und tote Gesichter
Japanische Kriminalstories 1
(thriller 3036)

Totenkopf und Kimono
Japanische Kriminalstories 2
(thriller 3062)

3021/3

Serientäter

Robert Brack
Die siebte Hölle
(thriller 2941)
Oldtimer bringen's besser als Bücher, meint der bankrotte Buchhändler Jercy Pacula, und überführt zwei Limousinen nach Lissabon...
Schwere Kaliber
(thriller 2967)
Psychofieber
(thriller 3058)

Frank Göhre
Schnelles Geld
(thriller 3048)
Der erste, seit Jahren vergriffene Kriminalroman von Frank Göhre, der mit mehreren Literaturpreisen ausgezeichnet wurde und als Kinofilm Beachtung fand. Neu bearbeitet und wesentlich erweitert.
Der Tod des Samurai
(thriller 2832)
Ein Thriller über organisiertes Verbrechen in Hamburg.
Der Tanz des Skorpions
(thriller 3025)
Letzte Station vor Einbruch der Dunkelheit
(thriller 2795)
Der Schrei des Schmetterlings
(thriller 2759)

Daniel Pennac
Wenn nette alte Damen schießen...
In Belleville, dem Kreuzberg von Paris, schneidet ein erbarmungsloser Killer armseligen Rentnern die Kehlen durch. Angst macht sich breit, gefolgt von einer kräftigen Paranoia. Ausgezeichnet mit dem «Prix Mystère de la critique».
(thriller 2921)
Königin Zabos Sündenbock
(thriller 3003)

rororo thriller

30 Jahre thriller Jubiläums-Lesebuch
(thriller 3030)
Dieser Jubiläumsband präsentiert einen opulenten Querschnitt durch die Geschichte der rororo thriller- Reihe und bietet literarischen Nervenkitzel pur. Die Palette internationaler Autoren gleicht einem Who is Who der Kriminalliteratur.

Pacio Ignacio Taibo II
Der melancholische Detektiv *Drei Fälle für Héctor Belascoarán Shayne*
(thriller 3039)
Der Boxer Angel, Freund von Detektiv Héctor Belascoarán, wird beim Training im Ring von einem Unbekannten erschossen. Mögliches Motiv: eine alte Rivalität um eine Frau... Taibo liefert nicht nur ungewöhnliche Stories, sondern ein dichtes Bild von Mexiko, seiner Atmosphäre, seinen Problemen und seiner Faszination.
Das bizarre Leben
(thriller 2940)
Comeback für einen Toten
(thriller 3019)